W0216430

LES MARAIS SANGLANTS DE GUÉRANDE

DU MÊME AUTEUR
CHEZ LE MÊME ÉDITEUR

Un été à Pont-Aven, 2014

Etrange printemps aux Glénan, 2015

Jean-Luc Bannalec

LES MARAIS SANGLANTS DE GUÉRANDE

Une enquête du commissaire Dupin

Roman

Traduit de l'allemand
par Amélie de Maupeou

Terres de France

PRESSES DE LA CITÉ

Titre original : *Bretonisches Gold*
Kommissar Dupins dritter Fall

Le Code de la propriété intellectuelle n'autorisant, aux termes de l'article L. 122-5, 2e et 3e a), d'une part, que les « copies ou reproductions strictement réservées à l'usage privé du copiste et non destinées à une utilisation collective » et, d'autre part, que les analyses et les courtes citations dans un but d'exemple et d'illustration, « toute représentation ou reproduction intégrale ou partielle faite sans le consentement de l'auteur ou de ses ayants droit ou ayants cause est illicite » (art. L. 122-4). Cette représentation ou reproduction, par quelque procédé que ce soit, constituerait donc une contrefaçon, sanctionnée par les articles L. 335-2 et suivants du Code de la propriété intellectuelle.

© 2014, Verlag Kiepenheuer & Witsch, Köln
© Presses de la Cité, 2016, pour la traduction française
ISBN 978-2-258-11841-6

Presses de la Cité
un département **place des éditeurs**

place des éditeurs

Pour bien se connaître,
il faut manger sept sacs de sel ensemble.

Proverbe breton

à L.

LE PREMIER JOUR

L'étrange parfum de violette qui se dégageait de la fleur de sel, durant les jours qui suivaient la récolte, se mêlait à l'odeur insistante de terre glaise et aux relents habituels de sel et d'iode. Ici, au cœur du Pays Blanc – le *Gwen Ran*, l'étendue immense des marais salants de Guérande –, ils emplissaient encore plus puissamment les narines et la bouche qu'ailleurs sur la côte. En cette fin d'été, l'odeur si particulière planait sur l'ensemble du parc salin. Les vieux paludiers racontaient à qui voulait l'entendre qu'elle avait le pouvoir de troubler l'entendement, de provoquer visions et chimères.

Offrant un spectacle saisissant, l'étrange paysage alliait les quatre éléments fondateurs de l'alchimie du sel : la mer, le soleil, la terre et le vent. Ce coin situé sur une presqu'île formée par l'Atlantique tumultueux, entre la Loire et la Vilaine, avait autrefois été une baie. Au fil des siècles, il s'était transformé en lagune puis en estrans et enfin en terrains alluviaux, que la main habile de l'homme avait su mettre à profit. La fière petite cité de Guérande marquait le prolongement des marais salants vers le nord. Au sud, ceux-ci se perdaient dans le restant de lagune qui faisait face au ravissant port du Croisic. Depuis ce point, on pouvait admirer un spectacle impressionnant : celui de l'océan emplissant le lagon et s'engouffrant dans le fragile réseau des marais salants au rythme puissant des marées, tout particulièrement les jours de grande marée qui suivaient la pleine lune.

Le Pays blanc était parfaitement plat, dépourvu du moindre relief. Depuis plus de douze siècles, il se divisait en d'innombrables bassins rectangulaires de grande, de moyenne et de petite taille, agencés avec une précision mathématique au sein d'un grand réseau de terrains aux formes plus arbitraires et essentiellement composés de terre et d'eau. C'était un système extrêmement sophistiqué, comptant d'innombrables ramifications, canaux, réservoirs, bassins de chauffe ou d'évaporation. Les plus petits, les cristallisoirs, étaient ceux où se faisait la récolte. Tout un système dédié à un objectif unique : guider le plus lentement possible l'eau de mer, récupérée grâce à des écluses, tout au long d'un parcours au cours duquel les effets conjugués du soleil et du vent l'amèneraient à une évaporation quasi totale, jusqu'à la formation des premiers cristaux. Le sel était l'essence pure de la mer, d'où le surnom qu'on avait coutume de lui donner : « le fils du soleil et du vent ». Les bassins avaient reçu des noms tout aussi poétiques : vasières, cobiers, fares, adernes, œillets, dont certains étaient d'usage depuis Charlemagne. Les bassins de récolte étaient les sanctuaires des paludiers ; tout dépendait d'eux, de leur « caractère » : leur sol, la glaise dont ils étaient composés, leur composition minérale. Paresseux, généreux, amusants, lunatiques, sensibles, durs, récalcitrants – à entendre les paludiers, on aurait pu croire qu'il s'agissait d'êtres humains. C'est ici, en plein air, que le sel était accumulé et cueilli. L'or blanc.

Des sentiers dangereusement étroits et fragiles serpentaient entre les bassins, formant un labyrinthe inextricable, rarement accessible autrement qu'à pied. Si les marais étaient plats, la vue n'en était pas plus dégagée pour autant, car des remblais de terre de hauteur variable, généralement pris d'assaut par la végétation, couraient le long des surfaces immergées. Il y avait là des buissons touffus, des arbustes et des hautes herbes courbées par le vent et blanchies par le soleil. Çà et là, un arbre à la silhouette voûtée, noueuse. Des cabanes de pierre, de bois ou de tôle, qui servaient de remise aux paludiers, étaient dispersées un peu partout, sans ordre apparent.

En ce mois de septembre, le regard rencontrait sans cesse la blancheur éblouissante des monticules de sel qui s'étaient accumulés au cours de l'été, jusqu'à atteindre des hauteurs respectables. Artistiquement formés, ils avaient la forme conique des volcans et pouvaient atteindre jusqu'à deux ou trois mètres de hauteur.

Un sourire éclaira le visage du commissaire

Georges Dupin, du commissariat de Concarneau. Ce paysage avait vraiment quelque chose d'irréel, comme un décor fantastique. L'atmosphère particulière des lieux était renforcée par l'opulence presque outrageuse du coucher du soleil, aussi présent dans le ciel que sur l'eau – une palette extravagante des tons les plus variés, allant du violet au rose, de l'orange au rouge. En cette fin d'été, la tombée de la nuit s'accompagnait d'une brise fraîche, libératrice après la chaleur étouffante de la journée.

Le commissaire Dupin verrouilla sa voiture, un véhicule de police officiel aux couleurs nationales. Véritable antiquité, minuscule au point d'être difficile d'accès pour un homme de sa stature, la Peugeot 106 lui tenait lieu de véhicule de remplacement. Cela faisait dix jours, déjà, que sa vieille Citroën XM qu'il aimait tant était chez le garagiste. Cette fois encore, il s'agissait d'un problème de suspension.

Dupin s'était garé en bord de route, écrasant quelques herbes folles au passage. Il continuerait à pied. Le passage qui sinuait maladroitement entre les salines était étroit mais bétonné. L'emplacement où il croisait la route des Marais, l'une des trois seules voies qui serpentaient à travers les marais salants, entre Le Croisic et Guérande, n'avait pas été facile à repérer.

Dupin jeta un coup d'œil à la ronde. Personne. Il n'avait pas croisé un seul véhicule sur la route des Marais. Manifestement, la journée de travail des paludiers était terminée.

Il ne disposait de rien d'autre pour s'orienter que d'un croquis esquissé à la main. On y reconnaissait une cabane de paludier placée non loin d'une des salines, à environ trois cents mètres de distance de la route, du côté de la lagune. Il était chargé de vérifier qu'il n'y avait « rien de suspect » – une mission un peu absurde, il fallait bien en convenir.

Il allait s'acquitter de sa tâche rapidement, histoire d'en avoir le cœur net, puis il retournerait au Croisic. D'ici un petit quart d'heure il serait déjà reparti, très probablement bredouille, et pourrait s'attabler avec la conscience tranquille au Grand Large, devant une belle sole dorée au beurre salé. Il accompagnerait son plat d'un verre de quincy bien frais et laisserait son regard glisser sur l'eau turquoise et le sable clair du lagon, jusqu'à ce que la dernière lueur du jour disparaisse, à l'ouest. Il était allé au Croisic une fois, l'année dernière, avec son ami Henri, et il gardait un excellent souvenir de cette petite ville – tout comme de la sole.

S'il faisait abstraction des raisons douteuses, voire parfaitement rocambolesques, qui l'amenaient ici, le commissaire était d'humeur particulièrement joyeuse. Après avoir passé cinq semaines quasiment enfermé dans l'atmosphère confinée de son bureau, il avait un besoin urgent de se retrouver au grand air. Cinq semaines ! Il avait été retenu par d'ennuyeuses tâches administratives, formulaires en tous genres et obligations bureaucratiques – toutes ces contraintes pénibles qui, contrairement à ce qu'on apprenait dans les films et les romans, composaient en grande partie la vie d'un véritable commissaire : déposer une demande de nouveaux véhicules pour ses deux inspecteurs, lire les nouvelles directives d'utilisation de véhicules de fonction au sein de la police – un document de vingt-huit pages en police de caractères 9, avec un interlignage quasi inexistant. Evidemment, le document était « de la plus grande importance » et comptait un « certain nombre de modifications décisives », à en croire la préfecture. Il avait également obtenu une augmentation de salaire pour Nolwenn (tout de même !), sa secrétaire aussi efficace que polyvalente. Cela faisait deux ans et neuf mois qu'il se battait pour cette cause. Enfin, il avait dû clore et archiver deux anciennes enquêtes sans intérêt. Un véritable record, depuis qu'il avait été « muté » depuis Paris vers ce bout du monde. Cinq semaines de travail administratif intense, et ce pendant cette saison magique de l'été indien, où la lumière surpassait en splendeur celle des autres mois de l'année. Pas une goutte d'eau n'était tombée de tout le mois, ils jouissaient d'un anticyclone des Açores spectaculaire, les quotidiens s'étaient d'ailleurs accordés pour dire que la Bretagne faisait une véritable « cure de soleil ». Durant ces cinq semaines de claustration, l'humeur de Dupin n'avait fait qu'empirer et son entourage avait commencé à l'éviter soigneusement.

Dans ces conditions, et bien que la région de Guérande ne fasse pas partie de son « territoire », il avait accueilli avec soulagement la requête de Lilou Breval. Jeter un œil sur la saline, voilà qui était un bon prétexte pour s'offrir une vraie excursion. Ces derniers jours, tout motif avait été bon pour s'échapper, et puis il avait une raison plus impérieuse d'accéder à sa demande : cela faisait un moment déjà qu'il devait un service à la journaliste d'*Ouest-France*. Celle-ci gardait habituellement une distance de principe avec les forces de police, ne serait-ce que parce que ses méthodes de travail peu orthodoxes ne s'accordaient pas bien avec les règles policières. Un jour, pourtant, elle avait décidé de lui faire confiance, semblait-il, et Dupin à son tour ressentait une certaine amitié et de l'estime pour la journaliste.

Plus d'une fois, Lilou Breval lui avait fourni « quelques informations » importantes dans le cadre de ses enquêtes. La dernière fois qu'elle lui avait donné « un coup de pouce », c'était dans le cas de cet hôtelier de Pont-Aven[1] dont l'assassinat, deux ans plus tôt, avait ému la France entière. Au journal, Lilou Breval traitait moins les affaires quotidiennes que les dossiers de fond, dont la plupart avaient un rapport avec la région. C'était une journaliste d'investigation dans l'âme. Deux ans plus tôt, elle avait apporté une contribution non négligeable au démantèlement d'un gigantesque

1. Voir, du même auteur, chez le même éditeur, *Un été à Pont-Aven*, 2014.

réseau de trafic de tabac : 1,3 million de cigarettes avaient été dissimulées dans un énorme pilier de béton prétendument construit pour une plateforme de forage située non loin de la côte.

Lilou Breval avait contacté Dupin par téléphone, la veille au soir, pour lui demander un service – pour la première fois depuis qu'ils se connaissaient. Elle voulait qu'il inspecte d'un peu plus près une certaine saline, ainsi qu'un certain hangar, et qu'il soit particulièrement attentif à la présence de « barils suspects », plus précisément des « barils de plastique bleu ». Elle ne pouvait pas lui en dire davantage pour le moment, avait-elle ajouté, mais elle était « passablement certaine » que quelque chose de « vraiment louche » se tramait par là. Elle avait promis de passer au commissariat dès le retour de Dupin pour lui faire part des découvertes qu'elle avait faites jusque-là. Dupin n'avait rien compris à ses explications, mais après avoir vainement demandé quelques détails, il avait fini par marmonner un « Bon, d'accord », à la suite de quoi Lilou Breval lui avait immédiatement envoyé par fax une esquisse du trajet et des lieux. Il était bien conscient d'enfreindre tous les règlements de sa profession et avait même ressenti une pointe de scrupule en roulant vers la saline, ce qui n'était vraiment pas son genre. Il n'avait rien à faire ici. D'un point de vue administratif, le département de Loire-Atlantique, où se trouvaient les salines, ne faisait plus partie de la Bretagne. Dans les années 1960, en effet, il avait été « arraché » aux Bretons au cours de réformes administratives vécues par beaucoup comme de véritables « violences légalisées ». Du point de vue de la culture, de la vie quotidienne et des mentalités, cependant, le département demeurait parfaitement breton.

Les quelques doutes qui avaient taraudé Dupin s'étaient toutefois rapidement évanouis. Il devait un service à Lilou Breval, et il prenait ses obligations très au sérieux.

Il se posta près de son véhicule de fonction et jeta un nouveau coup d'œil au croquis. Avec sa haute stature, il dominait aisément les environs. Puis il traversa la rue et s'engagea sur le sentier herbeux. Au bout de quelques mètres à peine, il se retrouva au milieu des premiers bassins, qui se décrochaient abruptement de part et d'autre du chemin. Ils devaient faire un mètre, un mètre cinquante de profondeur, estima Dupin. Ils arboraient les teintes les plus variées – beige clair, gris lumineux, gris-bleu, brun boueux, roux –, et tous étaient traversés d'étroites digues et passerelles de terre. Sur leurs bords, divers volatiles se déplaçaient, élégants et silencieux, en quête de quelque nourriture. Dupin était bien en peine de reconnaître à quelle espèce ils appartenaient, tant ses connaissances ornithologiques étaient pauvres.

Ce paysage était réellement époustouflant. Le Pays blanc ne semblait appartenir à l'espèce humaine qu'au cours des heures du jour. Dès la tombée de la nuit, la nature y reprenait tous ses droits. Pas un bruit ne troublait le silence, hormis une sorte de crissement léger, au loin. Il était difficile de savoir s'il s'agissait de grillons ou d'oiseaux, mais cela conférait au paysage une atmosphère quasi fantomatique. Le cri acariâtre d'une mouette, messagère du grand large tout proche, perçait de temps à autre cette étrange quiétude.

Cela n'avait peut-être pas été une bonne idée de venir ici, en fin de compte. Quand bien même il découvrirait quelque chose d'intéressant – ce qui n'allait certainement pas se produire –, il serait de toute manière contraint d'avertir ses confrères de Loire-Atlantique dans les plus brefs délais. Dupin s'immobilisa. Peut-être ferait-il mieux de se rendre directement au Croisic et d'oublier cette mission grotesque…

Ses hésitations furent interrompues par la sonnerie stridente de son téléphone portable, encore plus insupportable dans ce silence que d'habitude. Le commissaire extirpa à contrecœur le petit appareil de sa poche, mais son visage s'éclaira quand il reconnut le numéro de Nolwenn.

— Oui ?

— Bonj… aire. … là ? (Une brève pause s'ensuivit, puis :) … elé. Et ont… trajet… kan… rou ?

La ligne grésillait épouvantablement.

— Je ne vous comprends pas, Nolwenn. Je suis au milieu des salines, je…

— Vous… entre… gourou… juste vous… dire.

Dupin aurait pu jurer reconnaître pour la seconde fois le mot « kangourou », mais il devait se tromper. Il haussa le ton.

— Je-ne-comprends-vraiment-pas-un-mot. Je-vous-rappelle-plus-tard.

— Juste.... très... dent sur la...

La communication n'était plus possible.

— Allô ?

Rien.

Dupin se demandait ce que Nolwenn pouvait bien vouloir lui révéler au sujet de l'animal emblématique de l'Australie. Il lui poserait la question plus tard. Il avait autre chose à faire que de se perdre en conjectures.

Dans ce petit coin du bout du monde, Nolwenn était sans hésiter pour lui la personne qui comptait le plus. S'il se sentait déjà partiellement « bretonnisé », il n'en était pas moins perdu dès qu'elle n'était pas là. Son assistante lui avait dès son arrivée imposé un programme de « bretonnisation » qui répondait à un diktat : « La Bretagne, soit tu l'aimes, soit tu la quittes ! »

Il estimait énormément le génie pratique et social de son assistante, tout comme sa maîtrise impressionnante des particularités culturelles locales et régionales. Sa passion pour les phénomènes étranges et les « bonnes histoires » ne faisait qu'ajouter à son charme. Cette histoire de kangourous en faisait sûrement partie, d'ailleurs.

Dupin venait de reporter toute son attention sur sa mission quand son téléphone sonna de nouveau.

— Vous me comprenez, maintenant, Nolwenn ?

Pendant un moment, il n'entendit rien d'autre qu'un grésillement, puis quelques rares mots d'une phrase hachée :

— J'ai hâte… demain, Georges. Vraiment.

Claire, c'était Claire. La communication fut de nouveau interrompue.

— … aurant… rement… oirée.

— Je serai là demain soir. Oui, oui, bien sûr !

Un silence s'installa, aussitôt suivi d'un grésillement assourdissant. Claire fêtait son anniversaire le lendemain. Il avait réservé une table à la Palette, son restaurant favori du VIe arrondissement. Il se réjouissait déjà de savourer un copieux bœuf bourguignon avec d'épais lardons et de tendres champignons qui auraient mariné pendant de longues heures dans un excellent vin rouge. La viande serait tellement tendre qu'on pourrait la manger à la petite cuiller. C'était censé être une surprise, mais il doutait que Claire serait dupe : comme d'habitude, il n'avait pas pu s'empêcher de lâcher un indice après l'autre. Il avait prévu d'attraper le train de treize heures quinze, qui le déposait à Paris à dix-huit heures.

— Tu… sûr… marche ? Par… as… empêchements ?

— Non, non, c'est sûr et certain ! Je serai là à dix-huit heures, j'ai déjà mon billet.

— Je… tends mal.

— Moi aussi. Je voulais juste te dire que je me réjouis de ce dîner. Je veux dire avec toi, bien sûr.

— … seulement… dîner.

— Je me suis occupé de tout, ne t'inquiète pas.

Dupin s'était remis à hurler.

— … Poisson… plus tard.

Cela n'avait pas de sens.

— Je-te-rappelle-plus-tard-Claire.

— … peut-être… plus tard… travail… mieux.

— Voilà, très bien.

Il raccrocha.

Ils avaient tous deux savouré leurs retrouvailles parisiennes, à la fin du mois d'août de l'année dernière. Depuis, ils avaient pris l'habitude de s'appeler tous les jours et de se voir le plus régulièrement possible. La plupart du temps, ils se décidaient spontanément et sautaient dans le premier TGV. Leur relation semblait s'être stabilisée, bien qu'ils n'aient jamais exprimé les choses en ces termes. La situation n'avait rien d'officiel, en tout cas. Dans un moment d'inattention, Dupin avait commis l'erreur de mentionner un vague rapprochement avec Claire devant sa mère, qui avait aussitôt et très distinctement affirmé son enthousiasme à l'idée d'accueillir enfin la belle-fille qu'elle attendait depuis si longtemps.

Claire revenait tout juste d'un séjour aux Etats-Unis, où elle avait suivi une formation de chirurgie cardiaque à la célèbre Mayo Clinic. S'ils s'étaient fréquemment parlé pendant cette période, cela faisait tout de même sept semaines qu'ils ne s'étaient pas vus, ce qui avait sans aucun doute ajouté à l'humeur exécrable de Dupin. Claire était rentrée l'avant-veille et il était heureux de la revoir, mais aussi légèrement nerveux. Il ne voulait pas saboter son histoire avec Claire, pas cette fois-ci. Pour être sûr que rien ne se mette en travers de leurs retrouvailles, il avait d'ailleurs acheté son billet de train trois semaines à l'avance.

Il rappellerait Claire dès qu'il serait arrivé au Croisic. Dès qu'il aurait terminé sa sole, ainsi pourraient-ils organiser tranquillement la soirée du lendemain. Il fallait qu'il se dépêche d'en finir avec cette mission.

Tout à coup, il lui sembla apercevoir quelqu'un du côté du hangar. L'apparition avait été très brève, à peine une fraction de seconde, et l'ombre avait aussitôt disparu. Il avait ralenti le pas et scrutait désormais attentivement les alentours. Quelque vingt mètres le séparaient de la bicoque de bois. Le sentier longeait la bâtisse et débouchait abruptement sur la saline. Dupin s'immobilisa complètement et passa nerveusement une main dans ses cheveux sur sa nuque. Quelque chose, ici, ne lui plaisait pas.

Il jeta un nouveau coup d'œil attentif à la ronde. Rien ne semblait suspect. Etait-ce un chat, un animal errant ? Son imagination lui jouait-elle des tours ? Dans cette atmosphère bizarre, ce ne serait pas étonnant. Peut-être était-il victime de l'odeur puissante de l'iode qui lui montait à la tête et provoquait des hallucinations.

Tout à coup, il perçut un étrange sifflement. Un son aigu, métallique, immédiatement suivi d'un impact sourd. Tout près de lui. Une nuée d'oiseaux s'éleva dans le ciel en piaillant à tue-tête. Dupin avait immédiatement identifié le bruit. Avec une rapidité et une précision étonnantes pour un corps aussi massif, il se jeta à terre à gauche du sentier, là où il plongeait abruptement dans un bassin. Il se laissa rouler en pivotant de manière que ses pieds prennent appui au fond de l'eau, à une cinquantaine de centimètres de profondeur. En même temps, il avait dégainé son arme – un SIG-Sauer 9 mm – et l'avait instinctivement dirigée vers le hangar. Il n'était peut-être pas en position idéale pour se défendre, mais c'était mieux que rien. La balle avait percuté quelque chose, tout près de lui, sur la droite, mais il n'aurait su dire si elle venait du hangar ou de l'une des nombreuses cabanes des environs. Il n'avait rien vu venir. Rien. Son cerveau fonctionnait à toute allure, mais la situation était trop imprévue pour lui permettre de raisonner logiquement. Il arrivait à peine à maîtriser les impressions contradictoires qui l'assaillaient : une conscience aiguë de l'instant présent mêlée à une série de réflexes et de déductions, avec quelques lambeaux d'idées indistinctes et fiévreuses, formant un tout qu'on pourrait nommer « intuition ».

Il devait découvrir où se trouvait son agresseur

– en espérant qu'il n'y en ait qu'un. D'où il était, il apercevait trois hangars situés non loin les uns des autres. Le plus proche se trouvait à une dizaine de mètres de lui. Le tireur ne pouvait se trouver trop près, sinon il n'aurait pas manqué sa cible.

Le son aigu retentit de nouveau, cette fois encore suivi d'un claquement sourd. Tout près de lui. Puis encore un coup, et un nouvel envol d'oiseaux pépiant. Dupin se laissa glisser encore un peu plus profondément dans l'eau qui lui arrivait maintenant au ventre. Une nouvelle balle, la quatrième. Cette fois, il lui avait semblé qu'elle frôlait son épaule gauche. Si son impression était bonne, les tirs provenaient tous du même endroit.

Soudain, le calme retomba. Peut-être son agresseur s'était-il mis en quête d'une nouvelle cachette. Dupin savait que le bassin ne lui offrait pas de protection suffisante. Il devait réagir, et vite. Il tenta fiévreusement de réfléchir. Il pouvait miser sur un effet de surprise, tout au moins une fois. Il fallait qu'il tente sa chance.

Rapide comme une flèche, il jaillit de sa cachette et dirigea son arme vers l'endroit d'où il avait cru entendre venir les coups. Il tira une balle après l'autre, aussi vite que son pistolet le permettait, tout en se ruant vers le hangar le plus proche de lui. Une fois sa couverture atteinte, il avait vidé l'intégralité de son chargeur. Quinze coups.

Dupin reprit lentement son souffle. Autour de lui régnait à présent un silence de mort. Il était curieusement calme, comme toujours quand il se retrouvait dans une situation critique, mais son front était couvert de sueur. Il n'avait pas d'autre chargeur sur lui. Il en gardait un dans sa voiture, certes, mais il n'avait pas songé à l'empocher. Il avait bien son téléphone portable, mais qui ne lui serait d'aucun secours ici. Il allait tout de même tenter de passer un appel.

La remise derrière laquelle il se cachait était en tôle ondulée plutôt épaisse, mais il ne savait pas à quel point elle résisterait aux balles. Et puis il s'agissait d'abord d'en trouver la porte, en espérant qu'elle ne soit pas verrouillée.

Manifestement, c'était sa seule chance. Il était posté derrière l'un des longs côtés de la bâtisse rectangulaire. Logiquement, la porte devait se trouver du côté du sentier, sur sa gauche. Il n'avait pas le temps de réfléchir trop longtemps – et n'aurait certainement pas le loisir de se tromper plus d'une fois.

Collé au plus près de la tôle ondulée, il s'approcha du coin de la grange à pas rapides et prudents, puis s'arrêta. Une seconde plus tard, il dépassait l'angle d'un bond et, apercevant une porte, l'ouvrait à la volée, se jetait à l'intérieur et la claquait derrière lui.

L'ensemble de sa manœuvre n'avait pas duré plus de deux ou trois secondes. Soit l'agresseur n'avait pas vu Dupin, soit il avait réellement été pris de court, en tout cas il n'avait pas tiré.

A l'intérieur du hangar régnait l'obscurité la plus

totale, seules quelques fissures le long de la porte laissaient filtrer des rais de lumière du jour finissant.

Dupin s'agrippait fermement à la poignée de la porte. Sa crainte s'était vérifiée : la porte ne se verrouillait pas de l'intérieur. Il s'empara de son seul atout : son téléphone portable. Le numéro de Nolwenn était l'avant-dernier qu'il avait composé. Le petit écran éclairait la pièce d'une façon étonnante. Il se tourna et détailla l'intérieur de la remise : la partie avant était vide tandis qu'une demi-douzaine de grands sacs et quelques gaules se partageaient le mur du fond. Il reporta son regard sur l'écran. Rien. Pas une barre de réception. « Réseau indisponible », l'annonce affichée sur l'écran était sans équivoque. Rien d'étonnant. Dans ce « bout du monde », il n'était pas rare d'être réellement coupé du reste de l'univers, et on ne pouvait compter sur une connexion à peu près fiable que dans les grosses agglomérations. Son émetteur radio se trouvait certainement en sécurité dans la boîte à gants de sa voiture, à côté du chargeur de rechange. Contrevenant au règlement, Dupin ne le portait jamais sur lui. S'il l'avait emporté, il serait certainement parvenu à envoyer un signal sur la fréquence d'urgence. Cette pensée ne lui était d'aucun secours pour le moment. Pour couronner le tout, les chances que quelqu'un passe dans les salines par hasard, à cette heure de la journée, étaient quasi nulles.

— Bon sang !

C'était sorti tout seul, beaucoup trop fort. L'instant d'après, un son métallique assourdissant retentit, surprenant Dupin au point qu'il faillit lâcher son téléphone. Une balle, aussitôt suivie d'une autre, puis d'une troisième. Et toujours ce vacarme infernal. Dupin retint sa respiration. Il était incapable de dire si la tôle allait résister aux impacts, surtout si le tireur avait la bonne idée de tirer toujours au même endroit. Pour l'instant, les parois de la grange étaient intactes. Une nouvelle balle vint percuter la tôle, plus bruyamment cette fois. Son agresseur semblait se rapprocher. Deux autres tirs encore, coup sur coup. Dupin s'agenouilla, le poing toujours solidement serré sur la poignée de la porte. Il ne se faisait pas d'illusions, cependant : même ainsi, il aurait toutes les peines du monde à empêcher quelqu'un d'ouvrir. Il avait décidément de mauvaises cartes en main. Il ne lui restait plus qu'à espérer que son adversaire n'oserait pas s'approcher davantage de peur de se faire tirer dessus. Soudain, un coup violent fit vibrer la porte. Ce n'était pas une balle, cette fois. Plutôt l'impact d'un objet massif, bientôt suivi d'une sorte de frottement. La poignée fut secouée plusieurs fois. Quelqu'un se tenait juste de l'autre côté, à quelques centimètres à peine de lui. Dupin crut entendre quelques mots murmurés, il n'aurait pu en jurer. L'instant suivant, le silence s'installa de nouveau.

Quelques minutes s'écoulèrent sans que rien ne se passe. C'était angoissant. Il n'avait pas la moindre idée de ce que son agresseur prévoyait de faire par la suite et n'avait aucun moyen de le deviner. Il était impuissant. Il ne lui restait qu'à espérer que l'inconnu ne tenterait pas d'entrer dans la remise. Il avait sans aucun doute compris que le téléphone portable de Dupin n'avait pas de réseau et que personne ne viendrait rapidement le secourir.

Selon toute probabilité, son adversaire ne tarderait pas à découvrir son véhicule de fonction. A moins qu'un complice caché près de la route n'eût signalé la voiture de police dès son arrivée. Son salut dépendait également de l'importance de l'affaire qui se tramait ici.

Soudain, il perçut un bruit de moteur à quelque distance du hangar. Pourtant, il n'avait aperçu aucun autre véhicule à son arrivée. Le moteur tourna un moment, puis le véhicule sembla se mettre en route. Le vrombissement était sourd, mais distinct. A quoi cela rimait-il ? Son agresseur s'en allait-il ? A en croire les sons qui lui parvenaient, celui-ci avait une dernière chose à effectuer, car le véhicule freina au bout de quelques mètres. Dupin guetta le bruit d'une portière qu'on ouvrait, mais rien de tel ne se produisit.

La sonnerie de son téléphone perça brusquement le silence.

— Allô ? lança-t-il d'une voix agitée et étouffée sans entendre rien d'autre que des craquements et des grésillements. C'est une urgence… Je me trouve dans les salines de Guérande… Dans une remise. Quelqu'un est en train de me tirer dessus… Mon véhicule stationne dans une perpendiculaire de la route des Marais. A partir de là, j'ai emprunté le sentier gravillonné, vers l'ouest... Allô ?

Dupin espérait que son interlocuteur avait saisi une partie de ces informations et qu'il alerterait ses collègues, mais rien n'était moins sûr.

— Allô, vous m'entendez ? Je suis en danger ! (Involontairement, il avait haussé la voix au point de crier.) Quelqu'un me canarde, je...

— ... appelais seulement, pour... table. ... vingt heures.

Dupin ne reconnaissait pas la voix déformée par la connexion défectueuse, mais les quelques mots qu'il avait saisis étaient étrangement clairs et distincts. Ce n'était pas croyable. Ce devait être la Palette, au sujet de sa réservation pour le lendemain soir. Sûrement Stéphane, qui savait d'expérience qu'il valait mieux rappeler ses réservations au commissaire.

— Il s'agit d'une urgence, pouvez-vous appeler la police de Concarneau, s'il vous plaît ? C'est vous, Stéphane ?

Manifestement, son interlocuteur ne comprenait rien mais Dupin n'avait pas d'autre choix que de profiter du peu de réseau qu'il obtenait, quelle que fût sa qualité. Son écran n'affichait qu'une seule petite barre. Il pressa aussitôt la touche rouge pour tenter de rappeler Nolwenn. La sonnerie se fit entendre, Dupin l'entendait très clairement, puis elle s'arrêta. La communication était interrompue.

Il essaya de nouveau, en vain. Il contempla l'écran, incrédule : l'unique petite barre avait disparu.

Aussitôt après, il entendit le véhicule, dont le moteur était resté en marche pendant tout ce temps, redémarrer et s'éloigner à vive allure.

Dupin reposa le téléphone par terre en se promettant de garder un œil sur la barre de réseau, mais celle-ci ne voulait pas réapparaître pour le moment.

Le bruit de moteur s'était complètement évanoui, son agresseur semblait avoir quitté la saline. Etait-il seul ou accompagné de complices ? S'ils étaient plusieurs, il y avait de fortes chances pour que l'un d'eux soit resté en embuscade. Il devait attendre que Dupin sorte de sa cachette. Etait-ce un piège ? Quitter la remise représentait un risque trop important, il valait mieux attendre.

Il était vingt-deux heures bien sonnées. Rien, absolument rien ne s'était passé pendant cette interminable demi-heure. Dupin était resté dans la même position inconfortable, suant à grosses gouttes, changeant de main de temps en temps pour bloquer la poignée. Au bout d'un moment, tout son corps avait commencé à lui faire mal, puis il avait perdu toute sensation dans chacun de ses membres, hormis une douleur vive mais ponctuelle dans l'épaule gauche. Il estima la température intérieure à plus de trente degrés, sans compter qu'il ne semblait plus rester une molécule d'oxygène.

Il fallait qu'il sorte. Son téléphone n'affichait toujours pas de réseau. Il fallait qu'il coure le risque.

Il essaya prudemment d'actionner la poignée de la porte. En vain. Elle ne bougeait pas d'un millimètre. Son agresseur avait bloqué l'accès, voilà d'où provenaient les bruits qu'il avait entendus de l'autre côté. On avait calé quelque chose sous la poignée. Dupin la secoua tant bien que mal, sans résultat.

Il se voyait coincé, et son agresseur était sûrement loin à cette heure. Dupin s'affaissa un instant, découragé, puis il rampa vers la droite et s'étendit de tout son long sur le sol de la remise. Sa situation n'avait rien de réjouissant, il en était conscient, mais c'était bon de se dire que tout danger immédiat était probablement écarté.

Il resta là pendant près d'une minute, remuant tour à tour ses bras et ses jambes pour activer sa circulation tout en réfléchissant à ce qu'il devait faire. Tout à coup, un craquement retentit. Un craquement fort, très distinct. Cela ne pouvait pas venir d'un animal. Quelqu'un se tenait à proximité. Rapide comme l'éclair, Dupin reprit sa position précédente, une main bloquant la porte. Il perçut un léger murmure et pressa son oreille contre la tôle. Extrêmement concentré, il essayait de saisir ce qui se tramait au-dehors.

Rien ne se passa pendant une ou deux minutes, puis une voix brisa le silence, si forte que Dupin tressaillit de tout son corps :

— C'est la police qui vous parle. Nous avons

encerclé la zone. Sortez immédiatement. Nous n'hésiterons pas à nous servir de nos armes.

De joie, Dupin se leva d'un bond et faillit perdre l'équilibre :

— Je suis là ! Dans la remise !

Il avait accompagné ses mots de coups sur la porte.

— Commissaire Dupin, commissariat de police de Concarneau. Je suis enfermé. Seul. Tout danger est écarté.

Dupin s'apprêtait à hurler de plus belle quand il s'arrêta brusquement : et si c'était une feinte ? Qui pouvait avoir prévenu la police ? Le fait de posséder un mégaphone ne prouvait rien, après tout. Pourquoi personne ne lui répondait-il ?

L'instant d'après, un coup violent secoua la poignée.

— Nous avons débloqué la porte. Sortez les bras levés et les mains grandes ouvertes. Je veux voir vos paumes. Sortez lentement, s'il vous plaît.

La voix métallique lui était parvenue depuis une certaine distance pendant que retentissaient les coups sur la porte, il devait donc avoir affaire à au moins deux personnes. Dupin réfléchit un instant, puis il lança :

— Identifiez-vous. Je veux savoir si vous êtes réellement de la police.

La réplique ne tarda pas.

— Je ne ferai rien du tout. Sortez immédiatement.

Cette réaction le rassura.

— Très bien.

— Comme je disais : tout doucement, les bras levés.

— Je suis le commissaire Dupin, du commissariat de Concarneau.

— Sortez, maintenant.

Le ton de la voix était sans réplique.

Dupin ouvrit la porte. Un rai de lumière puissant s'engouffra dans le hangar, certainement une de ces nouvelles lampes-torches LED. Il s'immobilisa un instant pour retrouver son équilibre puis sortit sans attendre du hangar, la main droite protégeant ses yeux, la gauche agrippée à son téléphone portable.

— J'ai besoin d'un téléphone qui fonctionne. Je dois passer un appel urgent.

Il fallait qu'il parle à Lilou Breval. Sans tarder.

— J'ai dit : les mains levées. Je...

Son interlocuteur s'interrompit. Une silhouette s'approchait sur sa droite.

— Qu'est-ce que vous fichez ici ? A quoi ça rime, bon sang ? s'enquit une voix de femme un peu rauque, à la fois agressive et maîtrisée, sans même prendre la peine de hausser le ton. Qu'est-ce qui s'est passé, ici ?

Quelqu'un modifia l'intensité du rai de lumière et Dupin put enfin ôter sa main de ses yeux.

Une femme plutôt séduisante se tenait devant lui. Environ un mètre soixante-quinze, une chevelure sombre qui retombait en boucles sur ses épaules, un tailleur-pantalon gris clair sur un chemisier sombre et des bottines noires, élégantes, aux talons d'une hauteur non négligeable. Dans sa main droite, elle tenait un SIG-Sauer à moitié dégainé.

— Commissaire Sylvaine Rose. Commissariat de police de Guérande. (Elle marqua une brève pause, puis reprit en appuyant chaque syllabe :) Département de Loire-Atlantique.

— Il faut que je passe un coup de fil. Vous avez un appareil satellite ?

— Contrairement au personnel du commissariat de Concarneau, nous ne nous déplaçons pas sans l'équipement réglementaire. Qu'est-ce que vous venez chercher ici ? Tout ça ne me semble pas très orthodoxe, si vous voulez mon avis.

Dupin retint de justesse quelque réplique acerbe :

— Je… qui vous a prévenus ?

— Vous devez votre salut à un serveur parisien. Apparemment, il vous aurait appelé concernant une réservation, demain soir. Il n'aurait pas très bien compris ce que vous lui avez répondu, mais il lui a cru reconnaître à plusieurs reprises le mot « danger ». Il a préféré prévenir la police du VIe arrondissement, laquelle a préféré nous avertir à son tour. Apparemment, les Parisiens se souviennent de vous. Vous avez fait une sortie en fanfare, si j'ai bien compris. Quant à nous, eh bien, nous avons préféré vérifier par nous-mêmes et faire un tour ici. (Elle changea soudain de ton :) Qu'est-ce que vous fichez dans les marais ? Comment vous êtes-vous enfermé dans cette remise ? De quoi s'agit-il, en fin de compte ? Vous allez m'expliquer tout ça en détail avant de passer votre coup de fil. Je ne vous laisserai rien faire avant de savoir ce qui vous amène ici.

Dupin aurait été impressionné s'il n'avait pas accumulé suffisamment de frustration et de colère au cours de l'heure passée pour occulter tout autre sentiment, jusqu'à en oublier l'impuissance et la douleur physique. Il était furieux – contre son agresseur, évidemment, mais aussi de la situation dans laquelle il s'était fourré, et donc contre lui-même. Quel imbécile il avait été ! Il brûlait de savoir qui avait tiré et à quoi rimait toute cette affaire. Les questions qu'il se posait étaient les mêmes que celles de sa collègue de Loire-Atlantique, et il n'allait pas pouvoir lui apporter davantage d'éclaircissements que le récit précis des derniers événements. Il fallait absolument qu'il apprenne ce que Lilou Breval savait – tout ce qu'elle avait gardé pour elle, la veille au téléphone.

— Passez-moi votre téléphone, pressa-t-il.

— Je ne ferai rien du tout avant que vous m'ayez fourni des explications.

Son interlocutrice ne semblait pas vouloir lâcher prise.

— Je… commença Dupin.

Il comprenait sa collègue, après tout. Il aurait agi de la même manière s'il avait été à sa place – seulement voilà, il n'avait pas de temps à perdre avec des explications.

— Qu'est-ce que vous voulez faire, m'enfermer ici ?

— Malheureusement, je ne peux pas. Mais je

vais immédiatement vous emmener au centre hospitalier de Guérande, et d'ici là, je ne vous lâcherai pas avant que vous m'ayez tout expliqué. Figurez-vous que je n'apprécie pas beaucoup les fusillades sur mon territoire. On a ramassé un bon nombre de douilles, ça a dû être un sacré spectacle. L'équipe technique va analyser tout ça de près. J'espère que vous n'avez pas l'intention d'entraver mon enquête. La direction va vous adorer, en tout cas.

Entre-temps, une douzaine de policiers s'étaient approchés, tous équipés de lourdes lampes de poche. La nuit était tombée. Deux véhicules de police s'approchaient lentement du hangar et éclairaient la scène de leurs phares puissants.

Dupin réfléchit. Peut-être, en effet, ferait-il mieux de coopérer. Il n'était pas chez lui, ici. Il n'avait aucune légitimité à donner des ordres et, seul, il était impuissant. Il était totalement dépendant de sa collègue, que cela lui plaise ou non.

— Très bien. Il s'agit de barils suspects cachés ici, dans les marais. J'ai suivi les indications d'une journaliste d'*Ouest-France*, Lilou Breval. A mon arrivée, quelqu'un a ouvert le feu. Je n'ai pu identifier personne, je ne sais même pas combien ils étaient. J'ai réussi à me réfugier de justesse dans cette remise. Mon ou mes agresseurs ont dû quitter les lieux vers vingt et une heures trente-cinq.

— Quel genre de barils ?

— Je n'en sais rien. Des barils de plastique bleu. C'est précisément pour cela que j'aimerais m'entretenir rapidement avec cette journaliste. Elle est la seule à pouvoir…

— Vous n'en savez rien ? Vous vous êtes fourré dans cette situation dangereuse, dans un département où vous n'avez rien à faire, juste parce que quelqu'un vous a dit que vous feriez bien de jeter un coup d'œil à des barils ? Vous n'avez même pas cherché à savoir de quoi il s'agissait ?

— Il faut que je passe un coup de fil.

— Il faut que vous alliez à l'hôpital.

— Mais qu'est-ce que c'est que cette histoire d'hôpital, bon sang ?

Dupin sentait la colère le gagner. La commissaire Rose le dévisagea un instant, paraissant hésiter, puis elle se tourna vers une coéquipière affairée autour du hangar et lança :

— Chadron, émettez un avis de recherche pour une personne, peut-être plus. Aucun indice sur son identité. Aucun indice concernant son véhicule. Tout ce que nous savons, c'est qu'une voiture a quitté la saline vers vingt et une heures trente-cinq. Aucun indice sur sa destination ou la direction qu'il a prise. Ça n'a aucun sens, mais on lance quand même la machine.

Pendant qu'on exécutait ses ordres, la commissaire se tourna vers Dupin, la mine passablement excédée.

— Allons-y. En ce qui me concerne, je n'aime pas beaucoup enfreindre les instructions, surtout quand elles sont importantes. Quelqu'un vous a tiré dessus, il est de mon devoir de vous emmener chez un médecin – il s'agit tout simplement d'assistance à personne en danger.

— En danger ?

— Vous avez du sang sur l'épaule gauche.

Dupin y porta une main : sa chemise était humide de sueur et d'eau de la saline. En y regardant de plus près, il s'aperçut cependant que les taches qui maculaient ses manches étaient plus sombres à gauche qu'à droite. Lui revint au même moment en mémoire la douleur qu'il avait ressentie dans les rares moments où les effets de l'adrénaline se dissipaient et qu'il avait attribuée à sa posture inconfortable. Il découvrit une déchirure au niveau du biceps et y porta la main. Aussitôt, la douleur s'intensifia. Ce fut un cri du cœur :

— Mais enfin, c'est idiot !

Depuis un moment déjà, la commissaire le considérait avec un sourire énigmatique. Elle finit par prendre la parole, d'une voix posée et très lente, en le regardant droit dans les yeux.

— Bienvenue dans mon univers, commissaire. Vous avez le choix : soit vous me facilitez la tâche, soit vous décidez de me mettre des bâtons dans les roues. Croyez-moi sur parole : vous n'avez pas envie de faire partie de ceux qui se mettent en travers de mon travail.

Elle poursuivit sur un ton plus ordinaire :

— Suivez-moi, dit-elle avant de s'adresser à son équipe. Il me faut un appareil satellite. Occupez-vous de tout pendant mon absence, j'accompagne le commissaire Dupin à l'hôpital. Tenez-moi au courant dès qu'il y a du nouveau, quoi que ce soit. Je veux tout savoir.

Dupin se frotta la tempe – cette dernière phrase aurait pu venir de lui.

La commissaire se dirigea vers le second véhicule :

— C'est parti.

L'inspectrice Chadron les rejoignit, chargée d'un téléphone qui semblait tout droit sorti des années 1990 qu'elle tendit à Dupin.

— Vous allez appeler votre journaliste pendant le trajet, déclara la commissaire. Ensuite vous m'expliquerez toute cette affaire depuis le début.

Dupin grimpa dans la voiture. Sous ce ciel d'un bleu presque noir, les salines, les monticules de sel éclairés par les lampes torches des policiers ainsi que les rais de lumière qui tressautaient dans les mains de leurs propriétaires créaient une atmosphère irréelle. Tant de choses s'étaient passées depuis qu'il était arrivé, à peine quelques heures plus tôt ! Il n'était plus question de sole, hélas.

— J'ai besoin d'un café. Un double. Et puis d'un téléphone, aussi. Ah, et j'aimerais que mon inspecteur me rejoigne.

— 9,7-6,2. Votre tension est encore très basse, mais votre pouls reste à 140. Vous présentez tous les symptômes d'un état de choc. Sans compter le sang que vous avez perdu. Il n'y a pas de danger réel, mais je vous recommande tout de même...

— Je ne vois pas de quoi vous parlez. J'ai une tension basse, c'est un héritage de mon père. Il me faut un peu de caféine et tout rentrera dans l'ordre. Est-ce que je peux me mouvoir librement avec ce bandage ?

— Dans l'immédiat, vous feriez mieux de ne pas vous mouvoir du tout.

Le jeune interne peu coopératif avait examiné Dupin dès son arrivée. La commissaire Rose était restée dehors pour passer un coup de fil. Un peu plus tard, un autre médecin, une femme tout aussi jeune et tout aussi indifférente que le premier, s'était jointe à eux, avait noté les principaux éléments de son dossier et l'avait accompagné jusqu'à une petite chambre, quelques couloirs plus loin. En l'éraflant, la balle avait égratigné un muscle au passage. Rien de bien grave, mais il avait perdu beaucoup de sang. La jeune interne lui avait administré une anesthésie locale – il avait farouchement refusé une piqûre calmante – avant de désinfecter la blessure et de la refermer avec cinq points de suture et un bandage. Entre-temps, minuit avait sonné. Sur le chemin de l'hôpital, déjà, Dupin avait tenté de joindre Lilou Breval, mais il était sans cesse tombé sur son répondeur, qu'il s'agisse de sa ligne fixe ou de son portable. Il détestait ces téléphones satellites dont l'antenne devait être maintenue en position verticale, si bien qu'il avait passé la moitié du trajet replié dans une position tout à fait inconfortable. La commissaire, qui lui avait pourtant assuré rouler doucement pour ménager sa blessure, s'était révélée être une conductrice particulièrement téméraire et, pour couronner le tout, il fallait précéder tout numéro d'une série de préfixes qu'il oubliait systématiquement. Sans compter que tout ce système ne fonctionnait, bien entendu, qu'à la seule condition que le ciel fût dégagé. Entre deux imprécations destinées au téléphone satellite et deux messages sur les différents répondeurs de la journaliste, il était néanmoins parvenu à dresser à sa collègue un tableau à peu près complet de ce qu'il savait sur l'affaire. Ce qui se résumait à peu de chose. Elle n'avait pas caché sa méfiance, manifestement persuadée qu'il lui cachait des informations. Il ne pouvait la blâmer : son histoire ne tenait pas debout.

L'inspecteur Le Ber, l'un de ses deux collaborateurs, s'était mis en route depuis Concarneau dès qu'il avait entendu la nouvelle. Dupin l'appréciait beaucoup, malgré un comportement parfois incohérent. Le Ber avait fait annoncer son arrivée par l'intermédiaire d'un infirmier zélé, mais le médecin s'était interposé et avançait les « instructions strictes » qu'ils avaient reçues de ne laisser personne approcher le « blessé », et surtout pas pendant qu'on l'examinait.

— Après le choc que vous avez subi et vu la quantité de sang que vous avez perdue, vous devriez boire beaucoup. De l'eau ou de la tisane, par exemple. Pas de café ni d'alcool.

L'humeur de Dupin ne cessait de passer du désespoir à la colère.

— Puisque je vous dis que tout va bien. Laissez passer mon inspecteur, il s'agit d'une enquête policière de première importance. Je...

Il fut interrompu par une voix qui s'exprimait d'un ton péremptoire, dans le couloir :

— Ça suffit, maintenant. C'est mon seul témoin. Il a été soigné, il est hors de danger et en pleine possession de ses moyens. Je veux le voir.

La porte s'ouvrit à la volée et la commissaire Rose pénétra dans la pièce, suivie d'un infirmier qui affichait une mine résignée. La policière s'immobilisa au milieu de la chambre.

— Nous avons passé l'ensemble de la saline au peigne fin. Pas un baril. Ni bleu, ni rouge, ni jaune. Aucun, que ce soit à l'extérieur ou dans les hangars. Nous n'avons absolument rien trouvé de suspect. L'équipe technique cherche d'éventuelles traces, empreintes de pas ou de pneus. De mon côté, j'ai essayé de joindre votre journaliste, mais elle ne répond pas. Elle est sans doute au lit depuis un bon moment.

Dupin voulut protester, mais la commissaire poursuivit sans se préoccuper de lui.

— Bon sang ! Nous n'avons pas la moindre idée de ce qui se passe ici. Quelle imprudence de votre part ! Nous avons été à deux doigts de perdre un fonctionnaire de police. Et au milieu de nos salines, par-dessus le marché… (Elle posa sur lui un regard sévère :) Vous deviez bien savoir quelque chose, avoir un soupçon, je ne sais pas, moi ! On ne prend pas un tel risque juste comme ça, parce qu'une copine a demandé de vérifier quelque chose qui lui paraît louche. Je ne peux pas le croire.

Difficile de voir de l'indignation dans les paroles de la commissaire Rose ; elle s'exprimait avec rapidité et détermination.

— Il doit s'agir d'une affaire sérieuse…

Ce n'était pas une véritable réponse, Dupin s'était contenté de réfléchir à voix haute.

— Quoi qu'il en soit, je ne vais pas laisser passer ça. Pas sur mon territoire. Un innocent aurait tout aussi bien pu être blessé.

Dupin ouvrit la bouche pour répliquer, mais il se retint au dernier moment – et s'en félicita. Il ne comprenait que trop bien sa consœur, et puis il manquait un peu d'assurance ainsi, torse nu, sale, couvert de produits désinfectants, assis sur un brancard d'hôpital. Son épaule gauche était entourée d'un large bandage blanc, un tensiomètre entourait encore son bras droit.

— Sait-on à qui appartient la saline ?

Dupin voulait montrer son désir de coopérer, mais il manqua manifestement son objectif.

— Bien sûr. Mes collègues essaient en ce moment de le joindre. Ils tentent également de parler au directeur de l'une des coopératives responsables des marais. Les salines voisines lui appartiennent. Nous essayons aussi de contacter la directrice du Centre du Sel, pour qui les paludiers et les bassins n'ont aucun secret.

Dupin était subjugué par un détail insignifiant : les cheveux de la commissaire s'agitaient en permanence, même quand elle était immobile. La multitude de pattes-d'oie qu'il voyait sur son visage signalait une personnalité enjouée, ce qui semblait difficilement imaginable en cet instant.

— Vous avez bien laissé passer la commissaire, je ne vois pas pourquoi moi je ne passerais pas.

Le couloir était de nouveau le théâtre d'une scène bruyante où la voix énergique de Le Ber dominait toutes les autres.

— Je n'ai laissé passer personne. Cette dame ne m'a pas demandé mon avis, gémit une voix fatiguée.

Un instant plus tard, la silhouette de Le Ber se matérialisait dans l'encadrement de la porte, un gobelet en plastique à la main.

— Je vous ai apporté un café, chef. Un double expresso, enfin c'est ce qu'il y avait écrit sur la touche. Il y a un distributeur à l'accueil.

Dupin aurait pu lui sauter au cou tant il était heureux de le voir, muni de café par-dessus le marché. Une lueur d'espoir au cours de cette soirée morose.

— Bien joué, Le Ber.

L'inspecteur s'approcha de son supérieur et lui

remit la boisson dans un geste quasi religieux tandis que la commissaire Rose le saluait d'un hochement de tête discret mais aimable.

— Inspecteur Le Ber, commissariat de Concarneau. Cette affaire ne me dit rien qui vaille.

Le Ber s'exprimait d'une manière détendue, presque familière, qui ne lui était pas coutumière. Manifestement, la commissaire ne lui était pas indifférente.

— On peut le dire. Et vous n'avez aucune lumière à nous apporter, je présume ?

— Aucune, malheureusement. La seule information que nous ayons, c'est que notre chef a été pris dans une fusillade et qu'il s'est fait tirer dessus.

Dupin avala une gorgée de l'épouvantable café au goût prononcé de plastique. Malgré tout, il se sentit instantanément revivre. Depuis son arrivée à la clinique, il avait ressenti le contrecoup des dernières heures et la fatigue s'était abattue sur lui. Il avait beau lutter, il était submergé par un épuisement qu'il n'aurait admis pour rien au monde. Ce n'était pas sa première fusillade, il en avait connu à Paris de plus violentes. Une vilaine histoire de vol de voiture sur le périphérique, et puis une autre – il s'était même pris une balle lors d'une prise d'otage non loin de la gare du Nord. Sa blessure actuelle était moins grave, pourtant il accusait le coup.

— Connaissez-vous l'adresse de madame Breval ? Vous savez où elle habite ? demanda la commissaire

Rose, une main sur la hanche, l'autre enfouie dans la poche de sa veste.

— Oui. Elle vit dans le Golfe, près de Sarzeau.

Dupin s'était rendu chez elle une fois, pendant l'affaire de l'hôtelier assassiné. Il avala la dernière goutte de café, se débarrassa du tensiomètre et se leva. Pendant un instant, il eut l'impression que le sol se dérobait sous ses pieds, puis il retrouva son équilibre. Il saisit le tee-shirt blanc immaculé que l'infirmier avait déposé près de son lit et l'enfila tant bien que mal. Le bandage entravait ses gestes et les effets de l'anesthésie commençaient à s'estomper. Le vêtement avait au moins deux tailles de trop, il se sentait parfaitement ridicule, sans compter que son jean couvert de taches de boue et de sang avait un aspect repoussant. Tant pis !

— C'est environ à une heure d'ici. (La commissaire ne put réprimer un sourire moqueur.) Eh bien, nous allons pouvoir nous mettre en route, maintenant que vous êtes présentable.

— Le Ber, pouvez-vous me prendre quelque chose de comestible dans le distributeur de l'entrée, s'il vous plaît ? Ce que vous voulez. Des gâteaux, une barre chocolatée, peu importe.

— OK !

Dupin n'avait rien avalé depuis l'heure du déjeuner. Il était en complète hypoglycémie.

— Ah, et un autre café, merci. On se retrouve à la voiture.

Le Ber avait déjà disparu.

— Savez-vous où Lilou Breval travaille ? A quelle rédaction, je veux dire ?

Dupin s'accoutumait peu à peu au ton dynamique et entraînant de sa collègue.

— Officiellement, elle fait partie de l'antenne de Vannes, mais je crois qu'elle travaille chez elle la plupart du temps.

Ouest-France, *Le Télégramme de Brest* et *Le Monde* étaient les trois lectures quotidiennes de Dupin, un véritable rituel.

— Peut-être qu'un de ses collègues sait sur quel sujet votre amie travaillait en ce moment…

La commissaire avait insisté sur le « votre amie », d'un air plein de sous-entendus.

— Cela me semble peu probable.

Lilou Breval n'était pas du genre à travailler en équipe.

— Il faut que vous signiez une décharge, intervint le médecin qui s'était tenu à l'écart pendant toute la durée de leur échange, occupé à remplir des formulaires. Voici des antalgiques pour la douleur et des antibiotiques pour prévenir toute infection, ajouta-t-il en tendant au commissaire deux petites boîtes. Les antalgiques sont susceptibles d'entraîner une légère somnolence, évitez de boire de l'alcool.

Dupin saisit les comprimés, les fourra dans la poche de son pantalon et sortit de la clinique, la commissaire sur les talons. Elle avait garé son véhicule juste devant l'entrée des urgences. Dupin s'immobilisa un bref instant pour remplir ses poumons de l'air estival. L'hôpital se trouvait en hauteur, aux portes de la ville, et offrait un panorama imprenable sur la pittoresque cité de Guérande. Le contraste architectural qu'offrait la ville médiévale avec l'hôpital aux lignes purement fonctionnelles et à l'éclairage au néon n'aurait pu être plus grand. La vue n'était pas sans lui rappeler la Ville close de Concarneau. Rehaussée par un éclairage doré, la silhouette des impressionnantes murailles et des tours avait quelque chose de réconfortant.

La commissaire Rose avait déjà rejoint sa voiture, une Renault Laguna bleu nuit, flambant neuve. Dupin ouvrit la portière côté passager.

— C'est la seule chose à peu près mangeable que j'aie pu trouver, lança Le Ber qui était apparu comme par magie.

Il lui tendit un sachet de bonbons au caramel à la fleur de sel ainsi qu'un gobelet fumant que Dupin saisit avec reconnaissance. Il ne s'attendait pas à trouver des caramels dans un hôpital, mais la fierté régionale se déclinait manifestement à tous les niveaux. Et puis il appréciait particulièrement ces douceurs salées-sucrées.

— Ce n'est pas une sole, mais c'est toujours ça.

Le Ber leva vers lui un regard intrigué, presque inquiet, tandis que la commissaire Rose les considérait tous deux avec impatience.

L'air frais revigora Dupin, tout comme la perspective d'un autre café.

— Le Ber, adressez-vous à la rédaction de Vannes et contactez des collègues de Lilou Breval. Je pense que vous n'aurez aucun mal à joindre du monde, même à cette heure-ci. (En donnant des instructions, Dupin avait la sensation de recouvrer ses forces, comme si tout rentrait dans l'ordre.) Demandez les noms et les numéros de téléphone des collaborateurs de Lilou Breval. Ainsi que celui du directeur de la rédaction. Appelez-les tous. Ah, et prévenez Labat. Qu'il soit là demain à la première heure… Euh, dites-lui de passer au bureau avant de nous rejoindre et de m'apporter le grand sac bleu près de mon bureau. C'est très important.

Le Ber connaissait trop bien son patron pour se risquer à poser la moindre question.

Dupin, avec son épaule en vrac et un café dans la main, prit place tant bien que mal au côté de la commissaire Rose. Quand il fut installé, elle se pencha vers lui :

— Laissez-moi vous expliquer ce qui va se passer : nous allons interroger votre amie journaliste ensemble et ensuite, vous disparaissez. Vous m'avez bien comprise ? Vous ne serez rien de plus qu'un témoin dans *mon* enquête. Je m'occupe du reste, point. D'accord ? Je vous dis cela en toute camaraderie.

Elle s'était exprimée avec une ironie très maîtrisée, doucereuse sans pour autant être sarcastique, qui eut le don d'agacer Dupin. Malheureusement, il était mal placé pour la contredire. Le règlement de la police et la loi étaient sans aucun doute du côté de sa collègue. Garder le silence était plus avisé.

D'un geste résolu, la commissaire mit le moteur en route et écrasa l'accélérateur.

Ils roulèrent quarante minutes, sirène hurlante, gyrophares allumés et à une vitesse de croisière défiant toutes les réglementations, que ce fût en ville ou en rase campagne. Au grand soulagement de Dupin, ni l'un ni l'autre n'éprouva le besoin de parler. L'effet des calmants s'atténuait, laissant place à une douleur lancinante. Dupin avala aussitôt un antalgique, il ne pouvait se permettre aucune faiblesse pour le moment. Heureusement, les cinq caramels qu'il avait dans l'estomac lui faisaient le plus grand bien.

Durant le trajet, il essaya à plusieurs reprises de contacter Lilou Breval, sans plus de succès qu'auparavant. La commissaire Rose lui lançait des regards soucieux, trahissant plus d'inquiétude qu'elle n'en avait montrée plus tôt dans les salines.

Lilou Breval vivait non loin de Brillac, à quelques kilomètres de Sarzeau, tout près du golfe du Morbihan, que Dupin considérait comme une authentique merveille de la nature. Morbihan signifiait « Petite Mer » en breton, et il s'agissait en effet d'une mer intérieure, reliée à la « Grande Mer » – la

Mor Braz – par un étroit passage par lequel s'engouffrait puis s'écoulait quotidiennement l'océan avec toute sa puissance tumultueuse. Le Golfe était parsemé d'innombrables îles et îlots adoptant, selon les marées, les formes les plus fantaisistes, et dont vingt seulement étaient habités. Peu profonde, la mer y atteignait quelques mètres à marée haute. Lorsqu'elle se retirait, ne subsistaient tout au plus que quelques centimètres d'eau, découvrant sur des kilomètres un paysage de sable, de vase ou de roches, strié de chenaux plus ou moins larges et entrecoupé de longs bancs de sable d'une blancheur éblouissante, sans oublier les parcs à moules et les bancs d'huîtres. A marée haute, en revanche, les îlots plats et recouverts d'une végétation touffue semblaient dériver sur la surface de la mer comme si on les avait délicatement poussés depuis la côte vers le large. Les petits bosquets portaient des noms romantiques qui les décrivaient à merveille : le bois d'Amour, le bois des Soupirs, le bois des Amants ou encore des Regrets... Un mélange enchanteur de mille nuances de vert associées au bleu des flots et aux teintes sans cesse changeantes du ciel.

Son ami Henri, comme lui ancien Parisien, qui avait néanmoins eu le bon goût d'épouser une Bretonne, possédait une maison dans le Golfe, non loin du port Saint-Goustan. Dupin avait passé une semaine chez lui, au mois de juin précédent – les premières véritables vacances qu'il prenait depuis bien longtemps, et qu'il avait dûment savourées.

Bien sûr, ils n'avaient pas manqué de faire une excursion au Croisic.

Le Golfe était un monde à part. L'Atlantique y perdait toute sa rudesse, toute sa puissance effrayante pour prendre des allures de nature morte invitant à la contemplation. La nature docile qui lui servait de berceau donnait une impression de paix. Pourtant, la mer était omniprésente, source de toute vie. Il y régnait un climat particulier, que les Bretons qualifiaient fièrement de « méditerranéen », voire de « subtropical ». Beaucoup de soleil, une faune et une flore foisonnantes, c'était une terre douce et fertile. A la grande joie de Dupin, d'innombrables hippocampes y avaient élu domicile. Il vouait à ces petites bêtes une adoration proche de celle qu'il réservait aux pingouins. L'hippocampe figurait d'ailleurs sur le blason du parc naturel régional du golfe du Morbihan, sous l'appellation duquel le coin bénéficiait d'une protection particulière.

L'une des premières leçons bretonnes administrées à Dupin par Nolwenn s'était résumée en une seule phrase : « Il n'y a pas une seule Bretagne ! Il y a plusieurs Bretagnes », tant le pays se démarquait par la diversité de ses paysages, ses contrastes, ses innombrables particularismes et contradictions. Avec le temps, Dupin avait pu le vérifier par lui-même ; cette formule révélait sans doute le dernier et le plus grand secret de la région. Pour lui, le Golfe représentait la Bretagne estivale et ensoleillée, la nonchalance, les régates et les exquises baignades, l'oisiveté à laquelle la mer elle-même semblait se laisser prendre. Le « royaume de la paresse », ainsi le désignait-on avec tendresse.

Durant le trajet, Dupin n'avait pu s'empêcher de repenser à la triste légende de la naissance du Golfe que lui avait contée son ami Henri. Jadis, la forêt sacrée de Rhuys recouvrait les terres – la Bretagne d'ailleurs était entièrement boisée. C'était le territoire merveilleux des fées, qui avaient inspiré quantité d'appellations et de récits. Un jour, l'homme profanateur attaqua la forêt magique, le royaume enchanté. Il chassa les fées, qui s'enfuirent en pleurant si fort que leurs larmes inondèrent les terres. Eperdues de douleur, elles jetèrent leurs couronnes de cheveux dorés qui se transformèrent en autant d'îles magnifiques saupoudrées de poussière d'or. Il y en avait tant qu'on en comptait une pour chaque jour de l'année. Le Golfe n'était qu'une mer de larmes.

La maison de Lilou Breval – une bâtisse de pierre étonnamment étroite, ancienne et joliment entretenue – était plongée dans le noir. Aucune lumière ne filtrait aux fenêtres. Elle se dressait, solitaire, sur une petite avancée de terre, la « pointe de l'Ours ». Le chemin de sable finissait là, et dix mètres au-delà, à l'autre bout du jardin, commençait la « Petite Mer ». Si proche. Lilou Breval vivait seule, pour ce que Dupin en savait. D'après les informations fournies par Nolwenn, elle avait été mariée mais était divorcée depuis des années. Dupin avait entendu parler d'un nouvel homme dans sa vie, mais cela ne voulait pas dire grand-chose.

La commissaire se gara devant la maison. Elle n'avait pas coupé le contact que Dupin défaisait déjà sa ceinture de sécurité et ouvrait la portière. Malgré son épaule douloureuse, il sortit de la Renault avec agilité et chercha un véhicule du regard, mais il n'en vit pas. Ils étaient sans doute venus pour rien, Lilou ne semblait pas être chez elle.

— On sonne quand même. Prenez ça.

La commissaire Rose se tenait juste derrière lui et lui tendait un chargeur pour son SIG-Sauer.

— On ne sait jamais.

Dupin hésita un instant, puis il s'empara de son arme, la rechargea d'un geste expérimenté et la rangea dans sa poche. Il poussa la barrière de bois entrouverte, pénétra dans le jardin et s'approcha de la porte de la maison.

Ils avaient passé un long moment ici, tous les deux, quand il était venu lui rendre visite. Ils étaient restés tard dans ce jardin paradisiaque que la mer venait caresser à marée haute. La végétation y était sauvage, luxuriante. Une multitude d'arbres, arbustes et fougères poussaient là, entremêlés de magnolias, de camélias, de rhododendrons, de lauriers et d'aubépines. Dupin avait été tout particulièrement impressionné par un grand citronnier et un non moins grand oranger. Un jardin enchanteur, hors du monde.

Dupin actionna la sonnette.

— Manifestement, il n'y a personne.

La commissaire s'était postée dans son dos. Dupin pressa une nouvelle fois le bouton. La sonnerie stridente perça la nuit, sans aucun effet. Dupin s'éloigna de quelques pas et entreprit de contourner la bâtisse.

— Lilou, vous êtes là ? C'est moi, Georges Dupin !

Il avait crié et n'hésita pas à recommencer.

— Elle est absente, conclut sa collègue d'un ton ferme.

Elle l'avait suivi derrière la maison, Dupin apercevait sa silhouette. Pleine trois jours plus tôt, la lune décroissait mais dispensait suffisamment de clarté.

— Nous devrions…

La sonnerie de son téléphone l'interrompit. C'était Claire. Dans la voiture déjà, il avait remarqué qu'elle avait essayé de le joindre. A deux reprises, pendant qu'il se trouvait à l'hôpital. Il avait également reçu deux appels masqués. Quand Dupin ne décrochait pas, les appels étaient automatiquement renvoyés sur le poste de Nolwenn. Il ferait mieux de décrocher. Claire se demandait sûrement pourquoi il ne l'avait toujours pas rappelée. Peut-être même le soupçonnait-elle de ne pas oser lui annoncer qu'il ne viendrait pas le lendemain. Que lui dire à présent ?

— Qui est-ce ?

— Un appel privé.

La sonnerie se tut. Dupin s'éloigna de quelques pas et composa un numéro.

— Le Ber, vous m'entendez ?

— Chef ?

— Vous avez du nouveau ? Vous avez pu joindre quelqu'un ?

— Oui, j'ai quelques infos, et vous ? Lilou Breval est chez elle ?

— Non. Dites-moi ce que vous avez appris.

— Un journaliste était de service. Il n'a pas pu m'aider personnellement, parce qu'il ne travaille pas beaucoup avec elle, mais j'ai obtenu les numéros de deux collègues de Vannes avec lesquelles la journaliste semble entretenir des liens d'amitié. J'ai aussi celui du directeur de la rédaction. Je viens de lui parler. Il la prend pour une folle.

— Il la prend pour une folle ?

— Il prétend qu'elle passe son temps sur – je cite – « des histoires tordues » et qu'elle poursuit des fantômes, que c'est de pire en pire et qu'elle est – je cite encore – « complètement parano ». Malheureusement, il n'avait rien de plus concret à me confier et n'avait pas entendu parler de barils ou de salines avant que je lui pose la question. Cela dit, il a ajouté que rien ne l'étonnerait de sa part. Il est son chef depuis neuf mois et il l'aperçoit tout au plus une fois par semaine. Il a fini par admettre qu'il ignorait sur quoi elle travaillait actuellement.

— Ma foi, je comprends qu'elle ne le supporte pas plus d'un jour par semaine. Et il n'a pas la moindre idée de l'endroit où elle pourrait se trouver ?

— Pas la moindre. Il n'a aucune nouvelle d'elle depuis la semaine dernière. Il connaît son adresse, mais ne sait rien de sa vie privée.

— Et ses collègues ?

Dupin faisait les cent pas dans le jardin, le téléphone à l'oreille.

— Elles n'ont pas décroché. Je les ai appelées en pleine nuit, vous savez. Mais j'ai laissé un message à chacune.

— Bon. Essayez de les joindre un peu plus tard. Il faut absolument qu'on la trouve. (Dupin raccrocha et se retourna.) L'inspecteur…

Il se tut. La commissaire s'était éloignée.

— Hé !

Aucune réponse. Elle était sans doute retournée à la voiture, ils n'avaient plus rien à faire ici. Tout à coup, les fenêtres du rez-de-chaussée s'allumèrent, projetant des carrés de lumière irréguliers dans l'herbe du jardin.

— Il y a quelqu'un ? Lilou ?

Dupin se hâta de rejoindre la porte d'entrée. Elle était grande ouverte. Il pénétra dans une pièce occupant quasiment toute la surface de la maison et qui servait à la fois de salon, de salle à manger et de cuisine. La commissaire Rose se tenait près d'une grande table en bois sur laquelle s'amoncelait un nombre impressionnant de livres et de revues, essentiellement de la presse étrangère, les dernières éditions de *Time Magazine* et du *New Yorker*.

La propriétaire des lieux, cependant, restait introuvable.

— Bon sang, qu'est-ce que vous faites là ?

— Je cherche un indice pouvant nous indiquer où elle se trouve... ou encore le sujet du dossier sur lequel elle travaille.

— Comment êtes-vous entrée ?

— La porte n'était pas verrouillée.

Bien sûr. Dupin n'aurait pas pu citer un seul Breton de son entourage, excepté ceux qui vivaient en ville ou dans des résidences de villégiature, qui verrouillât sa porte.

— Mais c'est une effraction, une intrusion dans...

Il se tut en prenant conscience qu'il était très mal placé pour rappeler à sa collègue les règlements et les lois auxquels ils étaient censés se plier. Pourtant, ils pénétraient vraiment sans autorisation dans la sphère privée de Lilou. Ils devaient lui parler de toute urgence, certes, mais ce n'était pas une raison pour entrer chez elle comme dans un moulin.

— Nous n'avons pas le choix. Vous ne vous inquiétez donc pas pour votre amie ?

Pour la première fois de la soirée, la commissaire Rose s'exprimait sans une once d'ironie. Sa voix était chargée d'une appréhension bien réelle.

— Une journaliste, qui enquête vraisemblablement sur une affaire sérieuse, confie à un policier un indice qui l'amène dès le premier essai à se faire tirer dessus – pendant ce temps, ladite journaliste disparaît... Il y a de quoi s'alarmer, non ?

Présentée ainsi, la situation était en effet préoccupante. Dupin éprouvait une certaine nervosité depuis les événements de la soirée, mais il n'avait pas considéré les choses sous cet angle. Peut-être s'interdisait-il de dramatiser, tout simplement. La portée de la phrase de sa collègue lui apparut soudain dans toute sa gravité.

— Elle n'a pas disparu. Nous n'avons pas encore réussi à la joindre, c'est tout. Elle peut être n'importe où, chez une amie, dans sa famille, chez un homme. Ce n'est pas parce qu'elle s'absente de chez elle entre vingt et une heures et deux heures du matin un jour de semaine et qu'elle est injoignable qu'elle a nécessairement disparu.

Dupin s'était efforcé de paraître persuasif, autant pour convaincre sa collègue que se rassurer lui-même. Cependant sa tentative ne fut guère concluante.

— Tirez les conclusions que vous voulez. Tant que nous ne l'aurons pas retrouvée, la police la considère comme telle. Dans l'intérêt de la personne, je m'interdis toute autre hypothèse.

Tout en parlant, elle avait lentement parcouru le salon en examinant ici ou là un objet en particulier. Puis elle tourna les talons et se dirigea vers l'escalier menant au premier.

— Que faites-vous ?

— Je cherche son bureau.

Une pensée folle traversa tout à coup l'esprit de Dupin : et si la commissaire soupçonnait Lilou Breval ? S'inquiétait-elle réellement de la disparition de la journaliste ou envisageait-elle autre chose ? En toute objectivité, on avait là une interprétation possible : on lui aurait tendu un piège, et Lilou serait impliquée dans le complot. Si plausible que cela paraisse, Dupin ne pouvait y croire.

A droite de l'escalier, à l'étage, il découvrit une chambre à coucher dont la porte était entrebâillée. Il aperçut un lit fait à la hâte et recouvert d'un plaid multicolore. Le fond de la pièce était percé d'une porte dont la commissaire Rose émergea au même instant.

— Un cabinet de toilette. Il manque ses affaires : brosse à dents, maquillage, crèmes...

— Eh bien, vous voyez. Elle s'est absentée quelques jours, voilà tout.

Lilou Breval n'avait pas parlé de vacances quand elle avait appelé Dupin. A vrai dire, elle ne lui avait pas donné l'impression d'être sur le départ. Au contraire, elle l'avait pressé pour le rencontrer à son retour des salines.

— Peut-être qu'elle a une résidence secondaire... avança-t-il.

— Une résidence secondaire où elle emporterait sa brosse à dents ?

— Ou bien elle a tout bonnement rendu visite à quelqu'un.

La commissaire leva les yeux au ciel.

Elle passa devant Dupin pour se rendre de l'autre côté de l'escalier, où se trouvait le bureau, agrémenté de hautes fenêtres de part et d'autre de la pièce. L'essentiel du mobilier était constitué d'une grande table de bois, du même type que celle du rez-de-chaussée et tout aussi encombrée de paperasse, sauf qu'il s'agissait davantage ici de documents, de coupures de presse et de dossiers formant de hautes piles branlantes. Devant le fauteuil moderne, un espace était libre.

— Son ordinateur aussi a disparu.

— Comme c'est étrange, pour un ordinateur portable…

Son ton était plus sarcastique qu'il ne l'aurait voulu.

Sans relever sa réponse puérile – Dupin lui-même en était gêné –, la commissaire Rose se mit au travail. Debout côte à côte près du bureau, ils compulsèrent silencieusement chaque dossier. Il y avait là de vieilles éditions d'*Ouest-France*, quelques pages de journaux isolés, *Le Télégramme*, *Libération*, des impressions d'articles trouvés en ligne ou de ses propres publications. En considérant cette documentation dans son ensemble, on remarquait une chronologie entre les piles et dans les piles elles-mêmes. Elle n'était pas stricte, mais tout de même apparente. Le tas le plus petit, que Dupin parcourait à présent, était le plus récent, même si les derniers imprimés remontaient à six semaines, et seules quelques éditions plus récentes d'*Ouest-France* étaient posées dessus, manifestement intactes. Des tasses multicolores étaient réparties sur chacun des tas, il y en avait au moins une demi-douzaine, ainsi que trois verres à vin sales. Tout cela laissait imaginer que la journaliste avait trimé dur, sans doute des jours et des nuits durant.

Dupin jeta un coup d'œil aux articles publiés par Lilou. Ils traitaient des sujets les plus variés, les dossiers importants côtoyaient des brèves sans intérêt. Une protestation furieuse contre la libéralisation de la pêche professionnelle des palourdes à Concarneau, datant de début mars, et que Dupin avait déjà lue ; il appréciait ces coquillages plus que tous les autres et était naturellement tiraillé entre les contraintes écologiques et sa passion pour ces gourmandises qu'une libéralisation rendrait plus facilement accessibles. Dessous, il découvrit un papier paru en juillet qui revenait sur la résistance de l'industrie alimentaire bretonne à l'« invasion » des grandes marques. Sur le même sujet, Dupin trouva également une multitude de notes tirées d'entretiens. Puis il parcourut un article sur un thème similaire : « La guerre du Cola ». Le monde entier buvait du Coca-Cola… Le monde entier ? C'était compter sans les Bretons. En 2002, ces irréductibles Gaulois avaient lancé leur propre soda, le Breizh Cola, et, depuis, une bonne partie des quatre millions et demi de Bretons ne juraient que par cette boisson locale. Dupin se comptait d'ailleurs parmi eux, parce qu'il était plus agréable au goût et, il fallait bien le reconnaître, par chauvinisme et esprit de contestation. Le succès de

Breizh Cola avait suscité une première mondiale : l'empire Coca-Cola s'était senti défié et, pour la première fois de son histoire, la marque avait réagi en concevant une énorme campagne régionale avec un logo spécifique afin de briser la résistance des rebelles. Le résultat avait cependant été inverse en resserrant plus encore les liens de solidarité des autochtones avec Breizh Cola. Dupin ne put réprimer un sourire. C'était là un comportement typiquement breton. C'était aussi le genre de sujet que Lilou Breval affectionnait tout particulièrement.

— Elle n'a pas dû s'attirer les bonnes grâces des puissants. J'imagine que certains seraient très heureux de la voir déguerpir. Chapeau. C'est courageux.

La commissaire Rose avait formulé cette remarque en passant, mais son admiration semblait sincère.

— Les papiers les plus récents remontent à six semaines, déclara Dupin après une nouvelle vérification.

— C'est étrange.

Sa collègue avait brièvement levé les yeux vers lui avant de s'attaquer à une nouvelle pile de documents, comme si elle lui enjoignait de ne pas se laisser distraire. Dupin se sentit revenu à ses débuts dans la police parisienne, quand il avait vingt ans et qu'il assistait les inspecteurs et les commissaires dans leur tâche. Il fronça les sourcils avec agacement avant de secouer la tête et de se replonger dans son travail.

— Les trente-six sangliers morts, murmura la commissaire Rose.

Dupin faillit éclater de rire, tant étaient absurdes ces mots prononcés hors contexte dans la pièce silencieuse. Il se rappela que l'événement avait fait la une des journaux, l'année précédente. A l'époque, il menait une enquête sur les Glénan[1], une affaire qui avait d'ailleurs continué de le tarauder pendant de longs mois. En réalité, l'histoire des sangliers n'avait rien de comique, au contraire : trente-six de ces bêtes si chères aux Bretons s'étaient empoisonnées en inhalant les vapeurs dégagées par une algue en décomposition qui s'était amassée en quantités anormales sur les plages bretonnes. Lilou avait centré son article sur les origines de cette « marée verte » d'algues toxiques. Une quantité beaucoup trop importante de nitrates, issus de l'agriculture intensive, s'était déversée dans la mer, favorisant la croissance de ces fameuses algues vertes potentiellement fatales. En soi, ces végétaux étaient parfaitement inoffensifs, et même comestibles, mais quand ils échouaient sur la terre en quantité massive et se décomposaient au soleil, ils dégageaient des gaz toxiques. Le sujet était grave et épineux, avec des conséquences économiques qui allaient bien au-delà des frontières régionales.

1. Voir, du même auteur, chez le même éditeur, *Etrange printemps aux Glénan*, 2015.

— Là, s'exclama la policière. Un article sur le sel, daté de l'année dernière.

L'extrait de presse était jauni par le temps et portait un grand nombre d'empreintes de tasses, rondes et ondulées. La commissaire avait déposé la feuille de manière que Dupin puisse lire en même temps qu'elle. L'accroche annonçait que la « fleur de sel » avait obtenu le label d'Indication géographique protégée. A l'avenir, poursuivait le papier, la fleur de sel cueillie à la main dans les salines de Guérande, de l'île de Noirmoutier ou de l'île de Ré aurait le bénéfice exclusif de cette appellation. Pendant des décennies, les producteurs de sel de l'Atlantique avaient négligé de protéger le nom, si bien qu'avec la globalisation à grande vitesse, on avait vu apparaître des « fleurs de sel » en provenance d'Inde ou de Chine. L'article vantait ensuite l'impressionnante renaissance des salines de Guérande au cours des dernières années, alors qu'elles étaient considérées comme exsangues à la fin des années 1960. Il s'arrêtait ensuite sur les soixante-douze paludiers qui avaient redécouvert les joies de leur profession, et sur les douze mille tonnes de sel récoltées annuellement dans la région. Il décrivait en détail les trois différents types de producteurs spécialisés dans le sel : les indépendants, les coopératives et les grandes entreprises, françaises et européennes. Un paragraphe entier était consacré à une vieille société du sud de la France, Le Sel, dont Dupin avait entendu parler, comme tout le monde.

Le commissaire redoubla d'attention en relevant un passage sur la « guerre des sels » – un conflit opposant les sels méditerranéens aux sels atlantiques. Grâce à une rationalisation stricte de sa production et à une baisse constante de ses prix, le Midi avait depuis belle lurette remporté la bataille. Si le sel atlantique avait gardé la plus grosse part du marché jusqu'à la fin du XIXe siècle, ce produit artisanal ne représentait de nos jours pas plus de 5 % de la production française. De manière générale, la concurrence dans le secteur était redoutable : la production entièrement mécanisée des autres pays de l'Union européenne mais aussi celles d'Algérie, de Russie et d'Amérique du Sud faisaient du sel du Pays blanc une denrée rare et précieuse. Apparemment, la situation n'était pas simple. Si les paludiers bretons, passionnés, ne mouraient pas de faim – en partie, d'ailleurs, grâce à des subventions –, ils n'étaient pas tirés d'affaire pour autant. L'article était parsemé de piques caractéristiques de la plume de Lilou Breval et destinées à la grande société du Midi. La conclusion, en revanche, se teintait fortement de sentimentalisme et vantait avec fierté « l'art merveilleux de la cueillette de l'or blanc » avant d'enjoindre aux lecteurs de bannir toute autre variété d'une cuisine bretonne digne de ce nom. Elle citait ensuite deux paludiers, le directeur de la plus grosse coopérative du coin et la directrice du Centre du sel.

Dupin s'aperçut que son calepin était resté dans la boîte à gants de sa voiture – enfin, de son véhicule de remplacement –, parmi tout un fatras. Depuis sa formation, il était resté fidèle aux carnets Clairefontaine rouges, dans lesquels il griffonnait toutes sortes de choses parfois incompréhensibles. Il ne s'agissait pas seulement d'aider sa mémoire capricieuse, voire défectueuse, mais bien davantage d'instaurer une méthode dans son travail – ou plutôt quelque chose qui ressemblait de loin à une méthode, car ce mot lui était étranger. Sa collègue, en revanche, semblait pouvoir se passer complètement d'aide-mémoire.

— Guy Jaffrezic et Juliette Bourgiot. (Dupin avait prononcé à voix haute les deux noms qui figuraient dans l'article pour se les rappeler plus tard, avant de conclure :) Intéressant, cet article.

— En tout cas, nous détenons désormais la preuve que votre amie s'est intéressée de près aux salines.

— Cette publication date de l'année dernière.

— Nous savons aussi à qui elle s'est déjà frottée dans le *Gwen Ran*. Avec un peu de chance, nous allons trouver un autre article sur les salines.

Sur ces mots, la commissaire attaqua une nouvelle pile. Pour décourageant et vague qu'il était, ce point de départ avait le mérite d'exister.

La commissaire claqua la portière d'un geste énergique. Il était trois heures moins le quart. Ils avaient passé une heure dans la maison de Lilou

Breval à compulser les piles restantes avant de faire un dernier tour dans toutes les pièces du logement. Ils n'avaient rien trouvé de plus, aucune coupure de presse supplémentaire sur les salines, pas même une allusion à celles-ci dans d'autres articles. Ils n'avaient pas davantage recueilli d'indication leur permettant de supposer que la journaliste n'avait pas intentionnellement passé la nuit ailleurs. Dupin avait pourtant senti monter en lui une inquiétude diffuse ; il avait essayé à plusieurs reprises de la joindre sur son portable, sans plus de succès.

Puis il avait appelé Le Ber qui n'avait pas plus progressé que lui et qui lui demanda s'il pouvait se rendre chez un cousin éloigné vivant à Bono (« Bono ? » s'était étonné Dupin) afin de dormir quelques heures. Au cœur d'une enquête, Dupin se souciait peu de sommeil, que ce soit pour lui-même ou son entourage, mais il ne trouva aucune tâche à confier à Le Ber à cette heure-ci.

— Nous avons trois heures devant nous.

La commissaire farfouilla à droite de son siège qu'elle recula de quelques centimètres. Tout prêtait à croire qu'elle s'installait pour un moment.

— Nous allons prendre un peu de repos avant de retourner aux salines. Le jour se lève vers six heures, j'aimerais y être dès l'aube. Je vous déposerai à votre véhicule avant de commencer mon enquête.

Elle lui adressa un regard aimable, dans lequel

il lut de nouveau son désir de ne pas le froisser. Mais il réagit tout de même :

— J'ai failli me faire descendre, je suis impliqué personnellement dans cette affaire. Je ne peux pas me contenter de vous regarder travailler, hors de question. J'aimerais… (Dupin hésita.) Bref, vous savez vous-même qu'il serait préférable que j'interroge moi-même Lilou Breval. Elle me fait confiance. Elle se confiera à moi.

— Vous croyez donc qu'elle cachera certaines informations à la police si vous n'êtes pas là ?

Dupin ne répondit pas. Un silence s'installa, pendant lequel sa collègue continuait de se mettre à son aise pour sommeiller un peu.

— Avez-vous réussi à joindre un responsable des salines ? demanda Dupin sur un ton amical.

— J'ai eu le directeur de la coopérative. Il sera sur place à sept heures.

— A-t-il une idée de ce qui a pu se passer ?

— Pas la moindre, m'a-t-il dit.

La facilité avec laquelle elle lui transmettait toutes ces informations était presque suspecte. D'instinct, Dupin se méfia.

— Et le propriétaire de la saline ?

— Monsieur Daeron.

— Vous le connaissez ?

— Non.

— Mais vous lui avez parlé ?

— Oui. Il vit à La Roche-Bernard, au bord de la

Vilaine. A environ vingt-cinq minutes de la saline. On a réussi à le joindre.

— Et il ne sait rien, lui non plus ?

— Rien.

— Il n'a jamais entendu parler de barils ?

— Il affirme qu'il n'y a aucun baril dans les salines. La directrice du Centre du sel, en revanche, était injoignable. En été, la journée de travail démarre très tôt, bien avant le lever du soleil. Demain, dès l'aube (elle avait pris un ton inspiré), j'y serai.

Cette manière de lui livrer tous les détails de cette enquête dont il était désormais exclu avait quelque chose de suffisant, tout au moins aux yeux de Dupin.

— Et maintenant, dormons.

Elle semblait sérieuse. Quand elle avait parlé de repos, quelques instants plus tôt, Dupin n'avait pas protesté car il avait cru à une plaisanterie.

— Vous voulez vraiment *dormir* ? Dans la voiture ?

— Le temps de trouver un hôtel et que je vous y dépose, il serait quatre heures. Vous auriez à peine le temps de vous installer avant que je revienne vous chercher. On n'est pas à Paris, ici.

Elle avait peut-être raison, mais c'était tout de même déconcertant.

— Vous feriez mieux de dormir un peu, vous aussi. Il n'y a rien que nous puissions faire pendant ces trois heures. Et on vous a tiré dessus, après tout. Quelques heures de sommeil vous feront sûrement le plus grand bien. Vous n'avez jamais passé la nuit dans une voiture au cours d'une enquête ?

Dupin garda le silence. Pour l'heure, ils ne pouvaient rien faire de plus, et son corps avait certainement besoin de repos. Pourtant, il n'arrivait pas à s'y résoudre. Pour commencer, il avait toujours été piètre dormeur. Même en temps ordinaire, il lui arrivait de rester éveillé des nuits entières, et avec toutes les pensées et les questions qui le taraudaient à présent, il était sûr de ne pas trouver le sommeil. Sans compter que, malgré les antidouleurs, son épaule le lançait. Mais ce qui le retenait avant tout, c'était la perspective de dormir à cinquante centimètres d'une parfaite inconnue. Dupin décida de profiter de la fraîcheur nocturne pour faire quelques pas, ce qui l'aidait toujours à mettre de l'ordre dans ses pensées, à réfléchir aux derniers événements et à se calmer.

— Je vais faire une petite promenade, annonça-t-il à voix basse.

A peine avait-il terminé sa phrase que son téléphone sonna. C'était Claire. Il attendait son coup de fil, pourtant il ne décrocha pas. Il la rappellerait calmement, plus tard, et lui expliquerait la situation.

Il ouvrit la portière et entreprit de se lever, mais aussitôt chaque point de suture se fit douloureusement sentir. Il lui fallait encore avaler un analgésique. Il se rassit un instant avant de retenter une sortie.

— Faites gaffe au kangourou, il est sauvage.

— Qu'est-ce que… ?

Dupin avait très clairement entendu le mot « kangourou » – en même temps qu'il était crucifié par un nouvel élancement de son épaule. La douleur irradiait désormais dans toute la partie gauche de son corps, jusque dans ses orteils. Il s'enfonça de nouveau dans son siège et s'efforça de se détendre. Il lui fallait juste un peu de patience, tout allait s'arranger. Il remplit ses poumons d'air frais et expira lentement, puis renouvela la manœuvre à plusieurs reprises. La portière était grande ouverte. L'air était merveilleusement doux. C'était une parfaite nuit d'été, qui n'annonçait en rien l'automne imminent. Malgré le clair de lune, la Voie lactée illuminait la voûte céleste comme un ruban clair, vivant et étincelant. Une vision sublime. Jamais Dupin n'avait vu de ciel aussi beau avant de venir au « bout du monde » et d'y découvrir certaines nuits estivales de Bretagne. Des milliers d'étoiles visibles à l'œil nu, une infinité de galaxies, c'était comme contempler l'univers dans son ensemble. Dupin réalisa soudain que son esprit dérivait.

La soirée avait été épuisante, irréelle. Il allait se reposer une minute ou deux avant de se dégourdir les jambes et passer quelques coups de fil. Il raconterait les derniers événements à Claire, puis il établirait avec Le Ber le programme du lendemain, voilà ce qu'il avait oublié, il fallait à tout prix qu'il… Il allait s'y atteler… Il…

A peine deux minutes plus tard, Dupin dormait à poings fermés.

LE DEUXIÈME JOUR

— Je prendrai encore un petit café, s'il vous plaît. Avec un pain au chocolat.

Dupin avait faim, bien sûr, et les deux croissants qu'il venait d'avaler constituaient une couche suffisamment neutre et solide pour préparer son estomac fragile à des nourritures un peu plus chocolatées. Ainsi qu'à un troisième café (il s'était bien gardé de vérifier auprès de son médecin traitant, le docteur Bernez Pelliet, si cette histoire de croissant comme base alimentaire tenait la route). Il reposa son téléphone sur la table. Il n'avait cessé d'appeler Lilou Breval, mais elle ne répondait toujours pas.

Les premiers rayons de soleil, doux et légers, caressèrent son visage. Vêtu du même tee-shirt blanc difforme qu'il portait à l'hôpital, désormais sale et fripé, les joues assombries de barbe, il était installé à la terrasse de bois du Grand Large, sur le ravissant quai du Croisic, avec ses jolies maisons de hauteur variable. Il était près de la place Donatien-Lepré, là où il avait espéré savourer une sole la veille au soir. A l'instar des langoustines, des crevettes roses, des coquilles Saint-Jacques, du bar et du poulpe, la sole faisait partie des spécialités locales dont les pêcheurs du Croisic s'enorgueillissaient.

La marée était basse et, dans le vieux port, les bateaux à moteur étaient nonchalamment couchés dans quelques centimètres d'une eau d'un vert profond, entre les rochers massifs, couverts de lichen. Les voiliers, quant à eux, se dressaient fièrement sur leurs dérives, tels d'imperturbables monuments marins. Ce décor se déployait à portée de main du commissaire, à quelques mètres en contrebas, si bien que le panorama qu'il avait sous les yeux était essentiellement composé d'un enchevêtrement de mâts et de cordages d'acier. A marée haute – et c'était un spectacle dont Dupin raffolait –, les bateaux se balançaient à la même hauteur que les passants et les flâneurs installés à la terrasse des cafés. Au-delà du port, la lagune turquoise percée de bancs de sable blanc tel le ventre d'une baleine était parfaitement étale, comme engourdie par la nuit finissante. Le ciel était haut et immense, d'un bleu éclatant – un bleu singulièrement cristallin ce jour-là. Cela faisait un moment que Dupin voulait acquérir un nuancier bleu – les Bretons étaient capables de nommer des dizaines de coloris différents de l'azur. L'atmosphère ne s'était pas vraiment rafraîchie durant la nuit, et pourtant elle était au rendez-vous, la brise atlantique unique que Dupin aimait tant. Elle avait la même saveur ici qu'à Concarneau : puissante, sauvage. Quand son regard se perdait au-delà du lagon, vers le continent, il pouvait clairement discerner les contours des plaines alluviales qui s'enfonçaient loin dans les salines. C'était là-bas, quelque part dans ce paysage, qu'on avait tiré sur lui la veille au soir. Quelques heures plus tard, dans cette clarté et ce lieu merveilleux, les derniers événements lui paraissaient improbables – une sorte de rêve étrange et sombre.

Il lui suffit de quelques minutes pour se sentir mieux. La caféine agissait. Après un nouvel antalgique, son épaule lui faisait moins mal. Au terme d'une brève discussion, sa collègue avait accepté à contrecœur de le déposer là plutôt qu'à son véhicule. Elle avait espéré le remettre entre les mains de l'inspecteur Le Ber qui l'aurait immédiatement ramené à Concarneau. A court d'arguments, Dupin avait fini par invoquer des raisons sanitaires : sa tension était au plus bas, il lui fallait un café dans les plus brefs délais sans quoi il ne répondrait plus de rien, et puis Le Ber allait mettre un moment à arriver. A sa grande surprise, elle avait fini par lâcher prise, à la seule condition qu'il appelle Le Ber devant elle pour le prier de le rejoindre au Croisic et de le raccompagner à son véhicule. Ce qu'elle ne savait pas, c'était qu'il avait également convoqué Labat, son second inspecteur.

Bien entendu, Dupin n'avait pas la moindre intention de rentrer à Concarneau et de laisser la commissaire Rose prendre en charge *son* enquête. C'était hors de question. Cependant, il avait beau se triturer l'esprit, il ne trouvait pas de prétexte valable pour se faire enrôler par sa collègue. Or la situation allait devenir grave. Quelle tuile de s'être bêtement assoupi dans la voiture, la nuit passée ! Il avait dormi profondément pendant deux heures et demie, mieux que dans son propre lit. Une bonne promenade lui aurait peut-être apporté l'idée lumineuse qu'il espérait. Et il aurait appelé Claire, dont c'était l'anniversaire. Evidemment, rien ne s'était passé comme il l'aurait voulu, la veille au soir. Il aurait dû s'en occuper à ce moment-là. Mais sans sa dose de caféine, il n'aurait pu exposer les événements dans leur complexité. Et sur le trajet, en présence de la commissaire, ce n'aurait pas été souhaitable.

Enfin il composa son numéro et pressa le téléphone contre son oreille. La sonnerie retentit longtemps avant qu'elle ne décroche.

— Bon anniversaire, Claire. Je... je suis désolé. J'ai voulu t'appeler hier, j'ai...

— Tu seras bien là ce soir, n'est-ce pas ?

Elle avait posé la question sur un ton affectueux. Il fut envahi d'un grand soulagement doublé d'une certaine anxiété : pouvait-il le lui promettre ? Le mieux était de lui relater précisément ce qui s'était passé. Dans l'ordre.

— Quand tu m'as appelé, j'étais dans une saline, une simple visite de contrôle. Sur la presqu'île de Guérande, où on récolte la fleur de sel, la vraie, celle de Bretagne. On m'avait donné un indice très vague. Une connaissance, journaliste dans la région.

Bref, j'y suis allé et on m'a tiré dessus. Rien de grave, juste une éraflure. (Il marqua une pause pour permettre à Claire de réagir, mais devant son silence, il poursuivit.) On m'a amené à l'hôpital, j'ai été soigné par un très bon médecin. Il t'aurait plu. Ensuite, j'ai accompagné la commissaire qui s'occupe de l'enquête jusqu'au domicile de la journaliste. Nous devons rassembler un maximum d'indices. Les événements qui se sont produits dans les salines sont parfaitement incompréhensibles. Malheureusement, la journaliste n'était pas chez elle et je n'arrive pas à la joindre. Je suis au Croisic. Dans un café.

— Juste une éraflure, tu es sûr ? Tu as perdu beaucoup de sang ?

Claire semblait plus inquiète qu'énervée.

— Non, rien de grave. A l'épaule gauche. Je ne sens presque plus rien, mentit-il.

— Et maintenant, tu es dans un bistrot ?

— J'ai besoin de caféine, tu me connais. Le médecin m'a recommandé de manger quelque chose et de boire beaucoup d'eau. (Il chercha des yeux le serveur pour commander une bouteille.) Je n'ai rien mangé depuis hier midi, hormis des caramels au beurre salé. Je n'ai pas pu te rappeler avant, je viens d'arriver. Et dans la voiture… enfin, ce n'est pas ma voiture. La mienne est au garage.

— Où as-tu dormi ?

La conversation prenait un tour moins agréable, même s'il n'avait rien à cacher. Parfois, les choses paraissaient plus suspectes qu'elles n'étaient quand on les racontait – surtout quand on essayait à tout prix de les désamorcer.

— J'ai à peine dormi.

— Où ?

— Dans la voiture. Devant la maison de la journaliste. Je n'ai pas eu le temps de trouver un hôtel.

— Tu ne ferais pas mieux de te ménager et de rentrer chez toi ? Ce n'est pas ton enquête, si je comprends bien. C'est l'affaire de la police de Guérande. Tu peux rentrer chez toi, non ? Et être à Paris ce soir ?

— Je… (Dupin était à court d'arguments.) Non, ce n'est pas mon enquête, et il est prévu que je retourne à Concarneau d'un instant à l'autre.

— Et cette commissaire, elle a dormi où ? Qui c'est, d'ailleurs ?

Ça non plus, ce n'était pas bon.

— Je… Dans la voiture, elle aussi. Elle a très peu dormi.

Décidément, il s'enfonçait de plus en plus.

— Claire, j'ai envie de comprendre ce qui se passe. J'ai besoin de savoir qui m'a tiré dessus, et pourquoi. Je veux trouver mon agresseur. Tu comprends ? Je ne veux pas que quelqu'un d'autre s'en occupe, j'ai envie de le faire moi-même.

Un long silence s'installa.

— Je comprends, Georges. Oui. (Elle semblait sincère, mais très triste, comme si souvent par le passé.) Bon, on m'attend en salle d'opération. Je te rappelle plus tard. A plus.

— A plus.

Claire avait raccroché. Dupin se coula dans son siège, à son tour submergé par un sentiment de tristesse.

Un klaxon se fit entendre soudain près de lui. Dupin avisa deux voitures de police qui avançaient lentement le long du quai. Au volant du premier véhicule se trouvait Labat, qui esquissa un geste théâtral pour lui faire comprendre qu'il l'avait repéré ; Le Ber le suivait dans l'autre. Pour une fois, Dupin fut heureux de les voir tous les deux, y compris Labat, son inspecteur zélé au visage poupin qui l'agaçait tant.

Fidèle à lui-même, celui-ci gara sa voiture officielle le plus près possible de Dupin en affichant un air important. Le Ber trouva une place un peu plus loin. A eux deux, ils bouchaient quasiment le passage. Labat s'approcha le premier, la mine sombre, et tendit sans mot dire un sac Armor Lux à Dupin qui s'en saisit avec un plaisir enfantin. Il allait enfin pouvoir se changer. Dupin avait découvert un beau jour les polos de la marque bretonne, célèbre pour ses pulls rayés qu'il avait aussitôt adoptés. Tous les produits de la marque n'étaient pas des marinières. Il avait pris l'habitude de se rendre deux fois par an dans leur grande boutique de Quimper et de faire le plein de polos qu'il portait aussi bien au travail qu'en dehors. Il y était allé pas plus tard que le lundi précédent, et son sac de courses était resté au bureau.

— Avez-vous réussi à clarifier officiellement

notre rôle dans cette enquête ? demanda Labat sur un ton pincé sans autre forme de salut. (La joie de Dupin s'envola d'un coup.) Vous savez bien que nous n'avons pas l'autorisation d'exercer là-bas – je pars du principe que la question est réglée, sinon vous ne m'auriez pas fait venir jusqu'ici.

Dupin fut à deux doigts de lui dire qu'il l'avait convoqué uniquement pour récupérer ses polos. Labat était décidément indécrottable. Son mariage, l'année précédente, ne l'avait pas changé. Il s'était marié peu de temps après Le Ber, comme s'il lui fallait à tout prix rattraper son collègue. Cette satisfaction ne semblait pas lui suffire, ce qu'on comprenait en partie quand on rencontrait son épouse : enseignant les sports de combat à l'école de police de Rennes, cette femme à la carrure imposante avait le charme d'un bouledogue.

Bien entendu, Dupin n'avait aucune réponse valable à fournir à son inspecteur. Ce rendez-vous au port du Croisic, déjà, pouvait leur valoir quelques ennuis si d'aucuns venaient à l'apprendre. Comment lui expliquer ? Il préféra esquiver et se leva d'un bond.

— Je reviens tout de suite.

D'abord, il fallait qu'il se change. Le Ber, qui s'était discrètement tenu à l'écart jusque-là, s'avança d'un pas.

— J'ai parlé avec une collègue de Lilou Breval, il y a quelques minutes. Je lui avais laissé un message.

— Alors ?

— Elle m'a dit que Lilou s'occupait encore de l'histoire de Coca-Cola, ainsi que des salines. Elle était malheureusement incapable de me donner davantage de précisions. La journaliste l'aurait appelée avant-hier pour lui dire qu'elle passerait à la rédaction le surlendemain, c'est-à-dire aujourd'hui, pour vérifier deux ou trois bricoles. Elle voulait lui parler par la même occasion, mais elle ne lui a pas précisé de quoi. Elle n'avait pas l'air particulièrement agitée. Apparemment, elles ont l'habitude de se retrouver une ou deux fois par semaine. Elle ignore où Lilou est actuellement, mais elle m'a raconté qu'elle se rend régulièrement dans la maison de ses parents récemment décédés, également dans le Golfe, mais de l'autre côté, à la pointe de Kerpenhir.

Dupin avait eu l'occasion de visiter la pointe de Kerpenhir avec Henri. Un endroit fabuleux. A droite, l'Atlantique à perte de vue, à gauche le Golfe, en face le ravissant Port-Navalo. Les courants étaient puissants dans le coin, ils pouvaient atteindre vingt kilomètres/heure. Des masses d'eau gigantesques transitaient par là, jusqu'à deux cents mètres cubes se déplaçant à toute allure.

— Elle ne possède pas de téléphone fixe, là-bas, nous n'avons rien trouvé dans l'annuaire. Voulez-vous qu'on envoie quelqu'un sur place pour vérifier si elle y est ?

— Le plus vite possible, oui.

— Il faut d'abord prévenir la commissaire Rose. On n'a pas le droit de faire ça, intervint Labat.

Dupin sentit la moutarde lui monter au nez. Il

se détourna et disparut dans le café avant de laisser échapper une remarque acerbe.

Les toilettes étaient minuscules et sentaient tant la lavande qu'on se serait cru dans un champ en Provence. Manifestement, le désodorisant avait été conçu pour une pièce beaucoup plus spacieuse. La manœuvre, avec son épaule blessée, promettait d'être amusante. Dupin déposait son sac sur le minuscule lavabo quand son téléphone sonna. Un numéro masqué. Il décrocha.

— Impossible, c'est hors de question ! entendit-il hurler.

Hélas, Dupin reconnut aussitôt la voix. Elle appartenait au préfet Guenneugues, un nom que Dupin n'arrivait toujours pas à prononcer après presque cinq années sous sa direction. Et le nom n'était rien à côté de la personnalité de celui qui le portait. Si Dupin entretenait de toute façon une relation quelque peu tendue avec les représentants de l'autorité – ce qui lui avait valu sa mutation en Bretagne et toute une série de querelles –, le cas de Gérard Guenneugues se doublait d'une profonde aversion personnelle. Il ne faisait aucun doute que le préfet était au courant de tout, quelqu'un avait dû prendre un malin plaisir à lui détailler le comportement « inacceptable » de Dupin.

— Je n'ai pas l'intention de tolérer cela.

Il connaissait par cœur les fameuses tirades de son supérieur. Des monologues, en réalité. D'interminables monologues, généralement furieux, qui obligeaient à éloigner l'écouteur de l'oreille en attendant que la tempête passe.

— Vous restez sur le coup, évidemment ! L'enquête vous concerne au même titre que la commissaire Sylvaine Rose. Les mêmes droits qu'elle, bien évidemment. Qu'est-ce que vous croyez ? Il ne faut pas me prendre pour un imbécile, non plus !

Dupin douta un instant d'avoir bien saisi.

— Seulement, il faudra que vous vous sépariez de vos deux inspecteurs, pour une fois.

Dupin n'était toujours pas certain de comprendre.

— Allô, Dupin ? Vous êtes là ? Vous avez entendu ce que je viens de vous expliquer ?

— Vous aviez l'air de dire que je poursuivais l'enquête…

— Bien sûr ! Je ne vais pas laisser Edouard Trottet écarter mon commissaire sans réagir, tout de même. Quel toupet ! Cela fait des décennies qu'il nous empoisonne l'existence avec son comportement infâme. Je suis vraiment surpris qu'il soit encore en poste. Quelle honte pour la préfectorale !

L'espace d'un instant, Dupin crut que l'odeur de lavande lui montait à la tête, mais il se secoua :

— La commissaire Rose et moi allons donc enquêter côte à côte ?

— Naturellement ! J'ai personnellement…

Dupin n'avait pas besoin d'en entendre davantage. Certes, il brûlait de savoir pourquoi le préfet tenait tant à cette enquête et comment il était parvenu à obtenir ce petit miracle, mais cette information n'était accessible qu'au prix d'un récit interminable, et Dupin n'avait pas de temps à perdre. La commissaire devait se trouver dans les salines depuis un bon moment déjà. Il interrompit son supérieur :

— Je vous entends mal, monsieur le préfet…

Sans se donner la peine de simuler une mauvaise communication, il raccrocha. Ce n'était guère courtois, d'autant qu'il n'était absolument pas crédible. Il regretta un instant son geste – peut-être que son supérieur avait quelque chose d'intéressant à lui dire, après tout – puis il balaya tout remords. Il enfila l'un des polos bleu marine (il en avait acheté cinq exemplaires), attrapa son sac et sortit du minuscule réduit. Il était prêt et se sentait d'attaque.

Pendant son absence, Labat et Le Ber s'étaient commandé des cafés qu'ils sirotaient en silence, la mine fatiguée, maussade en ce qui concernait Labat.

— J'ai tout réglé avec le préfet. Les deux commissaires enquêtent à part égale.

Les deux têtes se tournèrent vivement vers lui.

— Et nous ?

Labat arborait parfois l'air enfantin d'un gamin boudeur.

— Vous, vous restez ici en attendant les ordres. Vous êtes en sécurité au Grand Large, et il va y avoir du boulot.

Dupin s'empressa de poursuivre avant que Labat ne puisse formuler une objection.

— Le Ber, vous venez avec moi dans les marais

salants. Tout de suite. Je vous expliquerai dans la voiture.

Il s'éloigna sans prêter attention au grommellement de Labat.

Il reconnut de loin la silhouette de la commissaire juste derrière la remise où il avait été enfermé. Cette fois encore, elle était entourée de nombreux policiers. Il y avait là une équipe technique ainsi que l'inspectrice Chadron, dont il avait fait la connaissance la veille, une femme aux cheveux roux rassemblés en une longue tresse, au regard vif. Dupin avait compté quatre voitures garées le long de la route, parmi lesquelles la Laguna neuve de la commissaire. L'emplacement était entièrement sécurisé, elle avait fait du bon travail. Il ne s'y serait pas pris différemment. Il dépassa l'endroit du bassin où, la veille, il s'était accroupi. C'était probablement là que la balle l'avait effleuré. Dupin fut surpris de ressentir une légère émotion en redécouvrant le lieu où tout avait commencé, et s'indigna brièvement d'avoir été la cible de criminels.

Perdu dans ses pensées, il sursauta quand la commissaire Rose se posta devant lui.

— On ne m'a pas demandé mon avis, mais je tiens à vous dire que cela ne me plaît pas du tout.

Cette fois encore, elle avait formulé sa déclaration avec une allégresse et une bienveillance qui contredisaient ses propos.

— Je m'en doute, oui.

Dupin avait répondu sur le même ton et décida d'en rester là. Il n'avait aucun intérêt à entamer leur collaboration « officielle » avec une dispute inutile.

— On a tout observé de près. Surtout le tas de sel. Il n'y a rien. Aucune trace de pas non plus sur la bande de gazon desséché, là-bas.

— Et près des bassins ?

— Là aussi, tout est sec, la terre se craquelle déjà. On trouve pas mal de traces de chaussures différentes. Des semelles plates, du quarante ou plus, pour la plupart. Peut-être quelques empreintes plus petites, peut-être quelques chaussures de sport. Mais ces traces peuvent provenir de n'importe quel individu qui serait passé par ici durant la semaine, par exemple monsieur Daeron ou ses collaborateurs. Aucune empreinte digitale non plus sur les hangars et les baraquements. Nous avons retrouvé vos balles et celles de votre agresseur. Un 9 mm, lui aussi, mais des munitions différentes. Des Ruag, une marque très répandue. Les premières analyses balistiques laissent croire qu'il n'y avait qu'un autre tireur, à part vous.

Le visage de Dupin s'assombrit à l'évocation de son « agresseur », mais son interlocutrice ne sembla pas s'en apercevoir. Son regard ne cessait de balayer les environs pendant qu'elle parlait, comme si elle voulait s'assurer qu'aucun détail ne lui échappait, et pourtant elle semblait suivre parfaitement la conversation.

— Quant aux traces de pneus, même problème que pour les chaussures. Le sol ne nous aide pas.

On n'a rien déniché de concluant pour le moment. Mais surtout, on ne voit vraiment aucun indice de la présence d'objets lourds et ronds, comme des barils. Rien du tout. En gros, nous ne savons rien de plus qu'hier soir.

— Nous avons appris par une de ses collègues que Lilou Breval se rendait parfois dans la maison de ses parents, dans le Golfe, près de Sarzeau. Mon… mon inspecteur a noté l'adresse. (Dupin vit la figure de la commissaire s'allonger.) Vous devriez demander qu'on envoie quelqu'un sur place immédiatement. Je n'ai évidemment pris aucune initiative pour le moment. Nous n'avons pas de numéro de téléphone fixe pour ce domicile. Ah, et la journaliste ne savait pas sur quel dossier Lilou Breval travaille actuellement.

Voilà, ils étaient quittes. Chacun avait partagé les informations qu'il détenait. Tout au moins, c'est ce qu'il espérait.

— Je…

Un klaxon l'interrompit, à son grand soulagement. La commissaire se détourna aussitôt et prit le chemin de la route. Sans se retourner, elle lança :

— C'est le propriétaire de la saline, Maxime Daeron. Il a appelé il y a un instant.

Dupin resta immobile, attendit quelques secondes avant de sortir son téléphone de sa poche. Il parla le plus bas possible :

— Le Ber, tout va bien ?

— Chef ?

— Vous avez eu la police du Golfe ?

— Je vous entends mal. Non, pas encore. Nolwenn vient de m'appeler, je m'apprêtais justement à vous prévenir. Labat a raison, ce n'est pas une bonne idée. Je...

— Laissons tomber. La commissaire Rose s'en occupe.

Après avoir raccroché, Dupin chercha sa collègue des yeux. A une dizaine de mètres de lui, elle tenait également son portable à l'oreille. Elle donnait manifestement ses instructions avec autant de concision que lui. A peine eut-elle terminé qu'elle s'éloignait vers la route, Dupin sur ses talons. Il n'allait tout de même pas se contenter d'un rôle d'assistant.

Une Citroën Crosser vert sombre s'était garée devant la voiture de Dupin, deux hommes se tenaient à côté. L'un des deux policiers que Dupin avait repérés près des barrières de sécurité se dirigea vers eux d'un pas rapide.

— Merci, je m'en occupe, déclara la commissaire Rose.

Elle s'était approchée d'une démarche élégante et détendue, la main gauche enfouie dans sa poche, mais Dupin avait toutes les peines du monde à ne pas se laisser distancer. Un homme vint à sa rencontre.

— Ce que j'apprends là est très inquiétant.

Racontez-moi précisément ce qui s'est passé, commissaire.

Maxime Daeron était grand, certainement un mètre quatre-vingt-dix. Il portait un pantalon cargo beige à grandes poches et une chemise de lin anthracite dont les trois derniers boutons étaient défaits. Il avait un menton étrangement pointu et carré à la fois, des lèvres pleines et un front haut et large sous une chevelure noire striée de mèches grises. Ses sourcils, touffus et noirs, surmontaient deux yeux si sombres qu'ils ne semblaient constitués que de pupilles. Dupin l'estima au début de la cinquantaine.

— Que pouvez-vous déjà nous apprendre ?

Sa voix était profonde, sonore. Sans attendre de réponse, il se tourna vers l'autre homme qui s'était approché d'eux.

— Voici mon frère, Paul Daeron. Propriétaire des salines, au même titre que moi.

Paul Daeron était visiblement l'aîné, mais les deux hommes ne se ressemblaient en rien. Le nouveau venu mesurait une tête de moins que son cadet, son visage était rond, bienveillant, et il était nettement plus corpulent. Ses cheveux coupés court se dressaient sur sa tête comme une brosse. Son visage aux traits fins ne s'accordait pas avec le reste de sa personne.

— Oh, je suis un propriétaire bien passif. Je ne connais rien au sel. (Un peu plus claire que celle de son frère, sa voix était chargée d'une nervosité qui contrastait avec son apparence.) J'élève des cochons. Nous ne voulons pas d'ennuis ici. J'espère que vous éclaircirez rapidement cette affaire. Bien entendu, nous ferons tout ce qui est en notre pouvoir pour vous faciliter la tâche.

Ces derniers mots avaient été prononcés sur un ton un peu forcé.

— Les salines ? Vous voulez dire qu'il y en a plusieurs ? intervint la commissaire Rose en se tournant vers Maxime Daeron.

— Nous possédons cinq salines. Celle-ci et quatre autres un peu plus au sud, du côté de Kervalet.

— Malheureusement, nous ignorons encore ce qui s'est passé. On nous a signalé la présence suspecte de barils de plastique bleu. Quand un de nos hommes est venu vérifier cette information, il s'est fait tirer dessus. (La commissaire marqua une légère pause et pointa le menton en direction de Dupin.) Voici le commissaire Dupin, du commissariat de Concarneau, il enquête avec nous. Nous sommes partis du principe que vous pourriez nous être utiles. Après tout, vous êtes chez vous.

Dupin rechignait à l'admettre, mais sa collègue l'impressionnait. Elle ne tournait pas autour du pot et attaquait bille en tête. Il se serait exprimé exactement de la même manière s'il n'était pas planté à son côté, muet comme une carpe. Décidément, cette situation était tout à fait nouvelle pour lui.

— Nous avons procédé à la récolte il y a trois jours. Le gros sel dans la matinée, la fleur de sel l'après-midi. Comme d'habitude. J'ai fait couler de l'eau fraîche avant-hier, pour la dernière cueillette. Après, c'en sera terminé pour cette année. La météo ne va pas tarder à tourner. (Maxime Daeron jeta un bref coup d'œil vers le ciel.) Je ne suis pas revenu ici depuis, mes employés non plus. Quand l'ensoleillement est aussi constant et que le vent souffle en continu, on se garde bien d'intervenir, nul besoin de vérifier l'état de l'eau.

Ils se tenaient au milieu de la petite route, peu fréquentée, même en plein jour.

— Nous n'utilisons pas de barils dans nos salines, même pour le stockage. Cela dit, j'ai remarqué que certains producteurs et certaines coopératives s'en servaient. Il faudrait peut-être que vous vous adressiez à eux. (Il avait prononcé ces derniers mots avec un mépris non déguisé.) Le sel de qualité ne peut pas être stocké en milieu hermétique. Sans air, le restant d'humidité s'accumule au fond et forme une flaque d'eau. C'est encore plus vrai dans un récipient en plastique. S'il y a un baril dans ma saline, quelqu'un a dû l'y introduire sans autorisation. Avez-vous fouillé la saline ?

La voix de Maxime Daeron était forte sans être autoritaire, l'expression de son visage était sérieuse, ouverte, concentrée. Il penchait légèrement la tête de côté quand il parlait.

— Quand, exactement, vous-même ou l'un de vos employés est-il passé ici pour la dernière fois ?

La commissaire avait enfoui ses deux mains dans ses poches.

— Ma foi, avant-hier soir. J'étais seul. Entre dix-neuf heures trente et vingt heures, pour remplir les bassins d'eau fraîche et vérifier la régulation.

— Vous êtes certain qu'aucun de vos collaborateurs n'est passé depuis ?

— Je ne vois pas pourquoi. Mais je vais leur poser la question, bien sûr.

Maxime Daeron était parfaitement calme.

— Combien d'employés avez-vous ?

Dupin trouvait l'interrogatoire de la commissaire un peu trop rigide, mécanique.

— Six en tout. Sur le terrain, à part moi, deux hommes et une femme travaillent dans les salines.

— Quelqu'un d'autre que vous ou votre équipe aurait-il une raison de venir ? On vient parfois chercher du sel ici ?

— Non, personne d'autre que nous. Je suis indépendant. Je m'occupe seul de tout : la production, le transport, le stockage, le conditionnement, le marketing, la distribution.

— Jusqu'où s'étend la saline ?

La commissaire enchaînait les questions à une allure qui interdisait à Dupin d'intervenir sans lui couper grossièrement la parole. De temps à autre, Paul Daeron hochait la tête pour souligner l'un ou l'autre des propos de son frère mais ne semblait pas vouloir s'impliquer davantage.

— Nous sommes pour ainsi dire aux confins. Là-bas, répondit Maxime Daeron en tendant la main vers la route des Marais, vous avez celle de

Guy Jaffrezic, un paludier de la coopérative. A cent mètres, environ.

Dupin leva un sourcil. Ce nom avait été cité dans l'un des articles de Lilou Breval. Elle n'avait pas évoqué Maxime Daeron, mais il se souvenait du nom de Guy Jaffrezic. Le fait que leurs salines soient adjacentes était intéressant.

— Vous le connaissez bien ?

La commissaire ne relâchait pas la cadence.

— Ici, chacun travaille pour soi. Et puis, comme je vous le disais, il fait partie d'une coopérative. Depuis quelques années, il en est le directeur, tout comme d'un certain nombre d'associations du *Gwen Ran.*

Dans sa hâte, Dupin avait encore oublié de prendre son calepin dans la voiture.

— Si je récapitule, vous ignorez qui pourrait mettre les pieds ici en votre absence, vous n'avez jamais entendu parler de barils dans vos salines, et vous ne savez pas davantage ce que ceux-ci pourraient contenir d'illégal ?

Ce résumé ne cachait rien des doutes de la commissaire, ce qui amena Paul Daeron à intervenir.

— Pourquoi mon frère devrait-il connaître la réponse à ces questions ? Evidemment qu'il ne sait rien. Il m'a appelé au milieu de la nuit, juste après le coup de fil de la police.

Il s'exprimait à présent d'une voix plus suave, presque protectrice.

— A Guérande, nous n'utilisons aucun additif.

Aucun produit chimique, rien de tout cela, enchaîna Maxime Daeron. Si c'est cela que vous insinuez. Nous ne nous servons ni de machines, ni d'ordinateurs, ni de technologie. Nous faisons tout à la main, avec des outils traditionnels. Ce qui nous intéresse, c'est le savoir-faire du paludier, la mer, le soleil, le vent, les sols.

Il parlait posément, sans emphase.

— En ce qui concerne les fûts, vous ne voyez que la coopérative qui pourrait être concernée ?

— Uniquement la coopérative, oui.

— Quel usage en ferait-elle ?

— Eh bien, pour le transport, j'imagine. Je n'en sais rien.

Il hésita. Son embarras soudain contrastait avec l'assurance qu'il affichait jusque-là.

— L'année dernière... (Il marqua une courte pause.) L'été dernier, nous avons eu à plusieurs reprises l'impression que de l'eau s'était infiltrée dans nos salines pendant la nuit. De l'eau douce. Le niveau de l'eau avait changé, mais la concentration de sel a été modifiée. Nous avons perdu quelques récoltes.

— Qu'entendez-vous par là ?

Dupin s'agaça d'avoir posé une question aussi naïve.

— Eh bien, tout dépend de la concentration de sel dans les bassins. Si elle est trop élevée, ou trop basse, la récolte est fichue. Elle doit se situer très exactement à deux cent quatre-vingts grammes par litre d'eau pour que le sel se cristallise. Cela dit, rien ne nous permet d'être catégoriques. Le niveau d'eau est quelque chose de très délicat. C'est votre question qui m'y a fait penser.

Daeron ne s'embarrassait visiblement pas de rhétorique.

— On a du mal à y croire, mais je connais ce monde-là. Ces gens existent vraiment, déclara le frère aîné en pesant ses mots. On ne peut le nier. Ces choses arrivent.

— Vous voulez dire que quelqu'un aurait pu verser de l'eau douce dans les salines afin d'en affaiblir la concentration en sel et de saboter la récolte ?

Cela pouvait sembler aberrant, mais pour la première fois, Dupin parvenait à associer les salines, la production de sel, les barils et la criminalité sans que cela lui paraisse trop invraisemblable.

— Ne suffirait-il pas d'ouvrir les barrages des bassins de rétention pour faire couler davantage d'eau ?

— Ce serait bien trop repérable. La différence de niveau d'eau se verrait immédiatement. L'avantage de l'eau douce, c'est qu'il suffit d'en verser un peu.

— Ces fûts, reprit Dupin en fronçant les sourcils, ils auraient tout aussi bien pu comporter d'autres substances, non ?

Daeron lui lança un regard étonné.

— Je m'explique : des substances qui rendraient le sel impropre à la consommation, par exemple ?

Après tout, c'était aussi une possibilité de sabotage, l'idée n'était pas si absurde.

— Notre sel est sévèrement contrôlé, lâcha Daeron avec un soupçon d'indignation. Chaque récolte est vérifiée, dans chaque saline, par un laboratoire indépendant. Deux fois, selon un système sécurisé et rodé. Dans tout le pays de Guérande.

Ce n'était pas ce que Dupin avait voulu dire. La commissaire vint à sa rescousse :

— Nous allons analyser l'eau de la saline. C'est en cours.

Daeron ne semblait pas concerné par la remarque. Il se contenta de contempler sa saline.

— Où ces barils auraient-ils été déposés ? A côté de quels bassins ?

— Peut-être près de la remise ?

La réponse de Dupin avait fusé comme celle d'un mauvais élève trop heureux d'avoir une fois la réponse exacte à une question.

— Les cristallisoirs se trouvent juste devant, dit Daeron, le front barré d'un pli.

— Cela n'aurait aucun sens de verser de l'eau douce dans les autres bassins ? insista Dupin. Dans le cas d'une malversation, je veux dire.

Il n'avait pas la moindre notion du fonctionnement d'une saline, mais le processus semblait compliqué.

— Non. Ce serait facile à compenser, car les différents bassins sont séparés par des barrages. (Daeron réfléchit un instant, puis il reprit, visiblement soucieux d'exactitude :) Grâce aux marées, l'intégralité de ce territoire est alimentée en eau de mer par l'intermédiaire d'un système de canaux. Les grands canaux, les étiers, permettent de remplir les premiers bassins, puis toute une série de bassins annexes. C'est à partir de ce point que, tous les quinze jours, nous faisons couler de l'eau dans les premiers cobiers.

— C'est bien ce que vous avez fait mardi matin ? Ici, dans cette saline ?

Dupin regrettait son calepin. Tous ces noms de bassins, tous ces indices potentiels, il ne savait plus où donner de la tête.

— Voilà, c'est ça. A partir de là, l'eau circule de bassin en bassin jusqu'au milieu de la saline, où se trouvent les cristallisoirs. De bassin en bassin, l'eau devient de moins en moins profonde et de plus en plus salée. Le terrain est légèrement pentu, ce qui permet la circulation de l'eau. Le vent et le soleil quant à eux assurent une condensation constante. C'est comme cela que l'eau devient de plus en plus salée, jusqu'à ce que le sel se cristallise dans les derniers œillets.

— C'est donc là qu'un apport en eau douce détruirait la récolte ?

— Précisément. C'est là que tout peut basculer du jour au lendemain. Une grosse pluie et le résultat de plusieurs semaines de travail est fichu. Pareil quand le soleil et le vent n'ont pas été suffisants. Evidemment, il y a aussi l'erreur humaine. On peut verser trop ou pas assez d'eau, et endommager la récolte. L'année dernière, la saison a duré jusqu'à la mi-août, après il n'a fait que pleuvoir. Six semaines de cueillette perdues, un tiers de notre récolte moyenne. Une catastrophe.

— Nous vérifierons également la concentration en sel des salines, le rassura la commissaire Rose sur un ton qui montrait qu'elle en avait appris suffisamment et qu'ils ne laisseraient rien au hasard. Qui pourrait avoir intérêt à saboter votre récolte, monsieur Daeron ? poursuivit-elle.

L'intéressé fronça les sourcils.

— Personne, voyons. Non, personne. Je ne peux pas imaginer une chose pareille.

— Vous n'en avez vraiment pas la moindre idée ? Réfléchissez un instant.

— Non, vraiment. Aucune idée.

— Détenez-vous une arme, monsieur Daeron ? Un 9 mm ?

— Je n'ai jamais possédé d'arme de ma vie.

— Où étiez-vous hier soir entre vingt et une heures trente et vingt-deux heures ?

La commissaire avait planté son regard dans celui de son interlocuteur.

— J'ai fait la récolte d'une autre saline jusqu'à vingt heures avant de rentrer chez moi. Nous habitons tout près de La Roche-Bernard. Ma femme était là, nous avons dîné ensemble, je me suis occupé de quelques paperasses. Je venais de me coucher quand votre inspectrice a appelé.

Dupin s'était attendu à une nouvelle offensive de

sa collègue, il aurait parié qu'elle évoquerait également Lilou Breval, mais il s'était trompé.

— Et vous, monsieur, où vous trouviez-vous à la même heure ?

Elle avait tourné la tête si brusquement vers Paul Daeron que celui-ci sursauta. Il ne s'attendait pas à cette question.

— Eh bien... J'étais dans mon entreprise. Pas loin de Vannes. Nous avions quelques invités, des gros clients, pour des dégustations. Nous faisons souvent ce genre de chose. Nous sommes restés assez tard, jusqu'à minuit.

— Vos invités pourront en témoigner, je présume ?

La surprise se peignit sur les traits de Paul Daeron.

— Bien sûr !

— L'inspectrice Chadron va vous demander le nom des personnes qui peuvent confirmer votre déclaration concernant la soirée d'hier.

Maxime Daeron sembla soudain pris de nervosité.

— Puis-je jeter un coup d'œil à ma saline ? Là où les choses se sont passées ?

Dupin faillit consulter sa collègue du regard mais il se reprit et répondit sans attendre :

— Je vous accompagne. Signalez-nous tout ce qui pourrait vous paraître étrange, quoi que ce soit. Même le plus infime détail.

Cette fois, il avait sciemment jeté un coup d'œil à la commissaire, mais celle-ci ne se laissa pas troubler en rétorquant aussitôt :

— C'est une scène de crime sécurisée, je ne...

La sonnerie du téléphone de Dupin les interrompit.

Nolwenn. Il avait tenté de la joindre à plusieurs reprises, sur le trajet du Croisic aux salines, mais son poste était constamment occupé. Dupin réfléchit un instant avant de s'éloigner et de répondre. Ce matin-là, la réception était presque parfaite dans le Pays blanc, tout au moins là où il se trouvait, en bordure de la route.

— Il faut absolument que nous trouvions Lilou Breval. Il y a quelque chose qui ne va pas. J'aimerais que vous essayiez de la joindre toutes les cinq minutes, Nolwenn. Elle va bien finir par répondre, tout de même ! Quelqu'un doit forcément savoir où elle se trouve…

Tout en parlant, Dupin avait commencé à longer la chaussée en direction de la route des Marais. Autour de lui, le soleil matinal se reflétait dans les bassins et on devinait déjà que la brise fraîche qui s'était levée la veille au soir allait céder la place à un soleil de plomb. Si la beauté du paysage était beaucoup plus réelle en plein jour, Dupin se sentait encore intimidé par le Pays blanc, mal à son aise, comme si ce monde insolite ne tolérait qu'à contrecœur les visiteurs étrangers.

— Si Lilou Breval n'a pas inventé l'information de toutes pièces, il y a eu dans les salines des fûts de plastique qui n'ont rien à y faire, et contenant un produit qui n'a pas davantage sa place ici. Si c'est effectivement le cas, ces barils n'ont pas été transportés là par hasard. Ce n'est pas l'endroit idéal pour dissimuler des choses. Il existe des cachettes plus discrètes que les salines, tout de même… (Dupin se passa une main dans les cheveux.) Bien qu'elles soient vraiment très isolées la nuit…

S'entretenir avec Nolwenn était souvent pour Dupin une manière de réfléchir à voix haute, de lui présenter les dernières avancées sous un angle nouveau, ce qui lui permettait parfois de considérer l'affaire avec plus de clarté. Cette fois, cependant, cette stratégie se solda par un échec.

— Je ne la connais que par ses articles, mais si vous voulez mon avis, je pense que Lilou Breval est une personne tout à fait sérieuse, répliqua Nolwenn avec insistance, et qui n'a peur de rien ni de personne. Fouillez les salines à fond. Vous allez sûrement trouver quelque chose.

— Nous ne savons même pas si elle a trouvé un baril elle-même, si c'est juste une supposition ou si quelqu'un lui en a parlé.

Soudain, une camionnette dépassa Dupin à une allure beaucoup trop rapide, projetant des cailloux qui vinrent heurter ses jambes et sa hanche.

Il hésita une fraction de seconde, puis il lâcha la question qu'il avait sur le bout de la langue :

— Et entre les deux préfets, au fait… Vous savez bien…

— Ah, ces deux-là sont ennemis depuis longtemps. C'est d'un pénible ! J'ai jugé de mon devoir d'informer Guenneugues que Trottet allait certainement s'opposer à votre implication dans cette enquête, ne serait-ce que par principe – et pour l'atteindre, lui.

Evidemment, c'était à Nolwenn qu'il devait ce petit miracle. Qui d'autre en était capable ?

— Merci, Nolwenn.

— Mettez la main sur le coupable, commissaire. C'est intolérable. On ne tire pas sur un policier de Concarneau.

Son indignation venait du cœur, et Dupin en fut particulièrement touché.

— Vous n'oubliez pas que vous allez à Paris aujourd'hui, n'est-ce pas ? Pour l'anniversaire. Elle a appelé à plusieurs reprises, mais n'a pas laissé de message.

On sentait de l'inquiétude dans le ton de Nolwenn.

— Je sais. Je… (Dupin se tut et changea de sujet.) Il y a autre chose que j'aimerais savoir. Il y a un an, en juin, Lilou Breval a publié un grand article sur les salines. Pourriez-vous regarder si elle a publié d'autres articles sur Guérande ? Sur le sel ou les paludiers, peut-être ? Ou alors sur la concurrence entre le sel atlantique et le sel méditerranéen ? Ou peut-être d'autres sujets qu'elle aurait traités et dans lesquels les salines seraient évoquées ? Bref, quel que soit leur contexte, il me faut tous les articles publiés dans *Ouest-France* sur les salines au cours des années passées, y compris ceux d'autres journalistes. *Le Télégramme* aussi, pendant que nous y sommes.

— Je m'y mets.

Nolwenn avait raccroché. Elle était la seule personne à réussir à le faire plus vite que le commissaire.

Il se retourna. Il avait parcouru plus de cinq cents mètres et s'était enfoncé dans un chemin de traverse. Autour de lui, le panorama était identique à celui de la saline de Daeron. Il tourna les talons et revint sur ses pas.

La commissaire Rose et les deux frères étaient invisibles, seuls restait la paire de policiers qui veillait sagement près de la barrière. Dupin s'engagea sur le sentier de la saline. A mi-chemin se tenait l'inspectrice Chadron, qui semblait l'attendre avec une impatience non déguisée.

— La commissaire Rose m'a priée de vous transmettre deux ou trois choses.

L'expression de son visage était placide, comme le ton de sa voix. A croire qu'elle avait tout appris chez sa supérieure.

— Elle me charge de vous dire qu'elle n'a pas voulu vous déranger pendant votre conversation privée, mais qu'elle a préféré poursuivre l'enquête sans tarder.

Dupin était trop estomaqué pour répondre.

— Elle est partie voir monsieur Jaffrezic et vous demande de la rejoindre. C'est au siège de la coopérative. Près des entrepôts. Si vous roulez vers

Guérande, sur la route des Marais, vous verrez les panneaux. A deux kilomètres d'ici, tout au plus.

C'était incroyable. Elle venait donc de le dépasser en voiture, il n'y avait pas d'autre route.

— Nous avons enquêté pour savoir si des employés de Maxime Daeron sont passés ici après le mardi matin. Apparemment, personne. En tout cas, aucun d'entre eux n'affirme être venu. Bien entendu, nous allons vérifier ; plus important, la commissaire vous signale qu'une voisine a vu Lilou Breval dans les environs de la maison de ses parents hier soir. Vers vingt-trois heures. Nos collègues sont allés sur place, nous venons de l'apprendre. Ils n'ont pas vu Lilou Breval, mais elle semble avoir passé la nuit sur place. La voisine n'a rien remarqué de spécial, elle a précisé que la journaliste était seule. La commissaire Rose a ajouté que vous pouvez être rassuré.

Cette fois, Dupin fut certain de percevoir un sous-entendu dans la voix égale de l'inspectrice. Pourtant, c'était la commissaire qui paraissait inquiète, plus que lui en tout cas. Cela dit, Dupin ne pouvait nier ressentir un grand soulagement – un immense soulagement. Il se retourna sans ajouter un mot et rebroussa chemin d'un pas rapide. En route, il appela Le Ber – qui l'avait déposé avant d'aller rejoindre Labat au Grand Large – et lui transmit brièvement quelques instructions. Lesquelles ne regardaient pas sa collègue, pour le moment en tout cas.

L'instant d'après, il était à sa voiture. Comment allait-il conduire avec son épaule abîmée ? Et déjà s'introduire dans cette minuscule bagnole ? Il faudrait bien y parvenir d'une manière ou d'une autre, se rabroua-t-il. Il s'installa au volant, très agacé. Cette enquête l'énervait au plus haut point. Au cours de l'entretien avec les frères Daeron, il n'avait été que l'ombre de lui-même. Et puis, il n'était pas sur son territoire. Il avait la sensation d'être à l'étranger.

— Ah, commissaire. Monsieur Jaffrezic allait justement nous montrer les containers dont se sert la coopérative – des barils de plastique bleu.

La commissaire avait jeté à Dupin un regard à peine plus appuyé que d'ordinaire.

— Bonjour, monsieur, marmonna-t-il en frottant la tête là où il s'était cogné en sortant de son véhicule ridicule.

— Suivez-moi, dit Jaffrezic. Vérifiez tout, si c'est nécessaire. Croyez-moi, nos barils n'ont rien à voir avec cette fusillade sauvage.

Bien entendu, tout le monde était au courant. Radios et Internet avaient déjà propagé la rumeur d'une « mystérieuse action criminelle » et d'« échanges interminables de tirs sanglants » dans les salines, au cours desquels « le commissaire Dupin avait failli perdre la vie ». Sa présence injustifiée à cet endroit, bien sûr, n'était pas non plus passée inaperçue : « La raison pour laquelle le commissaire se trouvait hors de son secteur n'a pas été révélée. »

— Allons-y ! avait lancé avec entrain Guy Jaffrezic avant de s'engager sur le large chemin de terre qui partait du parking et longeait les impressionnants entrepôts – il y en avait au moins une dizaine – de la coopérative.

Jaffrezic devait avoir une soixantaine d'années. C'était un homme petit, très rond, au regard vif et aux gestes non moins alertes, perpétuellement en mouvement. Cette agitation contrastait curieusement avec la bonhomie qui émanait de lui, comme si ses yeux et ses mains appartenaient à deux corps différents. Dupin eut toutes les peines du monde à retenir un sourire.

— Cela ne fait pas longtemps que nous les utilisons. Depuis le début de cette saison. Pour le sel sec. Celui qui est destiné aux moulins à sel. Cela fait deux ans que nous produisons ce sel, les gens l'adorent. Le « gros sel spécial moulin » est un vrai succès – je ne sais pas si vous en avez entendu parler.

Il s'était tourné vers Dupin comme s'il partait du principe que la commissaire Rose connaissait le produit. Il n'avait pas complètement tort. Dupin soupira. Il y avait à peine deux ans, le sel n'était pour lui rien d'autre que du sel (et il comprenait aujourd'hui encore les personnes pour lesquelles il en était ainsi). Lors de ses « leçons bretonnes », cependant, Nolwenn lui avait enseigné quelques notions concernant le sel. Il devait admettre qu'il l'avait écoutée d'une oreille distraite.

— Votre collègue m'a dit que vous étiez le commissaire de Paris. On vous connaît, vous savez.

Après plus de cinq années en Bretagne, Dupin avait appris à ignorer ce genre de remarque.

— J'imagine que le sel ne vous dit pas grand-chose.

Jaffrezic avait prononcé ces mots d'un air inquiet, soucieux, presque affligé.

— Sans sel, l'homme meurt. Ne l'oubliez pas.

« Le sel n'empêche pas l'homme de mourir, croyez-moi », faillit rétorquer Dupin.

— Je vais vous montrer et vous expliquer tout ce que vous devez savoir – si le soleil et le vent nous le permettent.

Il avait une fâcheuse tendance à adopter un ton pédagogique qui n'était pas sans rappeler certaines visites guidées.

— Il s'agit d'une enquête policière, monsieur. Nous cherchons un tueur, intervint aimablement la commissaire Rose.

Parfaitement imperturbable, Jaffrezic poursuivit sur le même ton doctoral :

— Après la récolte, nous laissons sécher le sel au soleil pendant quarante-huit heures, parfois soixante-douze – en tout cas, au moins un jour de plus que le gros sel ordinaire. Ensuite, nous le transvasons dans les barils, mais seulement pour le transporter jusqu'aux entrepôts que vous voyez là-bas. La différence la plus importante, c'est celle que nous faisons entre le gros sel et la fleur de sel. Voilà nos deux produits de base.

Jaffrezic quitta la route de terre, tourna vers la droite dans un étroit chemin recouvert d'herbe qui traversait la saline en son milieu. Derrière un grand bassin de rétention s'étendaient les autres, plus petits et carrés, dans lesquels l'eau, réduite à quelques centimètres de profondeur, laissait transparaître le sol bleu-gris. L'air tiède ne frémissait pas, le sel et la terre lourde dégageaient une odeur puissante, saumâtre.

— La fleur de sel est le sel le plus noble et le plus délicat du monde – le plus rare, aussi. Saviez-vous qu'elle était utilisée pour la conservation des sardines jusque dans les années 1980, et qu'on la considérait comme un produit de deuxième ordre ?

Non, Dupin n'était pas au courant.

— Juste après la récolte, elle a un arôme de violette et sa couleur est légèrement rosée. Après le séchage, en revanche, elle est d'un blanc éclatant ! Elle ne compte que pour quatre pour cent de notre production. (Sa voix et l'expression de son visage se chargèrent d'emphase :) Elle ne se forme qu'avec des conditions météorologiques parfaites. Une véritable alchimie. Beaucoup de soleil, peu d'humidité et un vent constant, ni trop fort ni trop faible. Aujourd'hui, par exemple, il est bien trop faible. Les vents d'est sont les meilleurs ! (Les yeux de Jaffrezic étincelèrent d'enthousiasme.) Le vent léger rassemble à la surface les cristaux les plus fins, créant une couche semblable à de la glace. La fleur de sel nage à la surface de l'eau ! Ce sont de petites îles mouvantes. Est-ce que vous saviez cela ?

Dupin ne le savait pas davantage.

— Si le vent est trop fort ou si quelqu'un remue par inadvertance l'eau de l'œillet, la fleur de sel coule et c'en est fichu de la récolte.

— C'est encore loin ?

La commissaire Rose ne cachait plus son impatience. Les passages de terre s'étaient faits de plus en plus étroits, et ils avaient déjà tourné à plusieurs reprises. La commissaire cheminait à quelques pas derrière Dupin. Jaffrezic feignit de ne pas entendre sa question.

— Le sel ordinaire, ce qu'on appelle le sel de table, se compose à 99 % de chlorure de sodium. Autrement dit, il est immangeable ! Nos sels n'en contiennent que 91 %, le reste se partage entre l'humidité résiduelle, c'est-à-dire l'eau de mer pure – c'est ce qu'on appelle la « mère du sel » –, et surtout des minéraux essentiels et des oligo-éléments. Le magnésium, le calcium, le manganèse et puis l'iode, évidemment. (Le directeur de la coopérative s'échauffait.) On en compte soixante ! Le fer, le zinc. Ah, et j'oubliais le sélénium, le brome et le soufre.

Son enthousiasme était d'autant plus curieux que Dupin n'était pas certain que le brome et le soufre bénéficiaient d'une réelle popularité. Jaffrezic semblait cependant très fier.

— C'est ce qui fait toute sa saveur ! Il est beaucoup plus doux mais aussi plus épicé, plus aromatique et plus corsé qu'un sel ordinaire. Il n'a aucune amertume. C'est le seul sel doté d'un véritable bouquet ! (Il était parti sur sa lancée. Manifestement, il servait ce discours plusieurs fois par jour.) Les connaisseurs du monde entier adorent notre fleur de sel bretonne ! Elle fait partie de l'héritage culinaire de l'humanité.

Cette fois, Dupin ne put réprimer un bref éclat de rire.

— Sa consistance, sa facture se démarquent de toutes les autres marques de sel : sa structure fine et cristalline fond littéralement sur la langue !

— Et sur la peau d'un jeune agneau du Mont-Saint-Michel doré au four pendant sept heures, à quatre-vingts degrés, avec de l'ail, du romarin, des échalotes et du vin blanc…

Dupin crut avoir mal entendu. En se retournant, il eut juste le temps d'apercevoir le large sourire de sa collègue, qui retrouva aussitôt son sérieux.

— Attention !

Jaffrezic avait abruptement tourné à gauche et s'était engagé sur une digue particulièrement étroite qui cheminait entre deux bassins et se dirigeait vers un monticule de terre. Distrait, Dupin avait été à deux doigts de tomber dans l'eau. Malgré sa corpulence, Jaffrezic avançait aisément le long du barrage.

— Vous vous rendez compte ! D'habitude, nous empruntons ces passages avec des charrettes pleines !

Un instant plus tard, ils aperçurent, répartis sur une large bande d'herbe recouverte d'une bâche verte, une série de hauts monticules de sel à côté desquels trônaient, également en rang d'oignons, des barils bleus. Dupin estima qu'ils mesuraient entre soixante-dix et quatre-vingts centimètres de hauteur et quarante à cinquante centimètres de diamètre.

— Les voilà, vos mystérieux barils ! Regardez, il s'agit là du gros sel ordinaire. Notre sel spécial moulin. Il se forme différemment de la fleur de sel, les cristaux se déposent en effet sur la terre, au fond des œillets. Quand le vent et le soleil le veulent bien, évidemment ! Ce sont les sols qui donnent au sel sa teinte gris clair, si caractéristique.

Dupin s'était immobilisé devant les barils et les détaillait attentivement. La commissaire Rose se posta à son côté.

Les barils étaient vides, tous. Bien rangés. Au moins, ils n'avaient pas été inventés. Le paludier continua son discours sans se soucier de son auditoire.

— On se sert d'une charrette pour l'emporter jusqu'au bord de la saline et là, il sèche deux jours durant avant d'être transvasé dans ces conteneurs. Puis il est stocké tel quel dans les entrepôts, jusqu'au conditionnement. Eh bien, je pense que j'ai élucidé le mystère des barils bleus, non ?

Rose et Dupin avaient reporté leur attention sur lui.

— Ces fûts vous servent donc exclusivement à cela ? demanda Dupin.

— Absolument.

— Et vous les utilisez exclusivement ici, à la coopérative ?

— Vous savez, soixante-sept paludiers travaillent ici !

Dupin avait enfin sorti son calepin et commençait à noter l'un ou l'autre détail de la manière purement instinctive qui lui était familière.

— Comment certains de ces barils ont-ils pu se retrouver dans la saline de monsieur Daeron ?

— C'est impossible.

— Pourtant, c'est bien ce qui s'est passé.

— Comment expliquez-vous cela, monsieur Jaffrezic ? intervint la commissaire Rose.

— Vous avez vraiment vu ces barils dans la saline ? Comme je vous le disais : cela me paraît inimaginable. Pas nos barils.

Dupin et Rose gardèrent le silence.

— Peut-être, reprit Jaffrezic après un silence quelque peu dramatique, était-ce un coup des nains fous de Mikaël. De Pradel. Oui, qui sait ?

Dupin ne comptait plus le nombre de fois où, au cours d'une enquête, l'un de ses interlocuteurs avait recours aux contes et légendes celtes. Parfois, il s'agissait uniquement de détendre l'atmosphère ou de changer de sujet, mais il n'était pas rare qu'on les invoque tout à fait sérieusement.

— Dès que le dernier paludier a quitté la saline, le soir, ces lieux ne nous appartiennent plus. Ça se sent tout de suite. D'autres lois prennent le relais. (Jaffrezic racontait de façon vivante et décrivait bien ce que Dupin avait ressenti la veille.) Ceux qui mènent le bal, ce sont les nains. Ils viennent par dizaines, par centaines, par milliers, poussant leurs charrettes – des charrettes bleues comme vos barils ! Autrefois, ils s'occupaient des salines de Mikaël, pour qui la tâche était trop lourde. Une nuit, les nains ont accumulé tant d'or blanc que la montagne de sel, gigantesque, a englouti toutes les salines. Cinquante mètres du sel le plus pur !

Jaffrezic leur jeta un regard théâtral.

— Ces petits démons sévissent encore aujourd'hui, croyez-moi. Et pas seulement eux !

Il laissa échapper un bref éclat de rire.

— Monsieur Jaffrezic, savez-vous qui aurait intérêt à saboter le travail de Maxime Daeron ? s'enquit la commissaire, qui avait écouté la légende avec la plus grande indifférence.

Jaffrezic mordit aussitôt à l'hameçon :

— Ça fait des années que nous essayons de convaincre Maxime Daeron de rejoindre notre coopérative, ce n'est pas un secret. Si c'est ça que vous sous-entendez. Manifestement, il n'a pas besoin de nous.

— Ce pourrait être une bonne façon de lui nuire que de détruire une partie de sa récolte, non, qu'en dites-vous ? Afin de le contraindre à intégrer la coopérative ?

La commissaire était incroyable. Elle formulait ces accusations comme s'il s'agissait de considérations météorologiques.

— Dieu merci, vous ne pensez pas ce que vous dites.

— Comment fonctionne votre coopérative ? demanda Dupin.

— Les membres s'engagent à reverser l'ensemble de leur récolte à nos entrepôts pour qu'elle soit commercialisée à un prix au kilo que nous définissons ensemble chaque année.

Jaffrezic semblait se réjouir de l'intérêt du commissaire et il prit la peine de développer son récit de manière un peu moins convenue qu'avec les touristes habituels.

— Vous savez, la récolte peut varier d'année en année. Il suffit d'un mauvais été pour qu'un paludier indépendant fasse faillite. C'est là le fondement de notre coopérative : nous stockons des réserves pour deux ou trois ans, ce qui nous permet de compenser la perte d'une saison et d'assurer une livraison constante. De cette manière, nous assurons un revenu fiable à tous les paludiers, proportionnel à la quantité de sel livrée. Bien entendu, cela ne permet pas de s'enrichir, mais on évite au moins de s'appauvrir. Refuser d'adhérer est asocial, estimons-nous. Daeron veut continuer seul. Pour *nous*, c'est acceptable, mais peut-être que la grosse entreprise n'a pas la même tolérance.

— Ah ? intervint la commissaire sans chercher à dissimuler son impatience.

— Ça fait quelques années déjà que Le Sel essaie de tout racheter.

— Que voulez-vous dire par…

La sonnerie du téléphone de Dupin les interrompit.

— Nolwenn, je vous rapp…

Elle ne lui laissa pas le temps de terminer.

— Lilou Breval a essayé de vous joindre. Elle n'a pas laissé de message.

— Bon sang !

Jaffrezic et Rose levèrent vers lui un regard étonné. Comment avait-il pu manquer l'appel de Lilou Breval, la seule personne susceptible de lui donner des explications ?

— Essayez de la rappeler, Nolwenn. Cela devient absurde.

Dupin raccrocha. Entre-temps, la commissaire s'était tournée vers lui dans une posture indiquant clairement qu'elle attendait des explications.

— Lilou Breval vient d'essayer de me joindre, mais nous n'arrivons pas à la rappeler, lui confia-t-il à voix basse.

— Eh bien, décidément, c'est une histoire de fous. (Elle se tourna vers Jaffrezic :) Le Sel. Nous en étions au Sel, monsieur.

— Ah, oui. Une grosse entreprise, dont le siège est dans le Midi. Ils cassent tout. Pendant la dernière décennie, ils ont racheté de plus en plus de salines, à des prix exorbitants. Ils nous harcèlent littéralement avec leurs propositions, Daeron aussi. Vous n'avez pas encore rencontré Ségolène Laurent, à ce qu'il me semble ?

Le monde du sel pouvait avoir son charme, d'un point de vue culinaire, il n'en était pas moins extrêmement complexe d'un point de vue commercial. Un monde dur et, par conséquent, particulièrement humain, se dit Dupin.

— Pas encore.

— L'impératrice. Un croisement séduisant entre Marie-Antoinette et un barracuda, reprit Jaffrezic très sérieusement. Elle passe le plus clair de son temps à tenter de s'emparer du Centre du sel et de récupérer sa directrice, Juliette Bourgiot.

Si la mémoire de Dupin était bonne, il s'agissait là de la seconde personne évoquée dans l'article de Lilou Breval.

— Qu'entendez-vous par « s'emparer » ? intervint la commissaire Rose, de plus en plus agacée.

— A l'origine, le Centre du sel est une institution de la commune, de la Région. Autrefois, elle était majoritairement financée par les impôts – beaucoup de choses, dans le Pays blanc, bénéficient d'une manière ou d'une autre de subventions publiques. Seulement voilà, il y a deux ans de cela, le nouveau siège du Centre, un bâtiment très élégant, a en partie été financé par Le Sel. Cela crée des liens, si vous voyez ce que je veux dire. Qu'on le veuille ou non.

Dupin avait soigneusement noté tous les noms. Lors des enquêtes complexes, surtout depuis qu'il vivait en Bretagne, où la plupart des noms étaient imprononçables, il avait pris l'habitude de se constituer une sorte d'annuaire à la fin de ses calepins, comme dans une pièce de théâtre. Juliette Bourgiot : directrice du Centre du sel ; Ségolène Laurent : patronne de la société Le Sel, etc.

— Le Centre du sel, c'est ce grand édifice en bois que l'on aperçoit sur la droite quand on vient ici ?

— Non, non. Ça, c'est notre siège ! Celui de la coopérative. La Maison du sel.

— Qu'est-ce qu'il s'y passe ?

— C'est là que nous initions les curieux au monde du sel. Visites guidées, expositions, organisation de récoltes pour le public, explication du travail de la coopérative... Bien entendu, c'est moins sophistiqué que le nouveau Centre. Et puis, nous y vendons notre sel. La vente directe fonctionne bien depuis quelques années, même sur notre boutique en ligne.

— J'imagine que le Centre du sel propose le même genre de service ?

— Sans compter le travail de lobbying de madame Laurent, oui.

— Qui dirige la Maison du Sel ? demanda Dupin en complétant un petit schéma dans son calepin.

— Moi. Le directeur de la coopérative.

— Et qu'est-ce que...

Le téléphone de Dupin les interrompit de nouveau, c'était Le Ber.

— Le Ber, je ne peux pas...

— Un cadavre de femme. Dans le Golfe. Dans les parcs à huîtres de Locmiquel et Larmor-Baden.

Juste devant le passage, en face de Kerpenhir et Locmariaquer !

Dupin se pétrifia.

— Pardon ?

— Nous avons reçu un signal de la police. Il y a deux minutes, le poste d'Auray a reçu un appel : des ostréiculteurs ont trouvé le corps d'une femme au milieu de leurs parcs. C'est marée basse, précisa Le Ber avant de marquer une pause puis de reprendre : une quarantaine d'années, cheveux courts, pull et jean. Son identité n'est pas encore connue. D'après les informations que nous avons, elle n'est pas là depuis bien longtemps. C'est tout ce que nous savons pour le moment. Nous...

Dupin avait raccroché, en proie à une nervosité extrême. Son épaule lui faisait mal, il se sentait nauséeux.

Ce n'était pas possible. Elle avait essayé de le joindre un quart d'heure plus tôt. C'était impensable, et pourtant tous les détails concordaient : l'âge, la chevelure, le lieu... Le pire, c'est qu'il avait comme un pressentiment depuis la veille. La coïncidence serait trop énorme.

Jaffrezic et Rose avaient le regard rivé sur lui, devinant qu'il se passait quelque chose. Dupin resta un instant immobile, puis il reprit ses esprits. Au même moment, le téléphone de sa collègue se mit à sonner.

Dupin savait ce qui allait suivre. Sans ajouter un mot, il rejoignit sa voiture à grandes enjambées.

Le contraste était brutal : ce cadavre, dans ce paysage parfaitement paisible. Ils se tenaient sur le sable, dans une large crique de l'anse de Locmiquel. Autour d'eux, des centaines de mètres de sable grossier sur lequel s'agglutinaient d'innombrables bancs d'huîtres et de moules. D'ici quelques heures à peine, les bars, les dorades, les soles, les rougets et les lieus jaunes allaient reconquérir leur territoire. Le ciel était bleu, strié de quelques nuages de beau temps épars et floconneux. Le *Mor Bihan* – la Petite Mer – déployait ses reflets d'un bleu profond, quelques centaines de mètres au sud. Derrière le passage, clairement repérable à cette distance, le fougueux Atlantique étincelait.

Il s'agissait bien de Lilou Breval. Dupin l'avait reconnue de loin. Sa tête semblait coincée entre deux longs montants de bois des parcs à huîtres, qui avaient sans doute empêché son corps d'être emporté par les courants. C'était une vision macabre. Les traits torturés de son visage contredisaient l'impression de paix qu'offraient ses paupières fermées. Une importante blessure, épouvantablement boursouflée, apparaissait sur le côté gauche de son visage, non loin de la tempe. Sinon, le corps semblait intact. Ses cheveux et ses vêtements avaient eu le temps de sécher. A côté du cadavre gisaient trois grosses valises d'aluminium ouvertes : les instruments des médecins légistes et des équipes techniques. Dupin se tenait le plus près possible de Lilou Breval, aussi immobile qu'une statue, le regard rivé sur la journaliste. Il avait plissé les yeux, la mine extrêmement tendue.

Arrivée peu avant Dupin, la commissaire Rose avait usé de toute son autorité pour obtenir des techniciens et des policiers locaux de les laisser seuls un instant, Dupin et elle. Ils s'étaient exécutés de mauvaise grâce.

— Nous trouverons le coupable, déclara la commissaire en s'approchant de Dupin. (Elle s'exprimait froidement, sans pathos, avec fermeté.) Les assassins les plus intelligents commettent leurs crimes dans le monde réel, et tout laisse une trace dans ce monde-là.

Dupin avait fermé les yeux. Il prit une profonde inspiration avant de lever la tête.

— Oui. Nous l'aurons, dit-il avec fermeté.

— On ne va pas tarder à savoir si la cause du décès est cette blessure, mais une chose est certaine : elle était sévèrement blessée, et sûrement évanouie.

Dupin rouvrit les yeux, se passa une main dans les cheveux.

— Sans doute, oui, lâcha-t-il.

— L'appel ne venait pas d'elle. Quelqu'un s'est servi de son téléphone. Nous essayons justement de le localiser. Qui sait, peut-être que son assassin le détient toujours.

Tout à coup, le coup de fil de la journaliste prenait aux yeux de Dupin une dimension effrayante, hideuse. Un inconnu avait-il composé son numéro avec l'appareil de Lilou ? Pourquoi ? Il était probable, en effet, qu'il s'agissait du coupable.

— La marée a atteint son niveau le plus bas à huit heures trente. A mon avis, l'eau a commencé à se retirer à partir de cinq heures trente. Cela veut dire que le cadavre est là depuis cette heure-là, plus ou moins. On saura bientôt si elle était déjà morte à ce moment-là.

— Commençons déjà par chercher sa voiture, répondit Dupin d'une voix mécanique.

— C'est en cours. La police de Vannes et celle d'Auray nous donnent un coup de main. Je me suis occupée de tout. Je crois qu'on peut partir du principe que Lilou Breval n'est pas allée bien loin, cette nuit, après être passée chez ses parents. Soit elle s'est rendue à un endroit où l'assassin la guettait secrètement, soit elle avait rendez-vous avec lui. Quoi qu'il en soit, elle n'a pas pu s'éloigner du Golfe.

— A moins qu'elle n'ait pas conduit elle-même. (En effet, la voiture n'avait pas été repérée dans les environs de la demeure familiale.) Ensuite, l'assassin aurait porté le cadavre dans la voiture de Lilou et pris le volant.

— Auquel cas, elle aurait trouvé la mort dans sa propre maison.

Pour le moment, ce n'étaient qu'hypothèses et interprétations mais ces suppositions permettaient à Dupin de reprendre pied dans ce scénario épouvantable. Il savait qu'il devait agir, être actif. Se jeter dans l'enquête avec une énergie redoublée. Les émotions viendraient plus tard.

— Vous parlez d'un assassin, mais peut-être étaient-ils plusieurs, fit remarquer la commissaire d'une voix sinistre. Vous la connaissiez bien ? reprit-elle après un silence.

— Pas tellement, non... Nous...

Dupin se tut. Ils n'avaient jamais été vraiment liés. Ils s'étaient rencontrés à plusieurs reprises, au cours des dernières années, la plupart du temps brièvement – hormis une longue soirée qu'ils avaient partagée dans son jardin. Ils s'appelaient de temps à autre. Cela n'avait pas grande importance, d'ailleurs. Il y avait des gens avec lesquels on entretenait dès la première rencontre une relation privilégiée. Cela n'arrivait pas souvent. Tous deux savaient qu'ils pouvaient être amis, et cette certitude à elle seule était agréable.

Un homme grand et massif se détacha du groupe qui se tenait à une vingtaine de mètres d'eux et se dirigea vers le commissaire d'un pas hésitant. Le médecin légiste.

Dupin se passa de nouveau la main dans les cheveux, il n'était pas sûr de pouvoir supporter la description précise de la situation. Pas maintenant. Les légistes étaient une espèce à part, qu'il n'appréciait pas particulièrement.

— Je vais à la maison de ses parents, s'empressa-t-il de dire.

Sa collègue hocha la tête.

— Je vais voir où en est le légiste et je vous retrouve tout de suite après, dit-elle.

— Il va falloir se coltiner toutes les personnalités du monde du sel. Reprendre l'interrogatoire du directeur de la coopérative, découvrir ce qui intéressait tant Lilou. Rencontrer la directrice de la société Le Sel. Savoir avec qui Lilou s'était entretenue, qui elle connaissait dans ce cercle. Et puis nous devons perquisitionner chez elle. Trouver son compte Internet, la liste de ses communications. Tout. Et savoir ce qu'il en est des fameux barils bleus.

Il avait débité ce plan d'action d'une traite, nerveusement, sachant pertinemment qu'il ne faisait que réciter la procédure. Pourtant, il se sentit mieux une fois son discours terminé. Il devait se pencher attentivement sur les moindres pistes qu'ils possédaient, si futiles fussent-elles. Il devait se plonger dans l'enquête, s'immerger complètement et résister, tenir bon dans l'espoir qu'ils trouvent enfin un indice pour la faire avancer. Lilou Breval était morte, c'était un fait. Elle avait été assassinée. Peut-être même ne vivait-elle plus au moment où ils entraient chez elle, la veille au soir.

— C'est exactement ce que nous allons faire. Point par point.

La commissaire avait prononcé ces mots comme on annonce un départ au combat. Pendant ce temps, le légiste était allé fouiller dans sa sacoche, la mine affairée. Il tenait visiblement à terminer au plus vite son travail.

Dupin se détourna.

Il chemina le long des parcs à huîtres et fit un court détour pour éviter le reste du groupe qui se mettait également en branle.

Cela n'avait pas été facile de repérer la maison. Bien entendu, sa vieille Peugeot ne disposait pas de système de navigation. Rose, qui le suivait, lui avait soigneusement décrit la route : après avoir emprunté la Route du soleil qui conduisait à la langue de terre baignée de lumière, il fallait dépasser le Men-er-Hroech'h. Ce menhir de vingt-cinq mètres de hauteur aurait été le plus grand du monde s'il ne s'était cassé en quatre morceaux, il y avait de cela des siècles et des siècles. La légende disait qu'il avait été brisé par les fées.

La maison était nichée dans un petit bois, non loin du Golfe, à peine en dehors de Kerpenhir, sur l'étroite avancée de terre traversée de minuscules sentes et chemins sans nom.

Dupin atteignit enfin quatre vieilles maisons de pierre très similaires, dressées l'une à côté de l'autre. L'une d'elles abritait sans doute la personne qui avait aperçu Lilou vivante pour la dernière fois. Celle des Breval était la dernière de la rangée. L'atmosphère qui régnait était paisible. Le soleil brûlant était presque au zénith, impitoyable et écrasant, obligeant chacun à se réfugier à l'ombre. Dans toute cette lumière, les ombres du petit bois avaient quelque chose de particulièrement mélancolique. Çà et là, les trouées entre les troncs noirs des sapins laissaient apparaître la surface étincelante du Golfe.

Le reste de la troupe allait arriver d'un instant à l'autre, et avec lui l'agitation que leurs occupations exigeaient. Dupin savoura ces quelques instants de solitude. Il avait garé sa voiture à bonne distance de la maison, sachant que l'équipe technique chercherait des empreintes sur un large périmètre. C'était ici que s'était trouvé le véhicule de Lilou – et un autre à proximité.

Dupin se tenait devant la maison quand sa collègue lui téléphona.

— Mes hommes ont trouvé quatre barils bleus. D'après la description qu'ils m'en font, ce sont les mêmes que ceux de la coopérative. Ils les ont dénichés dans une saline en friche. Tout au bord des marais, près de Pradel. Je leur ai demandé de fouiller systématiquement tout le territoire. Les barils sont ouverts et vides, nous allons faire analyser d'éventuels résidus de leur contenu.

— A qui appartient cette saline ?

— Nous n'en savons rien pour le moment, mais les recherches sont en cours. Théoriquement, il pourrait tout à fait s'agir d'innocents conteneurs de la coopérative qui auraient échoué là pour une raison quelconque. Mais ce serait tout de même une drôle de coïncidence.

— Pourquoi ces salines, précisément ?

Dupin savait que sa collègue ne pouvait répondre à sa question.

— A quoi ça rime, cette histoire de barils, bon sang ? lâcha-t-il, pestant à voix haute.

— J'arrive tout de suite, déclara-t-elle. Attendez-moi.

Tout avait commencé avec ces fichus barils. Il fallait absolument qu'ils découvrent ce qu'ils avaient contenu, cela leur apporterait sans doute un indice important.

Seules deux petites fenêtres ornaient la façade de la maison qui paraissait entièrement orientée vers l'autre versant, face au bois et au Golfe. Un sentier étroit la longeait sur un côté, où se trouvait également la porte d'entrée. Hormis le cri familier des oiseaux de bord de mer, il régnait un silence presque inquiétant. Son ami Henri reconnaissait chaque volatile à son chant – le Golfe tout comme les salines étaient un paradis pour les oiseaux, l'un des plus importants d'Europe.

Par réflexe, Dupin sortit son arme. La porte était verrouillée et semblait intacte. Un sentier faisait le tour de la maison, comme chez Lilou. Dupin se déplaçait en silence, veillant attentivement à l'endroit où il posait les pieds. Au coin de la bâtisse, il s'immobilisa et scruta les environs. La probabilité de tomber sur quelqu'un était infime et l'assassin évitait sans doute soigneusement les lieux, mais Dupin avait une sensation étrange, comme la veille dans la saline. Il se secoua, serra un peu plus fort son arme et s'avança dans le jardin. Il n'y avait personne. Une terrasse de pierre, une petite table, trois chaises et un peu plus loin, au milieu de la pelouse, un transat bleu. Un jardin modeste, qui se perdait dans le bois voisin. La porte donnant sur la terrasse était grande ouverte. Sans attendre sa collègue, Dupin entra. Le plafonnier était allumé. La pièce en longueur recevait peu de lumière de l'extérieur. Cette façade aussi n'était percée que de deux fenêtres, un peu plus grandes cependant que les autres. Il régnait une fraîcheur agréable.

A première vue, rien ne sortait de l'ordinaire. L'aménagement était simple, presque austère, le mobilier semblait ancien. Sur la gauche se trouvait le plan de cuisine, juste à côté un petit couloir qui menait à la porte d'entrée, une porte fermée puis un escalier étroit qui conduisait à l'étage. A droite, le salon : une table en bois peinte en blanc, quatre chaises, un canapé visiblement usé adossé au mur du fond, à sa droite un autre canapé, plus récent. Dupin fit lentement le tour de la pièce.

— Il y a quelqu'un ?

— Qui donc, à votre avis ?

La commissaire Rose venait d'entrer dans la maison et se tenait derrière lui.

— Vous ne m'aviez pas dit que vous m'attendriez ?

Elle avait posé cette question d'un ton faussement déçu tout en parcourant la pièce du regard. Puis elle se dirigea vers le fond du couloir comme si elle connaissait les lieux depuis toujours. En chemin, elle sortit de sa poche un gant de silicone et l'enfila. Elle ouvrit brusquement la porte. Un petit W.-C. se cachait derrière.

— La saline en friche appartient à la société Le Sel. Elle est inutilisée depuis trois ans. La terre n'est plus bonne. Les barils, quant à eux, sont en effet identiques à ceux de la coopérative. Des « fûts à grande ouverture », si vous voulez savoir. Quatre-vingts centimètres de hauteur, cinquante de diamètre. Des poignées latérales. La marque, Fasko, est originaire du sud de la France. Ils gisent au fond d'un cristallisoir.

Elle jeta un coup d'œil dans le couloir puis entreprit de monter à l'étage. Dupin mit un moment à retrouver sa concentration. Cette scène lui rappelait trop celle de la nuit dernière, dans la maison de Lilou.

— Pourquoi ces barils se retrouvent-ils tout à coup dans une saline du Sel ?

— Nous allons poser la question à madame Laurent. Si Le Sel et elle sont impliqués dans cette histoire, c'est vraiment idiot de leur part de laisser traîner les barils dans leur propre saline.

Elle avait raison, évidemment. Mais cela pouvait tout aussi bien être une manœuvre de diversion.

— Où se procure-t-on ce genre de barils ? Dans des magasins spécialisés ?

Ils étaient arrivés au premier, Dupin sur les talons de la commissaire.

— Pour l'instant, nous n'en savons rien. Ah, et nous n'arrivons pas à repérer le téléphone de Lilou Breval. Soit il est éteint, soit il a été détruit. Nous avons demandé le rapport précis de ses dernières communications, que ce soit sur sa ligne fixe ou sa ligne de portable. Nous avons aussi les résultats des analyses des bassins de Daeron, mais ils ne sont pas probants, malheureusement. Apparemment, les valeurs sont légèrement au-dessous de ce qu'elles devraient être, mais ce n'est pas facile à déterminer, car le degré et la rapidité d'évaporation varient selon les conditions météorologiques. On ne sait jamais exactement quelle valeur on peut espérer trouver. Cela dit, les experts n'excluent pas la possibilité qu'on ait ajouté de l'eau douce. Si tel est le cas, cela a été fait de manière très discrète, très professionnelle. Mais comme je le disais, rien n'est prouvé.

Dupin lâcha un soupir. Ç'aurait été trop facile.

Curieusement, l'étage semblait beaucoup plus spacieux que le rez-de-chaussée. Il comptait deux grandes chambres et une salle de bains qui devait dater des années 1980, comme la cuisine. La première pièce était presque vide, seules deux vieilles chaises traînaient un peu tristement dans un coin près de la fenêtre. Ils ne s'y attardèrent pas et passèrent à la chambre suivante, aménagée d'un étroit lit double.

— Aucune trace de lutte ou de départ précipité par ici, remarqua la commissaire en détaillant attentivement la pièce.

Sur une commode de facture simple était posé un sac de voyage en cuir sombre et lustré. Elle entreprit d'en étudier l'intérieur.

— De la crème, deux étuis à lunettes, une brosse à dents, un chargeur de téléphone portable. Elle avait prévu de dormir ici. Il ne devait rien y avoir de suspect quand elle est arrivée.

— Quelqu'un devait savoir qu'elle prévoyait de venir passer la nuit ici, répondit Dupin, perdu dans ses réflexions.

Sa collègue était déjà dans l'escalier.

— J'ai demandé à l'inspectrice Chadron d'inclure vos deux inspecteurs dans l'enquête. On va avoir besoin d'aide, et puis comme ça, vous n'aurez pas besoin de le faire en cachette. Le Grand Large est agréable, certes, mais ce n'est pas très commode pour travailler.

Elle était restée parfaitement impassible en prononçant ces mots, et Dupin s'efforça de faire de même. Il ne savait pas comment elle avait eu vent de la présence de Le Ber et Labat au café du port, mais elle semblait au courant depuis un moment.

Arrivée en bas, la commissaire s'était dirigée vers la table blanche, dans le salon. Il y avait là une assiette, un morceau de baguette, une tranche de pâté. Une bouteille de madiran et un verre propre. L'ouvre-bouteille et le bouchon étaient posés à côté du vin. Ne manquait que Lilou, qu'on aurait crue sortie momentanément de la pièce, prête à réapparaître d'un instant à l'autre. Dupin sentit son estomac se tordre.

— Elle s'est installée ici, mais elle a été interrompue avant même de se servir un verre.

La commissaire avait décrit la scène de manière mécanique, en réfléchissant à voix haute.

— Son ordinateur a disparu. Toutes ses affaires sont là, sauf son ordinateur.

Dupin le cherchait vainement depuis leur arrivée, tout comme l'un ou l'autre dossier du type de ceux qu'ils avaient trouvés au domicile de la journaliste.

— L'assassin a dû s'introduire dans la maison et subtiliser tout ce qui ne devait pas tomber entre d'autres mains. Il n'a sans doute pas eu beaucoup de temps pour le faire.

Bien qu'il ne s'agisse en l'occurrence que de suppositions, la commissaire travaillait vite et se concentrait rapidement sur les éléments concrets qui étaient à leur disposition. Dupin partageait son sentiment, même s'ils n'avaient pas encore de preuves à l'appui.

— Nous ferions mieux…

Il fut interrompu par la sonnerie de son téléphone.

— Commissaire, c'est vous ?

Dupin enrageait à chaque fois que Labat lui

posait cette question : qui d'autre s'attendait-il à trouver au bout du fil ? Mais son inspecteur ne semblait pas vouloir se défaire de ce curieux réflexe. Cette fois, cependant, il poursuivit immédiatement, de cette voix saccadée qu'il prenait quand il était sur une piste.

— Nous sommes aux salines près de Pradel. C'est l'inspectrice Chadron qui nous a convoqués, précisa-t-il avec une satisfaction évidente. Je connais la marque Fasko. On trouve leurs fûts dans tout magasin de bricolage digne de ce nom. Je viens de faire des recherches sur mon smartphone. Ils sont composés de polyéthylène à basse pression, un matériau compatible avec le transport d'aliments. Ce type de récipient est particulièrement adapté aux substances pâteuses, à haute viscosité. Ses parois intérieures lisses permettent un nettoyage très rapide, garantissant l'absence de résidus. Une ouverture extra-large, hermétique à l'air et à l'eau grâce à un bouchon à vis. Un joint en caoutchouc. Il supporte les températures allant de vingt à quatre-vingts degrés. Autorisé par l'Union européenne pour sa résistance aux matières solides, aux pâtes, à la plupart des matières acides et basiques.

Dupin faillit éclater de rire malgré la tristesse qui l'habitait. Il espéra que son inspecteur s'était contenté de lire la présentation du produit, mais peut-être venait-il de découvrir un aspect tout à fait intéressant de sa personnalité : expert en fûts de polyéthylène. Labat lui paraissait capable de développer les passions les plus étranges. Cela dit, cette description détaillée offrait un avantage : s'il était décevant d'apprendre que les fûts étaient largement commercialisés, leur utilisation permettait des interprétations.

— Quel est en général leur usage ?

— Je viens de vous le dire. On peut s'en servir pour tout, c'est leur atout majeur. J'en ai moi-même quelques-uns à la maison. J'y conserve mes pommes, par exemple. Comme je vous le disais, ils n'endommagent pas les aliments.

— On peut donc tout aussi bien y conserver des substances toxiques ?

— Les qualités moléculaires incroyables de ce...

Il était incurable. Dupin lui coupa la parole.

— Je comprends. Et s'ils sont immergés pendant plusieurs heures dans un bassin, j'imagine qu'il ne subsiste rien de leur contenu antérieur ?

— Non, le seul endroit où on pourrait trouver des résidus serait dans l'eau du bassin.

— Je suppose qu'ils seront très difficiles à repérer si leur concentration n'est pas suffisante.

— D'après le chef de l'équipe technique, ça dépend des substances. Ils ont déjà fait quelques tests toxicologiques, qui n'ont rien donné d'anormal.

— Eh bien, c'est notre jour de chance. Autre chose, Labat ?

— La chimiste spécialisée dans l'alimentaire qui contrôle les salines nous a contactés. Elle veut vous parler dans les plus brefs délais, à vous et à la commissaire Rose. Elle est très inquiète, évidemment, et demande si nous avons déjà quelques pistes. Elle se demande si la production des salines est menacée, sachant que la région est soumise à des contraintes sanitaires très strictes. Sans compter que les marais salants sont classés réserve naturelle de première catégorie. Elle voudrait savoir d'où sort cette histoire de barils. Elle…

— Vous avez terminé, Labat ?

— Elle insiste pour que…

Dupin raccrocha et jeta un coup d'œil à la ronde. Tout en parlant, il avait parcouru la longueur du jardin et s'était enfoncé dans le petit bois de pins. Le jardinet tout comme cette partie de la pinède n'étaient pas visibles depuis les autres maisons, de hauts lauriers et des figuiers formant un véritable mur d'enceinte. Le Golfe était encore plus proche qu'il ne lui avait semblé de prime abord. Les arbres dispensaient une fraîcheur agréable mais la pénombre soudaine avait quelque chose de mystérieux, presque inquiétant. Si Lilou Breval avait été tuée au domicile de ses parents, fallait-il partir du principe qu'on avait fait disparaître le corps ici, dans le Golfe ? A première vue, l'herbe ne comportait aucune trace particulière.

Dupin foula le sol moelleux jusqu'à la rive. Il n'était pas expert en marée – et le regrettait amèrement –, il lui semblait pourtant que le laps de temps où elle avait été suffisamment haute pour permettre au meurtrier de faire disparaître le corps devait être relativement court. A présent, à mi-course de la prochaine marée, cent mètres séparaient encore la rive et l'eau. Il flottait une odeur de vase, de limon et de varech.

— Commissaire ?

C'était sa collègue. Depuis l'orée du bois, elle avait crié fort, mais d'une voix étonnamment douce.

— Nous avons retrouvé la voiture de Lilou Breval. A une minute d'ici, tout près du passage. Sur un petit chemin menant à la mer.

Ils n'avaient pas traîné.

— J'arrive.

Dupin aurait aimé s'imprégner plus longuement des lieux, comme il avait coutume de le faire, mais l'analyse du véhicule allait peut-être leur apporter quelques réponses.

Dupin se tenait sur une étroite bande de plage. Le sable fin était parsemé de rochers noirs et pointus derrière lesquels s'élevaient des oyats, de hautes fougères et des pins, partout les pins que Dupin appréciait. Il se trouvait sur le côté ouest du Golfe, à l'extrémité d'une langue de terre qui semblait s'élancer désespérément vers la côte opposée. La pointe de Kerpenhir, qui marquait l'entrée du Golfe, se déployait devant ses yeux. Le passage lui offrait aujourd'hui un spectacle étrange : l'Atlantique infini s'étendait à droite – paisible et lisse comme un miroir, tout comme la petite mer, sur sa gauche. Au centre de ce paysage, en revanche, les flots étaient comme déchaînés. Les moutons s'agitaient sauvagement, et l'on sentait toute la puissance et la pression des courants chaotiques et des masses d'eau qui se déplaçaient à une allure atteignant les vingt kilomètres/heure. Trois cents millions de mètres cubes d'océan franchissaient ce passage à chaque marée.

— Comme je vous le disais, oui. Deux interviews assez longues. La première, avec Maxime Daeron, est parue trois semaines après le dossier spécial, cela fait donc presque un an. La seconde, avec Ségolène Laurent, a été publiée il y a deux mois seulement, en juillet.

Comme toujours, Nolwenn avait été rapide.

— J'aimerais les lire, toutes les deux.

— Je vais les envoyer au poste de police le plus proche, quelqu'un pourra les imprimer et vous les apporter... Avec un smartphone, voyez-vous, je pourrais vous les envoyer sur-le-champ. Réfléchissez à sortir le vôtre de votre tiroir, un jour. Cela faciliterait beaucoup les choses.

Cette discussion revenait régulièrement sur le tapis, et Dupin savait que la bataille était perdue d'avance : Nolwenn aurait le dernier mot. En janvier dernier, son commissariat avait été équipé de smartphones dernière génération qui « savaient tout faire » et faisaient la joie de ses deux inspecteurs

– tout particulièrement Labat. Pour l'instant, Dupin s'était refusé à utiliser le sien et gardait encore en tête la vision traumatisante du petit écran affichant « erreur système ». Fallait-il faire des études supérieures pour comprendre son téléphone portable de nos jours ? Ce n'était toutefois pas le moment de poursuivre la discussion. Et puis Nolwenn travaillait bien mieux que n'importe quel appareil, si moderne fût-il.

— Envoyez-les au commissariat de Guérande, à Labat. Nous n'allons pas tarder à quitter le Golfe.

— J'ai trouvé deux autres articles dans *Ouest-France* à propos des salines. Ils ne sont pas de Lilou Breval. L'un d'eux parle du nouveau sel, celui qui est destiné au moulin. Une mode ridicule, si vous voulez mon avis. L'autre porte sur les travaux d'agrandissement du Centre du sel. Celui-là ne fait que quelques lignes.

— Envoyez-les-moi aussi.

— Très bien.

— Et puis, regardez s'il y a eu des plaintes ou des signalements de pratiques en rapport avec la récolte du sel au cours des dernières années. Des additifs interdits ou controversés, des méthodes de production, n'importe quoi.

— Je m'en occupe.

— Ah, et aussi… ajouta Dupin en sortant son calepin. Voyez si vous trouvez quelque chose d'intéressant concernant les « fûts à grande ouverture ». Regardez s'ils sont impliqués dans des affaires criminelles, et pour quoi. De la marque Fasko – ou d'autres marques, d'ailleurs. De très grands récipients.

Ce n'était pas une mission facile, mais Dupin comptait sur Nolwenn : s'il y avait quelque chose à savoir à ce sujet, elle le trouverait.

— Ah, vous ne lâchez pas l'affaire des barils, à ce que je vois. Très bien ! (Nolwenn changea de ton :) Patron ?

— Oui ?

— Claire vient d'essayer de vous joindre. Je lui ai expliqué que l'enquête avait pris un tour dramatique car il s'agissait désormais de meurtre, et j'ai précisé que le préfet vous avait officiellement chargé de l'affaire. Je lui ai dit que vous étiez mortifié de rater son anniversaire, que cela tombait décidément très mal. Enfin bref, vous devriez quand même l'appeler.

Dupin ne savait pas quand il trouverait le temps et l'endroit pour le faire, mais c'était évident, il fallait absolument qu'il l'appelle et qu'il essaie de se rendre à Paris ce soir.

— Vous avez raison. Et… merci, Nolwenn.

— C'est une grosse perte pour la Bretagne. Pour le journalisme breton. Elle était irremplaçable ! C'est affreux.

— En effet, oui.

Dupin raccrocha, un peu surpris par la véhémence de son assistante.

Le soleil frappait encore plus fort qu'avant,

c'était presque insupportable. Tout étincelait. Il aurait dû emporter une casquette, mais il l'oubliait toujours.

Devant lui se dressait le mémorial le plus triste qu'il ait jamais vu. Son histoire était bien connue. Taillée dans un granit gris clair recouvert de mousse et de lichen jaune et orange, une femme portant un enfant dans les bras scrutait l'horizon à la recherche d'un signe de son mari qui ne reviendrait jamais. Son visage révélait qu'elle le savait, mais qu'elle s'était donné pour mission de l'attendre tout de même pour l'éternité, jour après jour. Un haut socle de granit rond, au bout d'une petite île de roche noire, juste devant la langue de terre que l'on pouvait rejoindre à pied quand la marée était très basse : c'était là que se tenaient la mère et l'enfant, au milieu des flots furibonds. Dupin se détourna. A travers les arbres, il apercevait à une cinquantaine de mètres de lui la commissaire Rose qui examinait la voiture de la journaliste. Le véhicule était garé sur un petit sentier de sable qui s'enfonçait dans le bois. Le meurtrier l'avait garé à deux minutes à peine du domicile des Breval. On avait dû faire appel à une troisième équipe technique, car les deux autres étaient encore à l'ouvrage. Elle mettrait sûrement un moment à arriver. Dupin et Rose avaient déjà jeté un regard à la Peugeot dont les portières étaient verrouillées. La clé n'était pas à l'intérieur. A première vue, tout était en ordre, rien de suspect.

C'était ce qu'il y avait de plus étrange dans cette enquête jusqu'à présent : l'absence totale d'indices.

Dupin était conscient de cultiver là une manie un peu bizarre, mais il détestait qu'on l'écoute quand il parlait au téléphone, peu importe de quoi il s'agissait. C'était d'autant plus vrai pendant une enquête, et dans cette situation en particulier. Il s'était donc éloigné de quelques pas pendant que sa collègue poursuivait les investigations.

Il avançait lentement. Accroupie, la commissaire semblait inspecter quelque chose sur le siège arrière du véhicule.

— Du nouveau ? entendit-il depuis l'habitacle de la Peugeot.

Elle ne s'était pas retournée, pourtant Dupin se tenait encore à bonne distance d'elle. Comment s'y prenait-elle ? Il resta pensif un instant avant de lui rapporter brièvement le contenu de son échange avec Nolwenn. La commissaire garda un silence attentif jusqu'au bout de son récit, comme pour s'assurer qu'il n'omettait rien.

— Nous n'avons trouvé aucune de ses interviews dans la maison de Lilou et pas davantage dans celle de ses parents, conclut Dupin.

— En tout cas, nous avons maintenant la preuve que Lilou s'intéressait encore récemment au Pays blanc. Et nous savons qu'elle a réalisé des entretiens avec deux responsables des salines. Ça fait quatre. Sans parler du texte qui n'a pas été publié. Nous allons sûrement retrouver les brouillons ainsi que les transcriptions plus complètes des interviews, supposa Rose.

— L'assassin ignore ce que nous avons appris, dit Dupin en réfléchissant à voix haute. Il s'inquiète sûrement de savoir quels indices nous possédons et quelles pistes nous suivons. Il va s'arranger pour effacer toute trace de ses crimes.

— Nous allons relancer la rédaction du journal et peut-être trouverons-nous quelque chose dans sa messagerie. Peut-être qu'elle a envoyé une première version de son article... (La commissaire continuait d'inspecter l'intérieur de la Peugeot.) Pour l'instant, il semble impossible de savoir si elle a conduit le véhicule elle-même ou si une tierce personne l'a amenée jusqu'ici. Qu'elle ait été sans connaissance, blessée ou morte, il n'y a absolument rien ici susceptible de nous renseigner.

La voiture de Lilou Breval n'était pas sans rappeler l'intérieur de sa maison : le siège du passager tout comme le sol étaient jonchés de magazines, de livres, de journaux – *Ouest-France*, mais surtout *Le Monde diplomatique* et *Libération*, ainsi que plusieurs numéros d'une revue à la couverture glacée consacrée au jardinage. Ce qui caractérisait si bien Lilou Breval n'était plus à présent qu'un désordre inutile.

La commissaire avait de nouveau enfilé ses gants de silicone. Sur elle, ils avaient presque quelque chose de séduisant, à la mode. Ni sa tenue vestimentaire ni son apparence générale ne laissaient deviner que la nuit avait été très courte.

— Il est d'une propreté presque clinique, remarqua Dupin en détaillant l'intérieur du coffre.

— Je ne me sers jamais du mien, moi non plus, répondit sa collègue en haussant les épaules. La banquette arrière est bien suffisante.

Dupin avait sorti son carnet et consultait son petit annuaire personnel. Les noms étaient entourés d'un cercle autour duquel rayonnaient toutes les indications possibles et imaginables qui s'y rapportaient. Quelques-uns étaient soulignés de plusieurs traits, d'autres étaient décorés d'une multitude de symboles énigmatiques : des points d'interrogation, d'exclamation, des plus et des moins, des ratures. Après quelques jours, le carnet était invariablement illisible.

— J'aimerais parler à cette scientifique qui a demandé à nous rencontrer de toute urgence, lâcha Dupin en s'apercevant que son inspecteur n'avait pas mentionné son nom. Il nous faut un regard de spécialiste. Je voudrais savoir ce qu'elle pense de ces barils et qu'elle nous renseigne sur les manœuvres illicites possibles dans la production de sel.

Dupin se sentait fébrile, comme à chaque fois qu'il se trouvait au cœur d'une enquête complexe. Cet état particulier l'arrachait de son quotidien. Seules comptaient la résolution du mystère et la réponse aux questions qu'il se posait. Ce qui d'ailleurs avait toujours altéré sa relation avec Claire. Et pourtant, c'était dans ces moments qu'il se sentait vraiment relié à la réalité, actif, plus précis et lucide que jamais, mû qu'il était par un seul objectif : résoudre une énigme.

— C'est prévu. Mais d'abord, nous allons rencontrer la directrice de la société Le Sel. Madame Laurent. Elle habite dans le Golfe.

— Elle vit ici ?

— Nous ne savons pas encore s'il s'agit de sa résidence principale ou d'un lieu de vacances. De nombreux Bretons possèdent une maison dans le Golfe, pas seulement les plus fortunés. Certains habitent à Guérande, d'ailleurs. Rien d'extraordinaire à cela.

A l'entendre, Dupin se demanda si la commissaire ne faisait pas partie de ces heureux propriétaires d'une maison dans le Golfe. Certains Concarnois bénéficiaient aussi de ce grand luxe. Son ami Henri en faisait partie, à l'instar d'un frère de Nolwenn et d'une de ses sœurs. Le Golfe était vaste – vingt kilomètres d'est en ouest, quinze entre Vannes et la mer – et c'était un des coins les plus prisés des Bretons. Le Golfe était, d'une certaine manière, leur Méditerranée, ou plutôt leur version du Sud, mais améliorée, plus bretonne, puisque sur la côte Atlantique. La presqu'île de Quiberon, également très courue, faisait aussi partie du Golfe, tout comme Carnac, le pays des menhirs, et aussi l'île d'Hoedic et la « beauté du Sud », Houat, avec la Treac'h ar Goured, réputée pour être la plus belle plage de Bretagne. Sans bien sûr oublier la sublime Belle-Ile.

— Nous devrions aussi nous entretenir le plus rapidement possible avec la directrice du Centre du sel. Madame Bourgiot. Ah, et approfondir un peu notre conversation avec le patron de la coopérative.

La manière dont elle avait prononcé le mot « approfondir » ne promettait rien de bon. Quant aux phrases qui commençaient par « Nous devrions », Dupin avait fini par comprendre qu'elles signifiaient tout bonnement « Nous allons », sans alternative possible.

— A votre avis, où Lilou Breval a-t-elle été balancée à l'eau ?

Dupin s'était éloigné de la voiture. Sa collègue se releva brusquement, ôta ses gants et se dirigea sans mot dire dans la pinède jusqu'à l'endroit où la terre s'avançait loin dans la mer. Une plateforme en demi-lune, peu élevée, avait été installée pour permettre aux flâneurs de profiter de la vue. Une trentaine de mètres la séparaient de la voiture. La commissaire ne s'arrêta qu'une fois arrivée à la rambarde de pierre plate, qui semblait davantage destinée à faire trébucher les badauds qu'à les protéger. Elle posa son pied droit sur le muret, les mains enfoncées dans ses poches. Dupin vint se poster à ses côtés et laissa son regard suivre la trajectoire du courant qui bouillonnait juste au-dessous d'eux.

Ils restèrent un moment ainsi, silencieux, puis la commissaire Rose brisa le silence, les yeux perdus dans le vague.

— Dans ce passage, il y a des cuvettes et des

abysses qui atteignent quarante mètres de profondeur. Tout au long du canal qui charrie les plus grosses masses d'eau. Son cadavre aurait très bien pu disparaître à jamais. Très certainement, d'ailleurs, et si la marée avait été descendante, elle aurait emporté le corps au large. Les courants vont loin, jusque dans la haute mer. (La voix de sa collègue se faisait de plus en plus grave.) Mais l'assassin n'avait sans doute pas le loisir d'attendre la prochaine marée.

C'était peut-être macabre à dire, mais l'endroit était parfait, extrêmement pratique. Personne ne s'attardait ici la nuit, et les plus proches maisons, parmi lesquelles celle des parents de Lilou, se dressaient à plus de cinq cents mètres. Les bois entouraient le point de vue de toutes parts.

A force d'observer les tourbillons de l'eau, Dupin fut soudain pris de vertige. Le mot « abysse » l'avait toujours effrayé quand il était enfant, il l'associait à des monstres terrifiants vivant dans les tréfonds de la mer. Il n'aurait pas été surpris d'apprendre que sa phobie des bateaux était liée à cette vision enfantine.

— Allons-y. L'équipe technique va arriver d'un moment à l'autre.

Il lui fallait à tout prix un café. Il ferait un détour pour trouver un troquet ouvert. Peut-être même dénicherait-il un sandwich jambon-fromage, et il en profiterait pour reprendre un antalgique, car les douleurs reprenaient de plus belle.

Ils s'étaient finalement mis d'accord pour commencer par faire un crochet du côté de Pradel, jusqu'à la saline où avaient été trouvés les barils. Là, ils rencontreraient brièvement la scientifique. Contrairement à sa collègue, Dupin tenait absolument à la voir en priorité. Puis ils avaient prévu de s'entretenir avec madame Laurent, qui à son tour avait rendez-vous avec madame Bourgiot, la directrice du Centre du sel. Ainsi, ils feraient d'une pierre deux coups et questionneraient les deux femmes en même temps. Dupin se demanda si sa collègue lui ferait payer plus tard la concession qu'elle lui accordait. L'idée même de mener une enquête à deux faisait horreur au commissaire, et c'était encore pire dans la pratique. Le seul fait de devoir négocier les urgences à traiter en priorité – question qui, comme d'autres, pouvait avoir des conséquences décisives – lui était insupportable. Dupin ne pouvait s'organiser comme il l'entendait, suivre un fil conducteur la plupart du temps né de son inconscient qui le menait d'une étape à la suivante selon une logique qui lui était propre. Bien entendu, il avait déjà songé à proposer à sa collègue de se répartir le travail et de poursuivre chacun de son côté, mais il n'était pas certain de lui faire confiance. Sans compter qu'elle disposait d'un avantage notable en travaillant sur son territoire et avec ses équipes, et qu'il serait pénalisé s'il agissait en solo.

Ils avaient garé leurs voitures sur la route des Marais, Dupin juste derrière Rose, et avaient parcouru le reste à pied. Devant le véhicule de sa collègue stationnait une autre Renault de même modèle, sinon qu'elle était noire.

— J'ai demandé à Daeron d'interrompre la production de sa saline jusqu'à nouvel ordre, et je l'ai aussi fait fermer, bien qu'elle soit en friche. Je veux d'abord être absolument certaine que les fûts ne contiennent rien de nocif.

Céline Cordier les attendait dans une posture décontractée qui contrastait avec la fermeté de ses propos. En se préparant à rencontrer la jeune femme spécialisée dans la nutrition, Dupin s'était attendu à une personne d'un tout autre genre. Une scientifique en blouse blanche, par exemple. De prime abord, Céline Cordier aurait très bien pu passer pour la graphiste d'une agence de pub en vogue. Un tee-shirt bleu, sobre, sur lequel était imprimé un cercle d'un rouge éclatant, un jean serré et élimé qui laissait apparaître les os de ses hanches et une paire de Converse bleu marine. Presque aussi grande que lui, elle avait une silhouette un peu dégingandée et une mine sympathique, avec ses cheveux noirs coupés en dégradé et ses yeux ambrés. Elle devait avoir une trentaine d'années.

— Quel qu'il soit, l'enjeu est important, déclara-t-elle, c'est évident. Une fusillade, une journaliste assassinée, manifestement dans le cadre de la même affaire…

Elle était donc au courant. Les nouvelles allaient vite par ici. Les pêcheurs avaient trouvé le cadavre, un membre de la rédaction avait déniché quelque parent et le tour était joué. Après tout, il s'agissait d'une journaliste connue dans la région. Et puis c'était un meurtre. De là à faire le lien avec la fusillade de la veille, il n'y avait qu'un pas, surtout si Dupin continuait à se montrer dans tous les lieux de l'enquête. Les radios et les journaux en ligne commentaient l'affaire, les éditions imprimées sortiraient dès le lendemain.

Dupin comprenait que la scientifique soit inquiète, mais ses manières péremptoires l'agaçaient. Sa collègue semblait partager ce sentiment.

— Pour l'instant, nous n'avons découvert aucune substance interdite sur les lieux. Nos équipes ont effectué plusieurs prélèvements, dans différents bassins. Tout particulièrement dans le cristallisoir, bien sûr.

La commissaire avait adopté sa posture habituelle – la main droite enfoncée dans sa veste, le pouce émergeant de la poche – et s'exprimait avec fermeté. Elle avait ostensiblement omis de relever la question implicite de la scientifique, qui paraissait s'interroger sur le lien existant entre les deux événements.

Ils se tenaient sur un passage un peu plus large au milieu de la saline où les barils avaient été retrouvés. Le bassin ne servait plus : il était envahi par les algues et le niveau d'eau s'élevait à près de vingt centimètres. Dupin avait constaté avec soulagement l'apparition de la brise typique du changement de marée. L'air était plus pur et le bleu du ciel était encore plus éclatant que d'habitude, comme toutes les autres couleurs : le vert et le jaune de lin des herbes hautes et des fougères, les teintes irisées des bassins – mille nuances de rouge, de rose, d'argent, de bleu, de vert, et surtout le bleu intense des quatre barils qui gisaient au bord du bassin comme autant de sculptures insolites. Ils étaient là, sous leurs yeux, ces fameux fûts sur lesquels Lilou avait attiré son attention. Ils étaient bien réels et pourtant ils gardaient encore tout leur mystère. Il n'y avait pas le moindre signe de couvercle aux alentours.

— La situation est très délicate. Nous procédons aussi à des analyses dans les salines voisines. Nous aimerions le plus rapidement possible…

— Vous procédez à *quoi* ?

— Nos propres analyses. Nous devons décider si, au-delà des mesures que vous avez déjà prises, nous ne devons pas fermer toutes les salines jusqu'à ce que nous disposions de résultats probants.

— Toutes ? De qui parlez-vous, d'ailleurs, quand vous dites *nous* ?

— Je dirige la section scientifique de l'institut tandis qu'une collègue s'occupe du versant administratif. Au bout du compte, c'est moi qui décide.

Nous sommes soumis à des règles très strictes et je suis en contact avec l'Agence nationale de sécurité sanitaire, à Paris. L'agence peut prendre une décision à tout moment, mais elle se rangera à mon avis. Nous sommes face à des produits comestibles hautement sensibles, dans la mesure où ils restent à l'air libre, contrairement à ceux qui sont protégés par des serres. D'ici quelques semaines, des dizaines de milliers de personnes consommeront le sel produit à cet endroit.

La commissaire avait lâché un long soupir d'ennui au milieu des explications de Céline Cordier, et Dupin était lui aussi impatient d'en arriver au sujet qui les intéressait.

— A votre avis, madame Cordier, que s'est-il passé ici ? Quelles pratiques, quelles activités illicites pourraient entrer en ligne de compte ? Qu'est-ce que ces fûts auraient pu contenir ?

— Des activités criminelles, des actes de vengeance, des sabotages, des factures impayées, la concurrence – je ne sais pas. Vous savez, je ne connais pas les gens du coin. Je ne suis pas la bonne interlocutrice pour vous fournir des suppositions.

— Prenons le sel, par exemple. Que peut-on craindre ?

— Eh bien, qu'on y verse des substances qui le rendraient impropre à la consommation sans pour autant le rendre dangereux. Qu'on sabote toute une récolte. Avec des colorants qui pollueraient les sols des salines pour des années ou, pire, des substances toxiques. Cela saboterait non seulement la récolte mais la réputation de toute la région.

Bien sûr. Lilou avait bien évoqué une « guerre des sels », après tout. Dupin se souvenait fort bien de cet article. Quelqu'un pouvait vouloir détruire l'ensemble des salines de Guérande. Pour mener à bien une entreprise de cette envergure, cependant, on s'y serait pris différemment. D'ailleurs, si Dupin avait bien compris, le Pays blanc ne représentait plus une concurrence bien redoutable.

— Nous excluons cette possibilité pour le moment, intervint la commissaire. Ce qui ne nous empêche pas de vérifier toutes les hypothèses.

— Quant à nous, nous devons écarter le moindre risque, répliqua Céline Cordier sur un ton définitif.

Dupin réfléchit longuement. L'une des possibilités les plus évidentes serait qu'un acteur de la région veuille nuire à un autre paludier. Daeron, en l'occurrence. Un homme, un groupe, une coopérative, une entreprise. Différents scénarios étaient envisageables, à des échelles variables.

— Comment saboteriez-vous une récolte ?

Ce point intéressait tout particulièrement Dupin. Ils devaient faire marcher leur imagination.

— Un certain nombre de substances pourraient être utilisées, mais elles seraient toutes détectables à l'analyse. Le moyen le plus perfide serait d'ajouter de l'eau douce pendant la phase critique. Personne ne pourrait le prouver, ce serait…

— De l'eau douce ?

Maxime Daeron avait déjà évoqué cette possibilité. La scientifique regarda Dupin avec surprise. Il remarqua que son rouge à lèvres était assorti au dessin de son tee-shirt.

— L'eau douce permettrait de détruire les récoltes et donc les revenus de manière sensible, en effet. Mais, comme je vous le disais, quand on est prêt à tuer un policier, on cache peut-être quelque chose d'un peu plus important. Ça m'étonnerait qu'il s'agisse uniquement de quatre barils d'eau douce.

Elle avait exprimé tout haut ce que Dupin et Rose pensaient et qui les tourmentait. Du moins Dupin.

— C'est bien pourquoi nous nous inquiétons sérieusement, conclut Céline Cordier.

— Et nous voyons…

Le téléphone portable de la commissaire Rose se manifesta. Elle fit quelques pas de côté et répondit. On entendit un « Très bien, Chadron », puis elle baissa la voix.

Son absence ne sembla pas le moins du monde déranger Céline Cordier qui se mit à pianoter sur son smartphone.

Dupin s'éloigna sur le sentier étroit qui menait au bassin où gisaient les barils. Il paraissait malaisé de s'en approcher davantage. Il avait à peine parcouru quelques mètres qu'il sentit une présence dans son dos. C'était sa collègue.

— L'équipe technique a découvert des empreintes

digitales qui ne sont pas celles de la victime sur la porte menant au jardin des Breval. Nous sommes en train de recueillir celles de tous ceux à qui nous avons déjà eu affaire. (La commissaire changea de sujet avant que Dupin ne puisse réagir :) Un sabotage avéré, chez un paludier indépendant ou adhérent d'une coopérative, pourrait ruiner la réputation d'une entreprise et de ses patrons, détruire un certain nombre de carrières – et, plus grave encore, donner un coup d'arrêt aux grands projets. Ce serait un motif suffisant, en tout cas.

Elle s'était exprimée d'une voix sourde, mais décidée. Dupin brûlait de revenir sur l'histoire des empreintes digitales – ce n'était pas une information à prendre à la légère, mais ils devaient effectivement attendre. Et les remarques de la commissaire étaient bien entendu judicieuses.

Dupin avait atteint le bout du sentier. De près non plus, rien à signaler. Il s'accroupit tandis que la commissaire poursuivait :

— Evidemment, pour une coopérative ou un indépendant, ce serait la fin. En tout cas, il faut être désespéré pour faire une chose pareille, ou cynique à un point... Et quand on est prêt à ce genre d'extrémité...

Elle se tut. Dupin voyait très bien où elle voulait en venir. Il avait connu des dizaines d'enquêtes de ce type. Il suffit parfois à un individu de franchir une limite souvent invisible pour qu'il ait l'envie ou l'audace d'aller plus loin. Et dès lors, tout lui semble étrangement dérisoire et cela entraîne aisément des dommages collatéraux. Oui, ils devaient prendre au sérieux la piste du sabotage que Lilou Breval avait flairée, mais Dupin avait le sentiment qu'il fallait chercher d'autres scénarios possibles.

Il tourna les talons, incitant sa collègue à l'imiter. Un instant plus tard, ils retrouvaient Céline Cordier, toujours absorbée par son téléphone portable. Dupin avait encore quelques questions.

— Existe-t-il des produits chimiques que l'on peut utiliser dans le cadre de la production de sel pour augmenter les quantités ou jouer sur la qualité ? Une méthode plus ou moins irrégulière ?

— Non, pas pour le sel de mer. Il ne s'agit pas de production mais de récolte, les paludiers se contentent en quelque sorte de libérer un produit naturel. L'évaporation naturelle fonctionne de manière très efficace et rien ne peut l'accélérer, surtout pas des substances chimiques. Quant à la qualité du sel, elle est parfaite ici, rien ne pourrait l'améliorer.

Céline Cordier s'exprimait normalement, toute son agressivité avait disparu.

— Qu'en est-il à l'étranger ? Existe-t-il une substance interdite ici que l'on pourrait utiliser pour se rendre plus attrayant face à la concurrence ?

— Cela dépasse mes compétences. Cela concernerait les gisements de sel sur la terre. En ce qui concerne le sel de mer, je vous le répète, c'est hors de question.

— Les salines font-elles face à une menace écologique contre laquelle on pourrait vouloir se défendre ? Des bactéries par exemple, comme pour les moules et les huîtres ?

La commissaire avait raison, il fallait tout envisager.

— Non. Hormis quelques espèces halophiles qui colorent les bassins de cette teinte parfois très intense de rouge, rose ou violet que vous avez déjà observée et qui sont parfaitement inoffensives, les bactéries n'ont aucune chance de survie dans ce type d'environnement. D'un point de vue biochimique, le sel est résistant.

Un silence perplexe s'ensuivit.

— Comme je vous le disais, nous devons envisager la suspension complète de la production. Les denrées stockées dans les entrepôts ne sauraient être commercialisées sans une analyse exhaustive, reprit Céline Cordier d'une voix mécanique, comme si elle récitait le code du travail, avant d'ajouter, cette fois étonnamment soucieuse : Je suis consciente qu'une fermeture temporaire des salines serait dramatique pour les paludiers. Cependant, il s'agit de la protection des consommateurs, et elle est prioritaire.

— Il y a forcément quelqu'un qui tire profit de cette catastrophe.

La commissaire avait réfléchi à voix haute, et ses mots avaient sonné comme une menace. Elle consulta sa montre.

— Nous devons partir.

Ils avaient rendez-vous.

Le nouveau bâtiment du Centre du sel était impressionnant et de bon goût, composé exclusivement de matériaux naturels : chêne, granit clair, verre. Angulaire, complexe, il ne comportait pourtant ni exagération ni extravagance. Le grand hall accueillait une exposition sur « Le monde magique du sel » où l'intégralité d'un cristallisoir avait été reproduite, tout comme des maquettes miniatures de salines. Il y avait des « salles d'expériences » et d'innombrables « panneaux visuels » (« L'histoire du sel », « Le sel des connaisseurs », etc.), une cafétéria et une « boutique du sel ». En plus des différentes variétés et produits dérivés (moutarde à la fleur de sel, chocolat à la fleur de sel, sels de bain à la fleur de sel...), elle proposait des livres, des posters, des DVD et des magazines. Rien, ici, ne corroborait les « conditions économiques modestes » censées caractériser le monde du sel.

Une employée du Centre avait escorté les deux commissaires dans une salle de réunion, non loin des « espaces interactifs ». Madame Laurent et madame Bourgiot étaient assises à une table de bois clair un peu grande pour la taille de la pièce.

— Où étiez-vous hier soir ? A partir de vingt heures ?

De toute sa carrière de policier, Dupin n'avait jamais entamé une discussion de manière aussi frontale. Sa collègue s'exprimait sur le ton conciliant qu'elle affectionnait et qui laissait entendre deux choses : tout d'abord qu'il s'agissait d'un simple questionnaire de routine, qui ne signifiait pas qu'elles étaient suspectées. Mais également que ça chaufferait pour elles si d'aventure elles venaient à l'être.

— Vous serez aimables de me fournir également le nom des personnes pouvant attester vos déclarations.

Madame Laurent écarta lentement de son visage bronzé une mèche de cheveux et la coinça élégamment derrière son oreille. Sa chevelure mi-longue, d'un blond foncé traversé de mèches dorées, était raide mais extrêmement volumineuse. A peine avait-elle dégagé le côté droit de son visage qu'une nouvelle mèche le barrait du côté gauche. C'était sans doute l'intérêt de sa coupe asymétrique. C'était une belle femme d'une cinquantaine d'années vêtue d'un tailleur-pantalon sombre, très semblable à celui de la commissaire. Contrairement à cette celle-ci, elle ne portait pas de chemisier mais un haut en satin très décolleté d'une couleur parme qui lui seyait particulièrement bien.

— Jusqu'à dix-neuf heures vingt, j'étais à Vannes. J'avais rendez-vous avec un producteur de saucisses, Alain Doncieux. Puis je suis rentrée chez moi. J'habite près du Golfe, sur l'île d'Arz. J'ai dîné dans le jardin et je me suis installée sur le transat, face au Golfe, avec un verre de vin et un livre. J'ai bien dû rester là jusqu'à minuit, il faisait un temps merveilleux.

Une réponse précise, prononcée avec une assurance exemplaire. Madame Laurent adressa un sourire radieux à la commissaire avant d'ajouter :

— Vous voyez un rapport entre la mort de la journaliste et la fusillade qui a eu lieu hier soir dans les salines ? Les médias parlent d'assassinat et prétendent que les deux événements sont liés.

Comme souvent, la commissaire fit mine de ne pas avoir entendu la question. Dupin avait compris la stratégie.

— Avez-vous un témoin ? Ou envoyé un message, passé un coup de fil depuis chez vous ?

Elle maîtrisait parfaitement son jeu, avec un naturel et une amabilité confondants, sans la moindre agressivité.

— Je me répète : j'ai passé la soirée à lire. Pierre Lemaitre, le dernier Goncourt. Un très bon roman. J'ai contemplé la mer, aussi. Pas un e-mail, pas un appel, pas une visite de toute la soirée. (Elle posa le regard sur le bandage qui dépassait de la chemise de Dupin.) Je suis entrée dans la maison pour me préparer un petit quelque chose à dîner, mais je n'ai pas d'alibi. Aucun témoin. Mon jardin est à l'abri des regards et je vis seule.

Son visage s'éclaira de nouveau d'un sourire radieux, dépourvu de toute suffisance et par là même chargé d'une sorte de dédain infini, qui inspira un certain respect à Dupin.

Madame Bourgiot, au contraire, ne cessait de jeter à la directrice des coups d'œil inquiets et s'agitait sur sa chaise en essayant visiblement de se contenir. La responsable du Centre était jeune, une petite trentaine. Ses cheveux sombres et bouclés étaient relevés, elle était fortement maquillée et portait des lunettes à monture épaisse à la mode. Vêtue d'un tailleur noir, elle était juchée sur des talons exagérément hauts. Elle faisait pâle figure à côté de madame Laurent, qui menait visiblement la danse.

— Et vous, madame Bourgiot ?

— J'étais ici jusqu'à vingt heures quinze, peut-être vingt heures trente, avec une collaboratrice qui travaille au restaurant aujourd'hui. Je suis ensuite rentrée à la maison et j'ai dîné avec mon mari. Nous habitons au Croisic. (Elle marqua une courte pause, indécise.) Rue des Goélands, près du Mont-Esprit.

Elle posa un regard interrogateur sur Dupin qui n'avait pas prononcé un mot. Il connaissait bien sûr le Mont-Esprit. C'était le nom de l'une des deux « montagnes » – on les appelait ainsi – qui s'étaient formées depuis le XIXe siècle à partir des résidus déchargés par les cargos transportant le sel dans le port du Croisic avant de remplir leurs cales d'une nouvelle cargaison d'or blanc. D'après ce qu'Henri lui avait raconté, ces deux éminences faisaient la fierté des gens de la région.

La commissaire poursuivit sans se laisser distraire :

— Hormis votre mari, vous a-t-on vue rentrer chez vous ? Avez-vous passé un coup de téléphone ?

— J'ai…

L'interpellée sembla chercher le regard de madame Laurent avant de se raviser, effrayée, et de reporter son attention sur la commissaire. Dupin feuilletait son calepin sans but précis. Il n'avait pas encore pris de café, le trajet qu'ils avaient emprunté n'offrant aucune possibilité de s'arrêter sans prendre de retard. Par ailleurs, la commissaire le suivait de si près qu'il s'était demandé pourquoi elle ne prenait pas les devants. Sur le trajet, il avait tenté à plusieurs reprises de joindre Claire, mais était tombé sur sa messagerie, ce qui n'était pas bon signe.

— J'ai eu une discussion avec monsieur Jaffrezic, de la coopérative, mais c'était avec mon téléphone portable. Il s'agissait de fournitures pour la boutique.

La jeune femme paraissait vraiment inquiète.

— Quelles fournitures, exactement ? lui demanda sèchement la commissaire.

— Eh bien, certains produits sont en rupture de stock, j'avais besoin de réassort, en grande quantité, de mélange de fleur de sel et d'épices, surtout de piment d'Espelette, mais aussi de citron et d'aneth. Nous avons passé commande il y a deux jours, mais je n'arrivais plus à le joindre. Il attendait mon appel. En pleine saison, il n'est pas rare de s'appeler le soir pour régler ce type de choses, c'est tout à fait normal.

Elle reprenait son calme au fur et à mesure qu'elle parlait.

— Pourtant, la coopérative possède son propre organisme, si je ne me trompe pas, où sont vendus leurs propres produits, non ? Sous l'autorité de monsieur Jaffrezic ?

— La Maison du sel. La coopérative s'appelle la Maison du sel, corrigea consciencieusement la directrice. Vous avez raison, ils y vendent leur sel directement. Notre Centre, en revanche, est public. C'est celui de la commune, et nous y vendons le sel de tous les paludiers, celui des coopératives, bien sûr, mais aussi celui des producteurs indépendants. Ainsi que celui de la société Le Sel, évidemment. Le Centre se consacre aux marais salants dans leur ensemble, il appartient à tous.

— Excusez-moi. Je reviens tout de suite.

Dupin se leva au beau milieu de sa phrase et gagna la porte vitrée sous les regards abasourdis des trois femmes. Il quitta la pièce et se dirigea vers la caisse de la boutique, derrière laquelle se tenait une jeune femme vêtue d'un tee-shirt bleu marine estampillé « Centre du sel ». En se retournant, Dupin se rendit compte qu'il était visible depuis l'espace de réunion où étaient les trois femmes. Tant pis. Son organisme flanchait, il n'avait plus les idées claires. Il lui fallait à tout prix du café.

— Deux cafés, s'il vous plaît.

Il fallait aussi qu'il mange quelque chose. Sur

le chemin, il s'était demandé quand sa collègue se nourrissait. Peut-être avait-elle avalé quelque chose en cachette après l'avoir déposé. La vitrine, devant lui, présentait des quiches apparemment délicieuses, aux tomates et aux sardines ou au saumon frais avec de petits artichauts, toutes parsemées de cristaux de sel. C'était peut-être un peu trop… Sans réfléchir plus longuement, Dupin attrapa un sachet de caramels à la fleur de sel. Pratiques à transporter, ils lui apporteraient rapidement le sucre dont il manquait.

La jeune femme préparait les deux cafés.

— Dites-moi, monsieur Jaffrezic passe-t-il souvent par ici ? Le directeur de la coopérative ?

— Je le connais ! (La jeune femme avait une voix forte et enjouée qui portait beaucoup plus loin que son apparence frêle ne l'aurait laissé croire.) Il vient assez régulièrement. En moyenne deux ou trois fois par semaine.

Dupin s'écarta d'un pas et commença à siroter son café. Il était parfait, fort, pas trop chaud, irréprochable. Il avala sans attendre le second.

— Il est délicieux, votre café. Quand madame Bourgiot est-elle partie hier soir ?

— Vers vingt heures trente, peut-être un peu plus tôt.

Dupin sortit un billet de dix euros de sa poche, bredouilla un « merci » et retourna dans la salle de réunion en déballant un caramel qu'il fit disparaître dans sa bouche. Madame Bourgiot, qui venait de terminer une phrase, le regarda avec perplexité. Madame Laurent paraissait amusée, contrairement à la commissaire.

— Très bien. Nous allons voir cela avec monsieur Jaffrezic. Je...

— Lorsque Lilou Breval vous a interrogée, il s'agissait, entre autres, d'intérêts contradictoires et de frictions entre les différents acteurs du Pays blanc. Une sorte de bataille autour des salines, si j'ai bien compris. Pourriez-vous nous en dire davantage ?

Dupin s'était imposé dans la conversation, mais sa collègue le laissa faire sans mot dire. Il avait enfin retrouvé toutes ses capacités. Que les effets de la caféine soient physiques, ou psychiques comme le prétendait Nolwenn, une chose était sûre : ils étaient rapides.

— Oui, nous avons eu une longue conversation, très agréable. Nous avons parlé des changements que l'on observe partout, et qui ne s'arrêtent pas aux frontières du Pays blanc, hélas. Une journaliste intelligente, engagée.

La réponse avait été formulée sans artifice, en toute décontraction. Quand ils étaient arrivés, quelques instants plus tôt, Le Ber lui avait remis les articles arrivés par fax et ils les avaient rapidement survolés dans la voiture. Ils n'apportaient pas de véritable piste, mais quelques points méritaient d'être approfondis.

— Soyez plus concrète, s'il vous plaît. D'après

ce que j'en sais, vous avez ouvertement exprimé votre souhait de reprendre l'intégralité des salines. Vous en possédez désormais vingt-cinq pour cent, mais vous aimeriez racheter l'ensemble. Lilou vous a-t-elle interrogée sur la teneur exacte de votre projet ? Comment voyez-vous les choses ?

Ce n'était qu'un petit aspect de l'interview, que Lilou avait abordé avec le ton direct qui lui était familier : si elle n'insistait pas davantage, elle parlait tout au moins d'une « bagarre dans le Pays blanc » et d'une « occupation silencieuse ».

— Comme je viens de vous le dire, nous avons eu un entretien exhaustif et constructif au sujet...

— Ça suffit, coupa la commissaire Rose d'une voix ferme et calme à la fois. Nous voulons savoir de quoi vous avez parlé. Que se passe-t-il dans les salines ? Ce conflit, si c'en est un, a tout de même conduit à un meurtre, presque deux.

Dupin se demandait si sa collègue jouait la comédie ou si elle était réellement en colère.

— Bien sûr qu'il y a conflit, mais pas entre les acteurs des salines. La question est plutôt : les salines de Guérande peuvent-elles survivre ? (Madame Laurent avait également élevé le ton, sans s'emporter pour autant.) Oui, nous pensons que Le Sel représente l'avenir des salines, nous ne nous en cachons pas. Notre objectif est d'abord de les préserver ! Par ailleurs, nous avons étudié des projets intéressants pour l'économie du sel, c'est vrai aussi. Nous parlons d'espoir. Les produits gastronomiques haut de gamme ont le vent en poupe et, Dieu merci, le sel de mer en fait partie. Nous devons élever la fleur de sel au même rang que le champagne, le bordeaux, le foie gras. Un produit de luxe, en somme. Une gourmandise. Or ce potentiel est gaspillé. Nous savons que nous pouvons améliorer la production, le marketing, la vente… Regardez ce bâtiment, par exemple. Bien entendu, Le Sel y est pour beaucoup. La commune ne peut pas se permettre ce type d'investissement, il suffit pour cela de regarder la baraque qui se dresse en face. Tout ce que nous faisons là, c'est pour la valorisation des salines. On pourrait monter en gamme sans sacrifier la tradition. Tout le monde en profiterait, les paludiers en premier. S'ils acceptaient de vendre, nous continuerions de les employer dans leurs salines, et ils auraient de meilleurs salaires.

Son discours était aussi passionné d'un point de vue professionnel que d'un point de vue personnel. Elle était décidément très douée. Pendant toute sa tirade, madame Bourgiot était restée muette, sans bouger, en retrait.

— Alors oui, vous avez raison, conclut la directrice. Nous aimerions que notre société acquière le Pays blanc dans sa totalité. Mais pensez-vous sérieusement que nous irions jusqu'à tirer sur des policiers et assassiner des journalistes pour arriver à nos fins ?

— Quand l'orgueil, l'ascension sociale et la carrière sont en jeu, les gens sont capables de tout, croyez-moi, répondit calmement la commissaire Rose.

Madame Laurent lui jeta un regard froid et reprit :

— La survie d'un producteur indépendant est compromise dès que deux récoltes d'affilée sont gâchées, ce qui le contraint parfois à vendre ses terres. Nous pourrions combler ses pertes en cas de mauvaise récolte. (Cette fois, elle jouait sur un autre tableau. Se redressant sur sa chaise, l'air défiant, elle lança d'un ton dur :) Oui, nous leur faisons des offres, d'ailleurs parfois exagérées. Oui, il y a des tensions au sein des salines et, oui, des enjeux commerciaux sérieux sont en cause. Mais nous ne sabotons aucune récolte et nous ne sommes certainement pas des criminels.

Sa sincérité apparente était décidément une arme rhétorique qu'elle maniait depuis longtemps.

— Vous avez officiellement exprimé votre désapprobation, dans le département et au ministère, face à un projet de subventions publiques des salines, intervint Dupin.

— En effet. Les subventions sont artificielles, inadaptées et injustes.

— Vous exercez un travail de lobbying puissant et très ciblé.

— Evidemment ! (Elle haussa imperceptiblement un sourcil.) C'est pour cela qu'on me paie.

Madame Bourgiot s'éclaircit la voix :

— Vous voyez donc un lien direct entre la fusillade, le meurtre et les salines ? Vous pensez qu'il s'agit de pratiques criminelles en rapport avec le commerce du sel ?

Après l'échange qu'ils venaient d'avoir, la question de la jeune femme avait quelque chose de surprenant, pourtant elle ne semblait pas naïve pour un sou. Elle avait visé juste : tout le problème était là. Personne ne savait s'il existait un lien direct entre les événements et l'endroit où ils avaient été perpétrés ni, le cas échéant, quel pouvait bien être ce lien.

— Nous en avons la preuve, oui, affirma la commissaire Rose. Expliquez-nous pourquoi les barils bleus que le commissaire Dupin s'apprêtait à contrôler dans les salines de monsieur Daeron se retrouvent aujourd'hui dans vos propres marais salants ?

— Je n'en ai pas la moindre idée.

L'hypothèse la plus probable était qu'après son « méfait », le coupable s'était débarrassé des barils dans le premier endroit venu. Une saline désaffectée, par exemple. Savait-il que Lilou avait attiré l'attention de la police sur ces fûts en plastique ? Rien n'était moins sûr. Peut-être aussi qu'on avait sciemment monté le coup pour salir la réputation de la société Le Sel. Au stade où ils en étaient, tout était encore possible.

— Vos paludiers utilisent-ils ces barils ?

— Non.

— Et le sel séché que vous destinez aux moulins ? Comment le transportez-vous ? intervint Dupin qui avait bien écouté l'exposé de Jaffrezic.

— En sacs, comme l'autre sel. L'intérieur du tissu est imprégné de silicone naturel.

— A votre avis, à quoi ont servi ces barils ?

— Je n'en sais rien.

— Et vous, madame Bourgiot, qu'en pensez-vous ?

— Tout ce que j'espère, c'est qu'ils ne contenaient rien de dangereux pour les salines. Céline Cordier nous harcèle depuis ce matin, elle menace de fermer toutes les salines. Sincèrement, je ne vois pas du tout ce que cela pourrait être. Je ne connais personne ici qui serait déraisonnable au point de manipuler des substances dangereuses dans les salines. Sans parler de perpétrer un meurtre.

La métamorphose qui s'était opérée en elle dans le courant de leur conversation était impressionnante. Sa voix, encore tremblante quelques minutes auparavant, s'était affermie au point de devenir autoritaire. C'était une autre personne.

— Sur quels points Lilou Breval a-t-elle insisté pendant votre entrevue, l'année dernière ?

— Elle en est restée à des généralités. C'était la première fois qu'elle s'intéressait d'un peu plus près au sel et à Guérande. Nous lui avons remis un dossier complet, puis elle est repassée deux fois nous poser quelques questions. L'article qu'elle a publié allait tout à fait dans notre sens. Elle n'y abordait rien de bien… épineux. Elle l'a axé sur les conditions économiques difficiles dans lesquelles vivent les paludiers. Cela dit, elles restent relativement stables, s'empressa-t-elle d'ajouter, il n'y a pas de quoi s'alarmer.

La commissaire toussota.

— Nous saurons bientôt ce qui se passe ici. Si vous avez quelque chose à dire, vous avez tout intérêt à le faire maintenant.

Elle était décidée à tirer des informations des deux femmes, à moins qu'elle n'ait reniflé une piste dont Dupin ne savait rien.

La silhouette de Le Ber se détacha tout à coup derrière la porte vitrée. L'inspecteur gesticulait d'une manière presque comique tout en essayant de ne pas se faire remarquer d'un important groupe de visiteurs. Labat se tenait en retrait derrière lui. Dupin secoua discrètement la tête : il ne voulait pas interrompre leur interrogatoire maintenant. Le Ber haussa les épaules, comme pour dire qu'il n'y pouvait rien, et s'agita de plus belle.

— Je… Excusez-moi.

Dupin se leva précipitamment et quitta la pièce. Ses interlocutrices n'avaient pas encore remarqué Le Ber.

— Désolé, chef.

— Qu'y a-t-il ?

— Maxime Daeron veut vous parler. Personnellement. Tout de suite. Il dit que c'est très urgent.

— A moi ?

— Oui, à vous.

— Où est-il ?

— Dans sa maison du Golfe.

— Dans sa maison du Golfe ?

— Oui, dans sa maison du Golfe.

Dupin espéra que personne n'avait suivi cet échange absurde.

— Il dit qu'il peut vous rejoindre où ça vous arrange.

Dupin réfléchit un instant. Il voulait tout d'abord terminer l'interrogatoire en cours.

— Très bien, qu'il vienne ici.

— Entendu. Je lui passe le message.

Le Ber s'éloigna, téléphone à l'oreille.

— Attendez. Non, plutôt dans la saline. A l'endroit où ça s'est passé.

Depuis le matin, Dupin brûlait d'y retourner.

— D'accord.

— Le Ber ?

L'inspecteur se tourna vers lui sans montrer la moindre impatience. Ils travaillaient ensemble depuis suffisamment longtemps pour qu'il soit rodé à ses revirements.

— Oui ?

— Non, je… Dites-lui que je viens chez lui.

— D'accord.

— Je croyais qu'il habitait à La Roche-Bernard ?

— Peut-être que la maison du Golfe est sa résidence secondaire, c'est assez courant par…

— Je sais. Il y vit également en semaine ?

— Je n'en sais rien.

— Dites à Daeron que je me mets en route. Où réside-t-il, exactement ?

— Sur l'Ile-aux-Moines.

— Sur l'Ile-aux-Moines ?

— Sur l'Ile-aux-Moines, oui. En breton, on l'appelle Izenah.

— C'est celle qui se trouve juste à côté de l'île d'Arz, où habite madame Laurent ?

— Autrefois, les deux îles étaient reliées par un barrage de terre étroit, mais il a été submergé lors d'une grosse tempête. Vous ne connaissez pas l'histoire ?

A vol d'oiseau, Daeron et Laurent étaient donc voisins.

Le Ber interpréta le silence de Dupin comme une invitation à développer :

— Un riche fils de capitaine était tombé amoureux d'une pauvre fille de pêcheur. Les deux amants se retrouvaient secrètement, tous les soirs, sur la digue. Un jour, le jeune homme lui demanda sa main. Son père n'était pas d'accord, mais la jeune femme semblait avoir ensorcelé le fils avec des mélodies enchanteresses. A bout de ressources, le père implora l'aide de l'océan qui, aidé par le diable, lui envoya une tempête. C'est ainsi que la digue disparut dans les flots.

Non seulement Le Ber connaissait toutes les légendes de la région, mais il avait une étrange prédilection pour celles qui finissaient mal. Il les rapportait généralement d'un ton si passionné et déclamatoire qu'il était le premier à en être terrifié. Or chaque lieu-dit avait sa légende, puisque rien, dans l'univers celtique, n'existait sans raison. C'était d'ailleurs, aux yeux de Dupin, ce qui faisait de l'âme bretonne la plus poétique et la plus épique de toutes. Au commissariat de Concarneau, le penchant de Le Ber pour ce genre d'histoires avait fini par lui valoir les surnoms de « Druide » et de « Barde », qui contrastaient avec son physique de sportif et son sens pratique particulièrement développé. L'inspecteur en tirait une fierté non dissimulée.

— Le diable – ou le bon Dieu, on n'en sait rien.

Dupin se ressaisit. Son inspecteur racontait vraiment n'importe quoi.

— Comment cela, le diable ou le bon Dieu ?

— Eh bien, ils avaient tous deux leurs raisons, tout de même…

L'heure ne se prêtait pas aux histoires, mais Dupin s'aperçut une fois de plus qu'elles avaient le don étrange de le calmer et de lui remettre les pieds sur terre. Tant que Le Ber continuait à raconter des légendes, les choses ne pouvaient pas être trop graves. Par ailleurs, il avait fini par remarquer que les histoires de son inspecteur, parfois même les plus rocambolesques, comprenaient parfois des éléments importants pour son enquête.

— Je… je me mets en route pour l'île.

— Le Golfe est une région particulièrement riche

en êtres et en récits surnaturels, chef. Il en a toujours été ainsi. Des fées et des nains dotés de forces herculéennes. (Le Ber s'efforçait de rester concret.) Cela n'a rien d'étonnant, dans un coin truffé de menhirs, de dolmens et de cromlec'hs comme le Golfe. Pareil pour Izenah. C'est sous le Pen Hap, le plus beau dolmen de l'île, qu'est enterré le sarcophage en or de César. Enfin, c'est ce qu'on dit, s'empressa-t-il d'ajouter. Les gens ne s'intéressent décidément qu'à l'or.

Dupin ne savait pas quoi répondre. Il s'amusait de l'indignation de son inspecteur face au matérialisme humain et s'étonnait qu'il ait adopté sans hésiter la théorie selon laquelle le corps de César serait enterré à cet endroit. L'étrangeté de ces légendes faisait partie de leur charme, mais celle-ci surpassait toutes les autres : même si sa victoire sur les plus téméraires des Gaulois, les Vénètes (venus du Golfe !), avait été décisive pour sa destinée, pourquoi diable César aurait-il été enterré ici ? Dans la province la plus rebelle de l'Empire romain – la *Finis Terrae* ?

— Tout ce qui les intéressait, c'étaient l'or et les trésors qui se cachent sous les menhirs et les dolmens et que protègent des tas de créatures. S'approprier l'un de ces trésors condamne à un malheur certain. Au début du XIXe siècle, par exemple, un orfèvre d'Auray avait fondé une société dont la mission était justement d'ouvrir les coffres cachés du

Golfe. Eh bien, tous ses employés ou presque ont disparu dans des circonstances étranges.

Dupin se demandait ce que Le Ber essayait de lui faire comprendre. L'enquête avait-elle un rapport avec un trésor enfoui ? Un membre de cette société secrète serait-il encore de ce monde ?

— Le Golfe possède une aura singulière. Izenah tout particulièrement, si vous voulez mon avis… Faites bien attention à vous.

L'inspecteur avait prononcé ces mots comme si l'île était infestée de serpents ou d'animaux sauvages.

Dupin laissa tomber. Il était temps de se replonger dans le travail.

Le ferry partait toutes les quinze minutes, si bien que Dupin put embarquer dès son arrivée. Usant sans vergogne des prérogatives de la police, il avait laissé sa voiture sur le quai à côté de la rampe qui menait à la mer. Dupin adorait cette vision qui n'existait nulle part ailleurs que sur les côtes : celle d'une route s'enfonçant dans les flots.

C'était à peine à un jet de pierre, trois cents mètres tout au plus. Sur le bateau bleu et blanc, la traversée de Port-Blanc jusqu'au port du Lério ne durait pas plus de quatre minutes, même à marée haute. Dupin s'en réjouit. Au cours de sa précédente enquête, aux Glénan, lui qui détestait naviguer s'était fait le serment de ne pas remettre de sitôt les pieds sur un bateau.

Etale, lisse comme la surface d'un lac, l'eau avait l'odeur de la mer, une mer domptée et douce comme tout ce qui composait cette version miniature de l'Atlantique. Le bateau avançait pourtant avec force vrombissements et sursauts, comme pour prouver qu'il était capable de braver des mers plus agitées. La nuée braillarde de mouettes qui les escortait ne laissait d'ailleurs pas de doute : l'océan n'était pas loin.

Eclairée par le reflet du soleil dans l'eau, Port-Blanc irradiait littéralement et faisait honneur à son nom. L'Ile-aux-Moines était piétonne, et d'après les explications qu'il avait reçues, la maison de Daeron se situait non loin du port. Légèrement vallonnée, l'île avait la forme d'une croix, raison pour laquelle les moines l'avaient choisie, au IXe siècle, pour y ériger un monastère.

La commissaire Rose venait d'appeler : l'interrogatoire des deux femmes venait de s'achever et avait permis de préciser les relations qui liaient la société Le Sel et le Centre du sel. Manifestement, les deux organismes travaillaient main dans la main. Le compte rendu de la commissaire avait été concis et semblait contenir un message : je vous tiens informé, j'attends que vous fassiez de même. Le rapport d'autopsie, en revanche, apportait des nouvelles intéressantes. Probablement inconsciente, Lilou vivait encore lorsqu'elle avait été jetée dans le Golfe. La blessure, administrée avec un « objet contondant », était très sérieuse, « potentiellement fatale », mais la journaliste avait indéniablement succombé à la noyade. Le corps ne présentait pas de fractures, blessures ou hématomes – un miracle, compte tenu de la houle et des rochers pointus. Sans doute son corps avait-il été immédiatement emporté par le courant principal vers la baie de Larmor-Baden, en face de Kerpenhir. Pour l'heure, la reconstitution des faits était la suivante : l'assassin – ou les assassins – était entré au domicile des parents Breval, avait violemment agressé Lilou, l'avait traînée jusque dans la voiture de celle-ci pour la jeter à la mer à la pointe de Kerpenhir. L'arme du crime restait encore introuvable. Il avait ensuite regagné son propre véhicule. L'heure exacte du crime était difficile à définir, comme toujours dans le cas d'un décès par noyade. L'équipe technique n'avait pas retrouvé l'ordinateur portable, et aucune trace de sang n'indiquait le lieu où la journaliste avait été attaquée. Curieusement, la voiture ne comptait pas davantage de sang ou d'empreintes digitales, seules deux minuscules fibres textiles d'un rouge sombre avaient été retrouvées sur le siège du conducteur, mais on ne pouvait rien en déduire pour le moment. Les deux commissaires s'accordaient à penser que le coupable s'était ensuite rendu chez la journaliste, à Sarzeau, pour y prendre tous les documents compromettants. A leur initiative, l'équipe technique avait entrepris une recherche systématique qui avait confirmé leur première constatation : tous les papiers datant de moins de six semaines avaient disparu.

Par ailleurs, la commissaire avait fait vérifier les alibis de toutes les personnes interrogées – du moins celles qui s'en prévalaient. Dupin n'avait pu réprimer un sourire narquois en apprenant qui s'était porté volontaire pour cette tâche : Labat, qui d'autre que lui pouvait s'amuser à prendre les gens en faute ? Dupin avait du reste pris l'habitude de lui confier d'emblée ce type de mission.

L'épouse de Maxime Daeron avait confirmé l'alibi du dîner – ce qui avait paru bien maigre à l'inspecteur, car elle ne pouvait être objective –, et deux des invités de son frère Paul, celui de la dégustation qui s'était prolongée jusqu'à une heure du matin. Le mari de madame Bourgiot avait également assuré avoir passé la soirée en tête à tête avec sa femme avant de se mettre au lit vers vingt-trois heures trente.

Sa collègue avait prévu de « se coltiner » à nouveau Jaffrezic, comme elle l'avait formulé sur un ton gentiment amusé. Cette fois encore, les deux commissaires avaient eu toutes les peines du monde à s'accorder sur un lieu et une heure de rendez-vous, si bien qu'ils avaient fini par se promettre de se rappeler une fois leurs entretiens respectifs terminés. Dupin avait essayé de joindre Claire à trois reprises, mais il n'avait pu parler qu'à sa messagerie.

Le bateau se dirigeait déjà vers le port du Lério, ils n'allaient pas tarder à arriver. Dupin était curieux d'apprendre ce que Daeron avait à lui dire – à lui seul – et l'idée de passer quelques heures sans sa collègue le réjouissait. Un caramel dans la bouche, il admira les villas du XIXe siècle nichées dans le Bois d'amour luxuriant qui bordait le quai et dans lequel s'enfonçaient de discrets sentiers. Il reconnut des pins ordinaires, des pins parasol et des chênes verts. Un peu plus loin, des bateaux s'alignaient le long du quai dans un désordre apparent. Des voiliers petits et grands, des bateaux à moteur de toutes tailles, des canots aux couleurs criardes, des Zodiac aérodynamiques – tous se balançaient imperceptiblement dans le vent. Le Golfe était une mer de bateaux, une étendue bleu cobalt, éclaboussée de mille touches colorées qui frémissaient lascivement dans la chaleur du zénith.

L'île tout entière semblait somnoler paisiblement sous le soleil, tout était aérien, comme en suspens, en lévitation. L'azur du ciel, pur au point de paraître irréel au cours des jours et des semaines précédents, semblait décidé à ne pas se laisser troubler. Même sans l'exagération bretonne, un véritable parfum de Méditerranée flottait dans l'air. On observait des palmiers, des figuiers, des eucalyptus, des camélias, des mimosas, des agaves – toute la végétation du Sud, sans oublier les citronniers et les orangers que Dupin affectionnait tant. Avec ses 2 300 heures d'ensoleillement annuel, le Golfe offrait, en toute objectivité, un climat proche de celui de la Riviera si on le comparait à celui de Nice, avec ses 2 500 heures, mais surtout à celui de Paris avec ses maigres 1 300 heures de soleil. Un autre phénomène spectaculaire faisait de ce coin un endroit où il faisait bon vivre : 600 millimètres seulement de précipitations par an, contre 767 à Nice et 900 à Paris ! La température moyenne enregistrée à Vannes au mois de janvier s'élevait à 9,2 °C, celle de Nice à 6,2 °C. Son ami Henri connaissait tous ces chiffres par cœur et n'hésitait jamais à les brandir, à la surprise sans cesse renouvelée du commissaire. Avec son microclimat, le Golfe était la région la plus chaude, la plus ensoleillée et la moins pluvieuse de Bretagne.

Pour cette raison, les abords de la Petite Mer avaient hébergé des vignobles pendant plus d'un siècle, jusque dans les années 1970. Au Moyen Age, la Bretagne chrétienne avait planté des vignes jusqu'aux rives du canal et jusque dans le Finistère – pour le vin de messe, évidemment. Les élixirs locaux n'étaient pas sans rappeler ceux de la Loire. Les vins blancs de cette région comptaient parmi les favoris de Dupin – le muscadet, l'anjou, le saumur, le chinon, le sancerre ou le quincy bien frais.

Une minute plus tard, Dupin sautait au bout du quai. Sans prendre la peine d'amarrer, le bateau avait déchargé ses passagers avant de faire demi-tour aussi vite et de s'éloigner en tressautant vers la côte. « Bienvenue à Izenah, l'Ile-aux-Moines, la perle du Golfe », clamaient les innombrables panneaux, attirant l'attention sur toutes sortes d'attraits touristiques ou commerciaux : restaurants, hôtels, plages et réserves naturelles. Sans omettre, bien sûr, le cromlec'h de Kergonan et le dolmen de Pen Hap, lieu de repos éternel de César et trésor précieux, qui arrachèrent un sourire au commissaire. Nolwenn aurait été fière d'apprendre qu'il savait, désormais, ce qu'était un cromlec'h. C'était également ici, sur l'Ile-aux-Moines, qu'avait été réalisé le plus grand cercle de pierres de France. Cent mètres de diamètre, soixante-douze pierres s'élevant jusqu'à un mètre quatre-vingts de hauteur, un lieu de culte chargé de mystère. Jusqu'à son arrivée en Bretagne, Dupin avait, comme tout être normalement constitué, appliqué le nom de « menhir » à toute formation minérale de forme étrange datant de l'âge de pierre, mais Nolwenn avait vite veillé à ce que son élève sache faire la différence. Le menhir – mot breton dont chacun usait comme d'un terme technique – n'était rien d'autre que la forme la plus célèbre de ces pierres. Un grand monolithe dressé vers le ciel. Dupin était certain de pouvoir réciter sa leçon jusqu'à la fin de ses jours : *maen* signifiait « pierre » et *hir* signifiait « long ». C'était également la désignation bretonne qui s'était imposée pour nommer la table de pierre que l'on trouvait partout dans le monde : le « dolmen », construction composée d'énormes blocs de pierre brute qui servait généralement de sépulture. On en voyait davantage que de menhirs ou de cromlec'hs, et ils passaient pour être le domicile favori des fées. Dupin quant à lui préférait les menhirs (même s'il s'était entiché du « dolmen », une sorte de baguette proposée par sa boulangerie favorite). Dans les récits rapportés de génération en génération depuis des millénaires, ces géants de pierre étaient bien vivants. Certains s'approchaient de la mer à la nuit tombée pour soulager leur soif ou se baigner, d'autres dansaient à la pleine lune pour honorer leurs défunts. Ils poussaient comme des plantes, étaient des oracles ou des vierges enchantées, protégeaient les vivants à la manière des saints : ainsi fallait-il par exemple frapper le Roh-an-aod avec un marteau pour se prémunir contre la colère de l'océan. L'histoire la plus effrayante, aux yeux de Dupin, était celle du menhir dont un être fait d'obscurité croquait un minuscule morceau à chaque pleine lune – quand il n'en resterait plus rien, le monde disparaîtrait. La petite Ile-aux-Moines pouvait se vanter d'héberger les trois espèces : menhirs, cromlec'hs et dolmens. Manifestement, Izenah exerçait déjà un grand pouvoir d'attraction à l'ère néolithique, même si elle devait être moins fréquentée que de nos jours. Début septembre, cependant, seuls quelques vacanciers isolés s'y attardaient encore dans une atmosphère apaisée et détendue.

Il regarda autour de lui, opta pour une direction et fut devant la maison de Daeron en un instant. C'était une des ravissantes villas qu'il avait aperçues depuis le bateau, dressée au milieu d'un vaste terrain bordé d'arbres et d'arbustes luxuriants. La demeure du paludier se trouvait à deux pas de la plage paradisiaque, seule une petite route bien entretenue l'en séparait. Dupin s'était attendu à tout autre chose, une habitation comparable à celle des parents de Lilou Breval par exemple. Maxime Daeron n'avait pas pu financer une telle propriété avec le seul produit de ses salines.

Devant la maison, un portail de bois voisinait avec une haute borne en granit portant le numéro de rue ; la sonnette en aluminium était anonyme. Dupin pressa brièvement le bouton, et le portail s'ouvrit aussitôt, comme poussé par la main d'un esprit. Il était attendu.

Maxime Daeron vint à sa rencontre sur un sentier de gravier clair. S'il portait les mêmes vêtements que dans la saline, il avait perdu de sa superbe. L'homme que Dupin avait devant lui était hagard, complètement perdu, et ne faisait rien pour s'en cacher.

— Installons-nous dans le jardin, dit-il en accueillant Dupin. Je sais que Lilou vous faisait confiance, je vais l'imiter.

— Elle est donc morte, commença-t-il d'une voix brisée, légèrement interrogative, comme s'il se réservait un dernier espoir.

— Oui.

Dupin était curieux de connaître le motif de cette rencontre. Ils avaient longé la bâtisse pour rejoindre le jardin, aussi beau qu'il l'avait escompté. Il y avait là une piscine entourée de granit sombre, séparée de la maison par une grande terrasse.

— Elle a été assassinée.

De nouveau, Daeron semblait espérer que son interlocuteur le contredirait.

— C'est ce que nous pensons, oui.

— La voisine de Lilou m'a appelé. Une vieille dame – elle était très attachée à Lilou et c'était réciproque. C'était une amie de sa mère, elle connaissait la jeune femme depuis sa naissance. La police lui a rendu visite ce matin.

— Pourquoi la voisine vous a-t-elle appelé, monsieur Daeron ?

— Nous... (Il planta son regard dans celui du commissaire :) Nous étions très proches, Lilou et moi... Depuis un an.

Dupin resta abasourdi.

— Nous entretenions une relation secrète. Je suis marié – même si ma femme et moi...

Il se tut.

— Et alors ? demanda Dupin non sans une certaine agressivité.

— J'ai mis un terme à notre liaison il y a dix jours. C'était devenu impossible. Ce n'était pourtant pas ce que je souhaitais – je ne voulais pas que cela se termine, mais je n'en pouvais plus. Je n'y arrivais plus.

Dupin n'avait toujours pas digéré l'information.

— Poursuivez.

— Elle était dans tous ses états. Ça l'a bouleversée.

Daeron peinait visiblement à s'exprimer, mais Dupin ne voulait pas le ménager.

— Et donc, monsieur Daeron ? (Celui-ci lui lança un regard interrogateur.) Avez-vous été en contact avec elle depuis votre séparation ?

— Deux fois, par téléphone, oui. Le lendemain et le surlendemain. Deux coups de fil très difficiles.

Maxime Daeron s'efforçait de montrer bonne figure, mais il paraissait véritablement désespéré.

— Elle était persuadée que je ne l'avais pas aimée. Ce n'était pas ça. Je ne voulais pas qu'elle croie une chose pareille. Seulement voilà, je ne savais plus quoi faire. Je ne savais pas si je... si je devais quitter ma femme.

Jusque-là, son récit n'avait rien de très original. Il frisait même le cliché et ne s'accordait en rien avec l'image que Dupin s'était faite de Lilou. Cela dit, il ne la connaissait pas si bien et ce genre d'histoire pouvait arriver à n'importe qui, il ne l'ignorait pas. Les relations entre deux êtres sont mystérieuses, personne ne peut en juger – ni n'a le droit d'en juger. Parfois, les individus concernés ne comprennent pas eux-mêmes ce qui leur arrive. La morale n'apparaît clairement que quand la séparation est effective, dans les versions divergentes d'une même histoire que chacun brandit amèrement, quitte à les calquer sur leur passé commun et à en tirer des vérités absolues. Dans le cas présent, cependant, il n'existait plus qu'une version possible...

— Je l'ai appelée hier et nous nous sommes revus, même si...

— Pardon ? le coupa Dupin. Vous avez vu Lilou hier soir ? Quand exactement ?

— Nous nous sommes vus une petite demi-heure. Ce n'était pas une bonne idée, loin de là. Cela n'a fait qu'aggraver les choses. C'était affreux. Oui, je sais que je ne vous ai pas dit la vérité ce matin. Nous nous étions promis de ne parler à personne de notre liaison. J'ai dîné avec ma femme, c'est vrai, mais je suis sorti après dîner. J'ai prétendu avoir encore du travail et je suis allé dans l'annexe, où se trouve mon bureau. C'est de là que je suis parti.

Cette information jetait un jour nouveau sur l'enquête.

— Quand, exactement ? A quelle heure l'avez-vous retrouvée ?

— J'ai dû arriver vers vingt-deux heures cinquante et repartir vers vingt-trois heures vingt, mais je ne peux pas être formel.

Maxime Daeron s'efforçait d'être précis, il était conscient d'attirer sur lui les soupçons avec cette révélation.

— Elle venait d'arriver chez ses parents quand je l'ai rejointe. La voisine peut vous confirmer que je suis parti vers vingt-trois heures vingt, insista-t-il comme si c'était vital. Lilou m'a raccompagné jusqu'à ma voiture au moment où la vieille dame promenait son chien. Nous nous sommes brièvement salués. Lilou et moi nous retrouvions toujours à cet endroit. La maison de ses parents, c'était notre lieu de rendez-vous. La voisine était au courant. Elle me connaît. Elle n'a rien dit à personne.

Pas même à la police, ni ce matin, ni après le meurtre. Elle s'était contentée de dire qu'elle avait vu Lilou. Sa loyauté allait très loin, et elle semblait également convaincue de l'innocence de Daeron. Sans doute l'avait-elle vraiment vu qui s'en allait. Cependant, cela ne signifiait pas grand-chose. Il lui aurait suffi de garer son véhicule quelques mètres plus loin, dans le petit bois, et de revenir à pied le long du Golfe. Le fait que Maxime Daeron soit spontanément passé aux aveux n'était guère probant. Tout était encore possible. Si la voisine l'avait vraiment aperçu, la veille au soir, il y avait fort à parier que cette information aurait surgi à un moment ou à un autre, malgré la discrétion de la vieille dame. C'était une bonne chose que Dupin l'apprenne aussi vite, que Daeron ait dit toute la vérité ou non. S'il était l'assassin, il avait tout intérêt à jouer la transparence.

— Où cela s'est-il passé ?

— Nous sommes restés dans le jardin la plupart du temps. Je faisais les cent pas pendant que Lilou restait assise. Elle s'est rendue dans la cuisine à plusieurs reprises. Je suppose que vous allez trouver mes empreintes.

— Quand êtes-vous rentré chez vous ?

Dupin avait commencé à prendre des notes. Les horaires, surtout, étaient importants.

— A minuit dix. J'ai roulé lentement. Ma femme dormait déjà. J'étais très ému, pourtant je ne savais pas encore ce qui s'était passé dans ma saline. J'étais dans mon bureau quand l'inspectrice m'a appelée, dix minutes plus tard. C'est elle qui m'a parlé de la fusillade. J'ai immédiatement appelé mon frère pour lui dire ce qui s'était passé – dans la saline, pas avec Lilou.

— L'inspectrice vous a appelé sur votre ligne fixe ?

— Oui.

— Vous vous trouviez donc chez vous quand elle vous a appelé ? Dans votre bureau ?

— Oui.

C'était un détail important qu'on allait pouvoir vérifier.

— Avez-vous vu où était garée la voiture de Lilou Breval ?

— Dans l'allée, sur un côté de la maison. Vers le portail, côté jardin.

Cela n'avait pas dû être bien compliqué de hisser le corps de Lilou dans sa propre voiture et de filer. Sa théorie prenait du poids.

— Vous avez joint votre frère après l'appel de l'inspectrice Chadron. Autour de… minuit vingt-cinq ?

— Précisément, oui. Ensuite, je suis allé marcher un peu. Je ne suis rentré que vers deux heures et demie. Et je me suis levé à six heures.

Dupin avait commencé à établir une sorte d'emploi du temps de chacun dans son calepin. Le trajet depuis la maison des Breval durait sûrement quarante minutes. Maxime Daeron se trouvait dans son bureau de La Roche-Bernard à minuit vingt. En admettant qu'on l'ait effectivement aperçu en compagnie de Lilou, bien vivante, à vingt-trois heures vingt, il n'aurait pas eu le temps de commettre le meurtre, même s'il avait fait demi-tour immédiatement après avoir pris congé. Impossible qu'il ait pu l'assassiner, emmener son cadavre jusqu'à la pointe de Kerpenhir et rentrer à La Roche-Bernard, sans parler du trajet jusqu'à la maison de Lilou pour y subtiliser les documents compromettants. Il aurait toutefois pu le faire plus tard.

— Quelqu'un peut-il prouver que vous étiez chez vous ? Votre femme s'est-elle réveillée ?

— Non.

Cela n'avait pas grande importance. L'appel suffisait à prouver qu'il n'avait pas pu la tuer en si peu de temps. En revanche, il pouvait très bien avoir agi après son retour. En rentrant chez lui avant de repartir un peu plus tard. Sans aucun problème. Il aurait pu la tuer à ce moment-là, passer chez elle et être rentré chez lui vers trois heures du matin.

— Et plus tard dans la nuit… Vous n'avez aucun alibi prouvant que vous étiez chez vous ?

Daeron posa sur lui un regard désemparé.

— Non… non. Comme je vous le disais, ma femme dormait.

— Et cette histoire de barils, monsieur Daeron ? Qu'avait découvert Lilou ?

— Je n'en sais rien.

— Vous étiez l'amant de Lilou Breval, vous êtes paludier, et elle ne vous a rien dit de ses soupçons ?

— Non, jamais. Je suis sûr qu'elle m'en aurait parlé si nous… si notre liaison avait duré. A mon avis, il doit s'agir d'une découverte récente.

— Réfléchissez un instant. Quels sujets l'intéressaient particulièrement ? C'est très important pour nous, vous savez.

— Elle s'intéressait aux discussions et aux conflits autour du Pays blanc, son évolution. Les rivalités qui opposaient les indépendants, les coopératives et les grosses entreprises, mais aussi la commune et la Région. L'esprit de compétition qui dominait ce qu'on appelle le marché global du sel.

— Nous savons cela, oui.

Dupin s'aperçut que Daeron était au bord des larmes. Il luttait visiblement pour garder contenance, ce qui n'était pas étonnant si ses propos étaient véridiques. Il prit une profonde inspiration, puis il reprit :

— Je crois qu'elle avait prévu de publier un article plus important sur le sujet. Celui de l'année dernière était assez général, elle prévoyait de s'intéresser à des conflits plus concrets. C'est d'ailleurs grâce à cela que nous nous sommes rencontrés. Au cours des derniers mois, elle a eu plusieurs entretiens avec monsieur Jaffrezic et madame Laurent, mais elle ne m'a pas précisé de quoi il s'agissait.

— Parlez-moi des conflits qui règnent dans les salines. Que se passe-t-il exactement ?

Daeron réfléchit avant de donner sa réponse.

— La coopérative, comme Le Sel, veut avaler les indépendants. Le Sel veut avaler tout le monde, d'ailleurs. Ils nous font des offres indécentes et font tout pour envenimer les relations au sein de la commune.

— Pourriez-vous être un peu plus précis ?

— Ils aimeraient que la commune et la Région coupent nos subventions pour leur faciliter la tâche, mais ils se trompent. La plupart des paludiers indépendants ne songent pas un instant à vendre. Ce métier est une passion, une vocation.

— Quoi d'autre ?

— Le Sel a demandé à élargir les marais en ajoutant des bassins au-delà des salines existantes. Ils souhaitent à tout prix augmenter le volume de production, raccourcir les cycles de récolte avec de la technologie sur tout le territoire, comme en Méditerranée. Mécaniser l'ensemble avec des pompes et des systèmes de pompage grâce auxquels ils feraient l'économie des canaux et des grands bassins. Ils veulent se dispenser d'un maximum de paludiers pour une question de rentabilité, c'est tout. Vous connaissez l'histoire, c'est pareil partout.

Il avait prononcé ces derniers mots sur un ton presque résigné, qui contrastait fortement avec l'engagement et la passion dont il avait fait preuve dans la matinée. Daeron parut en prendre conscience.

— Enfin, comme je vous le disais, ils ne vont pas arriver à leurs fins. Ils ont tout faux. Le métier du sel doit rester un artisanat, c'est sa seule chance de survie, même d'un point de vue économique. C'est le meilleur de tous les sels, un pur produit de la mer. Ces gens-là se servent des mêmes mots que nous pour désigner quelque chose de radicalement différent.

— Cet élargissement des marais salants fait l'objet d'une demande officielle ?

— Oui, depuis deux ans. Il y a déjà eu des dizaines de délibérations à ce sujet. Nous travaillons dans une réserve naturelle de première catégorie, un territoire très réglementé. En théorie, ce genre d'aménagement est inimaginable, mais qui sait ? Parfois, la municipalité donne le feu vert aux projets les plus incroyables. On a déjà vu ce genre de miracle.

Il était ouvertement cynique.

— De qui parlez-vous quand vous évoquez la municipalité ? Le maire, par exemple ?

Daeron le dévisagea avec surprise.

— Le maire ? Oh, non. Quelqu'un de beaucoup plus puissant : madame Bourgiot. Elle n'est pas seulement la directrice du Centre, mais également la déléguée communale et régionale en charge des salines. Le maire lui a confié tout ce qui concerne le *Gwen Ran*. C'est une femme… ambitieuse.

Personne, jusque-là, ne lui avait fait comprendre à quel point cette jeune femme était puissante. Cela ne se voyait pas du tout.

— Avez-vous eu connaissance de dissensions importantes à ce sujet ?

Maxime Daeron lui lança un regard triste.

— Non, lâcha-t-il.

Il y avait là, certainement, une piste à creuser, mais Dupin sentait que son interlocuteur ne lui apporterait pas plus d'informations pour le moment. Soit il ne savait rien, soit il ne voulait pas en parler.

— Comment se portent vos salines ? D'un point de vue économique, je veux dire ?

Il avait changé de sujet sans transition, l'une de ses techniques favorites.

— Je… (Daeron marqua une brève pause.) Bien. Les affaires vont bien. Ce n'est pas facile, mais je m'en sors pas mal.

— Le Sel vous a fait des offres, à vous aussi. Qu'est-ce que…

— Je ne suis pas à vendre.

— Quelqu'un a-t-il saboté votre récolte, monsieur Daeron ? Essaie-t-on de vous faire changer d'avis par la contrainte ? (Un nouveau voile de tristesse obscurcit le regard de son interlocuteur.) C'est vous-même qui avez avancé cette possibilité ce matin.

— J'ai parlé un peu vite.

— Pourquoi avez-vous appelé votre frère ?

— Eh bien, répondit Daeron qui semblait troublé, parce qu'il est propriétaire des salines, au même titre que moi. Je... nous sommes très proches. Je voulais qu'il soit au courant et il a tenu à m'accompagner.

— L'entreprise de votre frère marche bien, elle aussi, à ce qu'il me semble ?

— Saucisse Breizh. Oui, les affaires vont bien. Mon père a fondé un modeste abattoir régional dont mon frère a repris la direction à sa mort. Il en a fait une affaire florissante.

Maxime Daeron avait prononcé ces derniers mots avec fierté.

Saucisse Breizh faisait effectivement partie des grandes entreprises bretonnes. Chaque enfant la connaissait pour ses saucissons, son jambon, son pâté, ses rillettes. Dupin appréciait les produits qu'elle proposait. Des produits de qualité, destinés à la grande consommation mais réalisés avec les méthodes anciennes. Ils connaissaient un succès grandissant. L'estomac de Dupin se mit à gargouiller.

— Moi, j'étais le mouton noir, lâcha Daeron avec un sourire contraint. Toute ma famille travaillait dans l'élevage des porcs, dans la boucherie ou la production de saucisse.

— Cette maison, elle appartient à votre frère ?

— Oui, oui. Bien sûr. Comme la propriété de La Roche-Bernard où nous habitons.

Soudain, il parut exténué. Son visage comme son corps accusaient le coup, la conversation avait été longue et fatigante. A l'inverse, Dupin avait pour la première fois depuis le début de l'enquête la sensation d'être en pleine possession de ses moyens.

— C'est affreux. J'ai du mal à y croire. Je…

Maxime Daeron se tut.

— Je vous remercie de m'avoir répondu si ouvertement, monsieur Daeron. J'imagine que vous m'avez confié tout ce que vous saviez, à présent…

— Oui, répondit Daeron en détournant le regard.

— Appelez-moi si vous avez du nouveau. Quoi que ce soit. Cette histoire est une immense tragédie.

Dupin se leva brusquement, aussitôt suivi de Daeron.

— Je trouverai la sortie.

Dupin prit le chemin de sa voiture. Il avait à peine fait quelques pas que son portable sonna. C'était la commissaire Rose. Le surveillait-elle ? La manière dont ses appels arrivaient toujours à point nommé était fascinante.

Téléphone collé à l'oreille, Dupin avait lentement repris le chemin du port. Il y avait beaucoup d'informations à échanger de part et d'autre. Dupin s'efforça de rapporter scrupuleusement celles qu'il avait recueillies. Son interlocutrice se montra beaucoup moins surprise par les révélations de Daeron qu'il ne l'aurait cru. Elle envoya aussitôt un de ses collaborateurs chez la voisine pour vérifier les propos du paludier et, surtout, la crédibilité de la vieille dame. De son témoignage dépendait désormais celle des autres. Les empreintes relevées dans la maison devaient également être comparées à celles de Maxime Daeron.

Les confessions du paludier l'avaient fait glisser du statut de témoin à celui de suspect. Avec une rapidité déconcertante, la commissaire Rose avait reconstitué l'emploi du temps de l'homme, désamorçant par la même occasion toute la théorie de Dupin selon laquelle Daeron aurait agi *après* avoir eu l'inspectrice Chadron et son frère au téléphone. « Tout à fait improbable », avait décrété la commissaire, puisque l'assassin avait forcément jeté Lilou à la mer avant une heure quarante du matin. En effet, après cette heure-là, son corps aurait été emporté vers le large et non vers la Petite Mer, ce qui aurait rendu la tâche de la police bien plus ardue. On pouvait avancer l'hypothèse que le coupable avait été pressé par le temps et qu'il avait négligé l'horaire des marées. Or le changement de flux s'était produit à une heure quarante. Lilou avait forcément été jetée à l'eau avant. Plus par orgueil que par conviction, Dupin avait argué qu'il ne fallait tout de même pas écarter Daeron de la liste des suspects, sur quoi la commissaire lui avait gentiment rétorqué qu'un Parisien ne pouvait décidément pas comprendre les lois intangibles qui régissaient la Bretagne.

De son côté, elle lui avait livré un bref compte rendu de ses découvertes. La messagerie de la journaliste n'avait rien révélé de concluant, pas plus que l'épluchage de ses appels téléphoniques. Elle semblait se servir quasi exclusivement de son portable. Le Ber, aidé de deux autres policiers, était justement en train de rappeler tous les numéros qu'elle avait composés et vérifiait l'identité des destinataires de ses textos. Une chose, cependant, fut aisée à contrôler : l'examen confirma les appels mentionnés par Daeron. Dupin se rappela qu'il avait voulu demander au paludier la raison de coup de fil. Pourquoi avoir appelé précisément hier, et non aujourd'hui ou la veille ? Simple hasard peut-être, mais il n'était pas rare que des détails apparemment anodins cachent la clé d'une énigme. La brève conversation qu'elle avait eue avec Daeron avait été la dernière, si l'on excluait l'étrange message que Dupin avait reçu dans la matinée. Les jours précédents, elle avait peu utilisé son appareil. Elle avait contacté à deux reprises le service d'assistance d'Orange (par quel miracle y était-elle parvenue ? Dupin n'arrivait jamais à les joindre), une fois sa voisine et, dans la journée du mardi, une collègue d'*Ouest-France*. Il y avait également deux numéros de ligne fixe et un autre de portable qui n'avaient pas encore été identifiés. Une découverte, pourtant, pouvait se révéler intéressante : la journaliste avait appelé Jaffrezic trois jours plus tôt. D'après le relevé, la conversation avait duré quatre minutes. La commissaire avait aussitôt tenté de joindre l'intéressé, sans succès. Un autre appel méritait d'être vérifié : la journaliste avait eu madame Bourgiot au téléphone, pas plus tard que lundi, sans que celle-ci ait jugé utile de le mentionner lors de leur entretien le matin même. Jaffrezic et Bourgiot devaient être interrogés en priorité.

Dupin chancela en posant pied à terre. Il était bientôt dix-huit heures et il n'avait dans le ventre que quelques caramels avalés à la hâte. En s'approchant de l'île, à bord du bateau, il avait repéré un petit café, perché sur la colline boisée, qui semblait promettre des merveilles. Avant toute autre chose, il allait tenter d'y boire un bon café et de se mettre quelque chose sous la dent.

Le San Francisco correspondait en tous points à ce qu'il avait espéré. Perchée juste au-dessus du port, sa petite terrasse était entourée de pins, de petits palmiers, d'hortensias, d'un chêne vert et même d'un arbre à kiwis ! Toute en longueur, la bâtisse de pierre, qui s'élevait sur deux étages, avait gardé son charme d'antan. La peinture se décollait des volets, rien n'était apprêté ou artificiel. Des chaises de bois et de lin beige étaient disposées sur la terrasse, d'où on pouvait admirer la vue à couper le souffle sur le Golfe, les collines de l'Ile-aux-Moines et l'île d'Arz sur la droite, sur d'étroites bandes de végétation d'un vert sombre où se détachaient quelques pins parasol et cyprès, isolés et majestueux. A ses pieds, la mer était d'un bleu profond. Le panorama était digne d'un tableau impressionniste.

Dupin s'était installé à une petite table à l'avant de la terrasse. Le café était calme, l'endroit parfait. L'Ile-aux-Moines lui plaisait chaque année un peu plus, c'était l'île de l'été, de la douceur de vivre. Le café, servi dans de simples petits verres, était irréprochable. Dupin l'avait avalé d'un trait, inquiet à l'idée que la commissaire allait l'appeler d'un instant à l'autre et qu'elle ne s'attendait certainement pas à ce qu'il prenne du bon temps au bistrot. Il avait jeté un coup d'œil à la carte tout à fait appétissante. Tout de même, il fallait bien qu'il se sustente, il se sentait défaillir. On aurait sans doute vite fait de lui bricoler un petit quelque chose. Un tartare de lieu jaune, par exemple, son poisson préféré (depuis son arrivée en Bretagne, Dupin augmentait régulièrement sa liste de « poissons préférés », qui comptait désormais une douzaine d'espèces différentes), une tartine de rougets « beurrée » au foie gras ou encore une terrine d'agneau maison accompagnée de figues locales. Il se prit à rêver, mais la sonnerie de son téléphone le ramena à la réalité. C'était Nolwenn.

— Où êtes-vous, patron ?

— Je… je suis au San Francisco, avoua Dupin qui n'avait pas de secrets pour son assistante.

— Ah, très bien. Prenez la terrine d'agneau, c'est la saison. Bon, je n'ai rien trouvé de délictueux sur le sel. Rien d'illicite, ni dans la production ou le stockage, ni dans les salines. Rien du tout. J'ai vraiment cherché partout, comme je l'ai déjà dit à Le Ber…

Il y avait de la déception dans sa voix. Pendant qu'elle parlait, Dupin avait fait signe à la serveuse, qui s'approcha de sa table en souriant, une main sur la hanche. Sa tresse d'ébène était surmontée d'un petit chapeau de paille entouré d'un ruban noir, comme on en voyait sur l'île.

— Je vais prendre la terrine d'agneau avec un autre café, s'il vous plaît.

Après tout, il suffisait de poser la terrine sur une assiette, cela ne le retarderait pas.

— Nous sommes au point mort, patron, reprit Nolwenn. J'ai élargi la recherche à toute l'Europe : rien. C'est tout de même étrange !

— Et rien non plus sur les barils ?

— Rien.

— Je suis sûr qu'ils contenaient quelque chose… répondit Dupin avec insistance.

— Eh bien, je vois que vous cherchez déjà des signes. On finira par faire de vous un bon Breton, patron !

Dupin ne voyait pas le rapport entre les barils et un quelconque « signe », mais c'était la première fois que Nolwenn lui adressait un tel compliment ; disait-elle cela uniquement pour lui remonter le moral, sachant que son enquête piétinait sérieusement ?

— Vous avez un don pour les signes, j'en suis sûre. C'est ça, l'essence des Bretons. Ils se repèrent dans le monde comme dans une forêt hantée. Chaque objet, chaque individu cache un sens, un secret. Charles Le Goffic l'a bien dit : pour les Bretons, le monde visible n'est qu'un réseau de symboles. N'oubliez jamais, patron, que rien n'est plus vrai que ce qu'on ne voit pas !

Nolwenn citait Le Goffic, poète sacré des Bretons, quand la situation était sérieuse. Dupin savait que les sentences de ses « leçons bretonnes niveau supérieur » étaient différentes de celles qu'elle destinait aux débutants : elles étaient davantage centrées sur les fondements de la culture bretonne, sa philosophie, une attitude face à la vie – une façon d'être au monde. Bien sûr, Dupin ne comprenait pas complètement ce qu'elle entendait par là. Le rapport que les Bretons entretenaient avec la réalité était étonnant. Etonnant mais convaincant, il avait fini par s'y résoudre. Cela ne concernait pas ce qui était, ce qui apparaissait à l'œil nu, mais ce qui se cachait « derrière ». Contrairement à ce qu'on pouvait penser, cependant, une telle philosophie ne reléguait pas les faits dans un arrière-plan secondaire ; au contraire, le Breton n'était pas un rêveur, il accordait une importance majeure à la réalité tangible. Etant le seul élément sur lequel on avait prise, celle-ci méritait d'être honorée et observée de près, surtout quand on exerçait la profession d'enquêteur.

— Avez-vous eu les premiers résultats de l'analyse chimique des bassins ? demanda Dupin.

— Rien d'anormal pour le moment, répondit-elle, sautant sans transition des notions les plus abstraites aux détails les plus terre à terre. Mais certains résultats requièrent un peu plus de temps. Quand il s'agit d'éléments organiques, par exemple.

Il n'était pas sûr d'avoir bien compris, mais il mit cependant un terme à la conversation.

— On verra ça tout à l'heure, Nolwenn.

Il ne lui restait pas beaucoup de temps. La terrine reposait devant lui, entourée de figues odorantes, et un second café fumait à côté. Le tout était aussi appétissant qu'il l'avait espéré. Il allait pouvoir savourer tout cela tranquillement en réfléchissant à la nouvelle donne. Il découpa un morceau de figue, tendre sans être molle, saisit un bout de pain et déposa un coin de terrine sur la mie. Le mélange salé-poivré-fruité était succulent. Il but une gorgée de son café et regretta de n'avoir pas commandé d'eau. Contrairement à ce qu'il avait toujours observé à Paris, on ne servait pas systématiquement une carafe en Bretagne. « L'eau, c'est pour les vaches », avait-on coutume de dire ici.

Dupin était encore loin de nourrir des soupçons solides – il avait quelques pistes, quelques idées, mais ses suppositions restaient très vagues. Il fallait absolument qu'il active ses cellules grises, qu'il réfléchisse sérieusement, et pour cela il lui fallait un café. Dupin raffolait des conseils de santé qu'il trouvait dans la presse et qui apportaient une explication pseudo-scientifique à ses marottes. Il avait l'art de repérer au premier coup d'œil ceux qui allaient dans son sens et ceux qui, au contraire, contredisaient ses théories, et qu'il prenait soin d'éviter. De toute façon, les bienfaits du café avaient été prouvés mille fois : il stimulait le cerveau, la concentration, l'attention et la mémoire en neutralisant les effets de la fatigue. La réalité scientifique ne laissait subsister aucun doute : la caféine était une bénédiction, une consommation régulière diminuait les risques de démence, de migraine, d'un certain type de diabète et bien d'autres menaces. Rares étaient les produits dotés d'autant de vertus bienfaisantes, hormis peut-être le chocolat et le vin, pour lesquels Dupin nourrissait des sentiments similaires. Au fond, ces substances n'étaient rien d'autre que des médicaments.

Dupin déposait une bouchée de terrine sur sa langue quand la commissaire Rose l'appela.

— La femme de Jaffrezic ignore où se trouve son mari, et la coopérative n'a pas plus d'informations à ce sujet. Il y a passé la journée et en est reparti vers dix-huit heures trente. Sa femme a précisé qu'il allait parfois pêcher après le travail – il garde ses lignes dans sa voiture. J'ai envoyé quelqu'un vérifier s'il se trouvait à son coin de pêche habituel, près des grandes plages, derrière Le Croisic. Il taquine le loup, la dorade, le lieu jaune… (Elle parlait en connaisseur, et Dupin fut malgré lui impressionné.) Enfin, en tout cas, il ne répond pas au téléphone. On tente de le joindre à intervalles réguliers.

Elle avait le même accent sérieux que celui qu'elle avait employé la veille quand ils étaient sans nouvelles de Lilou. Une pointe d'anxiété le gagna.

— Si on ne le retrouve pas vite, il faudra lancer un avis de recherche.

C'était une mesure d'envergure, mais on affrontait un criminel sans scrupules.

— Nous verrons bien. En tout cas, il faut que nous parlions à madame Bourgiot dans les plus brefs délais. L'équipe technique a comparé les empreintes trouvées chez la journaliste : ce sont celles de Maxime Daeron. Ça, au moins, c'est réglé. Ils n'en ont pas trouvé d'autres.

— Il nous faut réunir les requêtes concernant les marais salants adressées au cours des dernières années à la commune et à la région. Les demandes de subventions, d'extensions de la zone exploitable, tout. Nous devons aussi découvrir les projets que la société Le Sel envisage pour le Pays blanc. L'agrandissement des surfaces, les acquisitions, les changements prévus dans la production. Mieux vaut nous familiariser avec leurs pratiques – et aussi celles de la coopérative.

— L'inspectrice Chadron et une de ses collègues sont dans les locaux de l'administration depuis deux heures et rassemblent toutes les informations qu'elles peuvent trouver. Elles finiront bien par tomber sur quelque chose. Où êtes-vous, d'ailleurs ?

— Je suis en route.

— Madame Bourgiot est disponible à vingt heures. Nous la retrouvons au Centre. Vous avez intérêt à vous mettre en route, en effet.

Dupin jeta un coup d'œil à sa montre. Il ne serait pas ponctuel, c'était certain.

— Très bien, comptez sur moi.

Dupin avala à la hâte un dernier morceau de terrine accompagné d'une figue, régla généreusement et s'en alla. Pourquoi lui avait-elle dit de se mettre en route alors qu'il avait déclaré être déjà sur le chemin ?

La circulation avait été fluide jusqu'à Vannes, il avait excédé de quarante kilomètres à l'heure la vitesse autorisée, sans utiliser la sirène qu'il détestait. Au détour d'une forêt, le trafic s'était soudain ralenti et Dupin, qui était en train d'appeler Le Ber, avait dû freiner sèchement. Tout ce qui se trouvait dans sa voiture avait volé un peu partout dans l'habitacle, et il avait lâché son téléphone pour saisir le volant. L'appareil était maintenant coincé entre le siège et le frein à main. Le crissement strident, l'odeur de caoutchouc brûlé et les quelques centimètres qui le séparaient du pare-chocs qui le précédait démontrèrent qu'il s'en était fallu de peu.

Dix véhicules s'alignaient devant le sien au bord d'une clairière idyllique.

Deux hommes et une femme dans tous leurs états s'approchèrent de lui. Dupin connaissait bien ce genre de situation qui expliquait pourquoi il préférait circuler dans une voiture banalisée. Quoi qu'il arrive, même pour une simple bagatelle, les gens accouraient vers lui pour demander secours. Il baissa sa fenêtre.

— Vous portez une arme ?

La question lui avait été posée par un sexagénaire malingre, dont la voix avait quelque chose de désagréable, à la fois craintive et insistante.

— Qu'est-ce que…

— C'est Skippy. Il a bien failli nous envoyer dans le décor.

Derrière Dupin, d'autres véhicules pilaient brutalement.

L'autre homme était encore plus agité.

— J'ai entendu à la radio qu'il était caractériel et agressif.

— En Australie, un kangourou géant a agressé une vieille dame qui étendait tranquillement son linge, déclara la femme sur un ton professoral. Elle avait quatre-vingt-quatorze ans, vous vous rendez compte ? Il l'a littéralement écrasée, elle a passé deux semaines à l'hôpital pour fractures multiples. Elle s'est défendue avec un balai mais pour finir, la police a neutralisé l'animal avec du gaz paralysant.

Le petit homme lui lança un regard chargé d'espoir :

— Vous avez du gaz paralysant ?

Dupin n'avait pas eu le temps d'en placer une, mais de toute manière, il était trop abasourdi pour dire quelque chose : était-il victime d'une caméra cachée ?

— Vous avez vu un kangourou ? finit-il par articuler.

— Il a traversé la route d'un ou deux bonds, on a manqué de peu le carambolage, je vous assure ! C'est extrêmement dangereux.

— C'est moi qui ai appelé la police, vous avez été vraiment rapide !

— Ils nous ont dit que Skippy était en train de rentrer chez lui.

— Skippy ?

— Eh bien, c'est son nom, oui.

— Les kangourous retournent toujours au même endroit, m'a dit le policier au téléphone. Il retourne là d'où il vient, c'est bien normal.

— Il n'a qu'un an, vous savez.

La femme avait pris un air attendri qui ne correspondait en rien à la description d'un kangourou géant, agressif par-dessus le marché.

— Ecoutez, je ne suis pas venu m'occuper de ce kangourou. Veuillez regagner vos véhicules, s'il vous plaît. Mes collègues ne vont sûrement pas tarder.

Peu rassurés, les trois énergumènes regagnèrent leur voiture à contrecœur pendant que Dupin se dégageait tant bien que mal de l'embouteillage et repartait en sens inverse. Il mit un moment à récupérer son téléphone.

— Nolwenn, vous avez déjà entendu parler de Skippy ?

— Je vous l'avais dit ! C'est un kangourou qui s'est échappé hier de la réserve zoologique d'Arradon. Les médias ne parlent que de ça. Personne n'arrive à l'attraper, d'après ce que j'ai compris. Apparemment, France Bleu Breizh Izel promettrait une caisse de Britt Blonde à qui signalerait son emplacement. Les kangourous s'acclimatent très bien dans le Golfe. Les conditions sont proches de celles qu'ils connaissent en Australie.

Dupin se retint de lui demander davantage d'explications. Après tout, s'il existait une Bretagne méditerranéenne, pourquoi pas une Bretagne australienne, pendant qu'on y était ?

— Prenez le temps d'appeler Claire, commissaire, reprit Nolwenn sans transition.

— J'y pense dès que j'ai un moment, merci.

— Avant minuit, de préférence. Tant que c'est encore son anniversaire… Dînez à l'Amiral, tiens, ça vous changera les idées et vous pourrez l'appeler en toute tranquillité.

Dupin fut saisi de nostalgie. Il avait bien envie, en effet, de rentrer chez lui et de dîner dans son restaurant habituel plutôt que de passer une nuit déprimante dans une chambre d'hôtel de Guérande.

— On verra. A plus tard, Nolwenn.

Il raccrocha et composa aussitôt le numéro de Le Ber.

— Oui, patron ?

— J'aimerais que vous fassiez quelque chose pour moi… Non, demandez plutôt à Labat. (Après tout, ce dernier ne ratait pas une occasion de vanter ses talents de pilote de rallye.) J'aimerais qu'il se rende le plus vite possible à La Roche-Bernard, à la maison des parents de Lilou. Qu'il se gare à une centaine de mètres de la maison, vers la pointe de Kerpenhir, qu'il essaie de reconstituer la scène – le meurtre, le transport du corps jusqu'au coffre du véhicule, etc. – puis qu'il file chez Lilou, qu'il y passe environ cinq minutes et qu'il me dise combien de temps il lui aura fallu pour effectuer le tout. Ah, qu'il parte de la maison de Maxime Daeron et qu'il termine son parcours par là, surtout ! Qu'il se dépêche.

— D'accord. Je préviens aussi l'inspectrice Chadron.

Décidément, la commissaire Rose avait barre sur ses deux inspecteurs, c'était extrêmement agaçant. Au lieu de protester, Dupin décida de changer de stratégie :

— Le Ber… laissez tomber. Daeron aurait également pu le faire après les coups de fil, cette simulation ne prouverait rien.

— Très bien. Autre chose, chef. La vieille voisine des Breval, à Kerpenhir, a l'air tout à fait digne de confiance. Elle a reçu la visite d'un collègue de

Locmariaquer familier de la région et de ses habitants, et qui la connaît également. Son témoignage correspond en tous points à celui de Daeron.

C'était une bonne chose, même si Dupin n'avait pas réellement remis en question les propos du paludier.

— Ah, tant mieux.

— Au fait, patron… (Le Ber hésita.) D'après la légende, les trésors cachés sous les menhirs et les dolmens étaient conservés dans de mystérieux récipients bleus. Des récipients bleus !

Dupin raccrocha. Il en avait par-dessus la tête de ces affabulations bretonnes. Il régla son autoradio sur France Bleu Breizh Izel et appuya sur l'accélérateur.

Madame Bourgiot n'était pas encore arrivée. La commissaire Rose se tenait au rayon livres de la petite boutique du Centre et feuilletait un gros ouvrage. Dupin avait fait un détour pour la rejoindre par le côté, mais elle semblait ne pas l'avoir remarqué. Il s'approcha suffisamment pour déchiffrer le titre : *Le Sel de Guérande – les meilleures recettes des grands chefs*.

— Elle devrait déjà être là, nous avions rendez-vous. Quant à Jaffrezic, il est introuvable.

La commissaire avait lâché ces mots d'une voix indifférente, sans lever les yeux du papier glacé. Dupin avait vingt minutes de retard.

— Je suis tombé sur un kangourou, vous avez dû en entendre parler…

Sa collègue le regarda un instant sans rien dire.

— Je vous assure, il a traversé juste devant…

Il s'interrompit. La commissaire s'était replongée dans sa lecture sans lui accorder plus d'attention. Dupin lut par-dessus son épaule : « Poulet de Janzé en croûte de gros sel de Guérande. » Loin de sembler embarrassée, elle affichait ce même air qu'elle avait eu le matin, en évoquant devant Jaffrezic la cuisson d'un jeune agneau du Mont-Saint-Michel. Dupin avait goûté au poulet de Janzé, chez son ami Henri, enrobé d'une pâte à base de farine et de gros sel. Il n'en avait jamais mangé d'aussi juteux et goûteux de sa vie.

— Il ne nous reste plus qu'à attendre, dit-elle avant de tourner la page, comme pour signifier qu'il ferait mieux de se trouver une occupation.

La recette qui suivait était celle des « Pommes pont-neuf à la fleur de sel et piment d'Espelette », le plat préféré de Dupin quand il était enfant. A l'époque, il aimait les appeler « grosses frites », au grand dam de son élégante mère.

Dupin se mit à arpenter le Centre sans but précis et se retrouva bientôt dans l'espace interactif, en plein âge du fer. Une statue en cire d'un Celte, grandeur nature, se dressait devant lui, une autre était agenouillée un peu plus loin. La scène montrait aux visiteurs comment on obtenait le sel en mettant l'eau de mer au contact du feu. Quelques mètres plus loin, un autre tableau montrait quatre Romains accroupis dans des bassins, et Dupin constata que les salines contemporaines ressemblaient fort à celles du IIIe siècle. Il parcourut l'exposition – six cents ans en l'espace de quelques mètres – et dépassa les Carolingiens avant de s'arrêter devant quatre moines de l'abbaye de Landévennec, ceux-là mêmes qui, grâce à de savants calculs, avaient donné aux salines leur visage actuel. Les outils eux-mêmes n'avaient pas changé depuis cette époque. « Une manufacture à ciel ouvert », pouvait-on lire sur les cartels.

Une carte de l'Europe accompagnait la représentation des moines. Dupin, qui adorait les cartes, s'en approcha : c'était impressionnant de voir à quel point les tracés des grandes routes commerciales avaient, pendant plusieurs centaines d'années, été dictés par le sel de Guérande. Toutes convergeaient vers la petite ville bretonne, autrefois d'une richesse inouïe. Il ne s'agissait pas seulement d'épices ou d'un besoin physiologique de sel, mais le sel avait surtout été le moyen de conserver les aliments jusqu'à l'invention de la conserve au début du XIXe siècle.

A plusieurs reprises, depuis le matin, une pensée lui avait traversé l'esprit, et voilà qu'il en avait sous les yeux une représentation illustrée. Apparemment, les moines utilisaient les bassins à d'autres fins, par exemple pour l'élevage de coquillages ou de poissons. Dupin découvrit par la même occasion qu'aujourd'hui encore, il n'était pas rare de trouver des soles, des loups ou des anguilles dans les marais salants. L'idée méritait d'être retenue : les bassins eux-mêmes étaient-ils en jeu dans cette affaire de meurtre, plus que le sel ? Quel autre usage pourrait-on faire des salines ?

La sonnerie du téléphone de la commissaire le tira de ses réflexions.

— Oui ?... Bon. Demandez à sa femme, à ses collègues et à ses amis où sont ses coins de pêche. Faites-vous aider de quelques collègues. C'est important... D'accord, on fait comme ça. A plus.

Elle raccrocha et le regarda, la mine sombre.

— Il n'est pas à son emplacement habituel.

Avait-il disparu ? Se cachait-il ? A moins qu'il n'ait tout simplement décidé d'aller pêcher ailleurs, aujourd'hui... En tout cas, la situation ne se simplifiait pas.

— Et toujours pas de signe de vie de madame Bourgiot... remarqua la commissaire. Si ça se trouve, ils ont détalé ensemble.

Ce n'était pas une plaisanterie de sa part.

— Bon, attendons encore un peu, conclut-elle, le front plissé.

Dupin s'attendait à ce qu'elle se replonge dans sa lecture, mais elle se dirigea d'un pas décidé vers le dernier panneau de l'exposition, comme si elle savait précisément ce qu'elle y trouverait.

« Le sang du sel », lisait-on en lettres noires au-dessus de l'affiche. Plusieurs thèmes y étaient abordés. D'abord la gabelle, cet impôt impopulaire sur le sel prélevé par les rois et qui avait engendré une multitude de contrebandiers. Plus amusant encore : la Bretagne n'était pas encore française au Moyen Age, aussi les Bretons achetaient-ils le sel sans taxe, en toute légalité, avant de le revendre en France. Ce trafic étant considéré comme de la contrebande, les revendeurs sans armes étaient envoyés aux galères tandis que les individus armés encouraient la peine de mort. Ces mesures avaient entraîné de violents soulèvements dans la population indignée, réprimés dans le sang. Après la Révolution, la taxe sur le sel avait été abolie, d'où le slogan : « Le sel libre » ou « Le sel libre pour le citoyen libre ». Ce genre de dictons trouvait toujours un écho dans le cœur de Dupin. Le panneau relatait les aventures des plus célèbres contrebandiers.

— Tiens, c'est intéressant.

La commissaire semblait lire deux fois plus vite que lui.

— Regardez : « Vol de sel à grande échelle », ou encore « Intrigues, complots, cabales et passions »...

Dupin se rapprocha. Il était question au XVIe siècle d'une « guerre des paludiers » au cours de laquelle divers clans s'étaient violemment disputé l'or blanc. On y parlait de dégradations et de saccages, puis une passion qui n'avait rien à envier à celle de Roméo et Juliette avait conduit une dynastie entière à sa perte. Beaucoup d'argent était en jeu, à l'époque.

— Aucun détail sur les sabotages, remarqua la

commissaire avec ce qui semblait être de la déception.

Les marais salants paraissaient avoir toujours joué le rôle de pomme de discorde entre clans et groupes de trafiquants. Dupin fit une découverte curieuse : deux entreprises avaient été accusées d'élever des « monstres » dans leurs salines, entre autres des soles géantes de plus de deux mètres et des croisements de coquillages et de crabes, que Dupin ne parvint pas à se représenter malgré son imagination pourtant fertile.

— Pardonnez-moi. J'étais chez le maire. Nous avons quantité de choses à régler.

La phrase de madame Bourgiot n'avait rien d'une excuse. De manière générale, la femme qui s'avançait vers eux d'un pas assuré n'avait pas grand-chose en commun avec la créature timide qu'ils avaient rencontrée un peu plus tôt dans la journée.

— Nous voulons à tout prix que le Pays blanc retrouve sa routine quotidienne malgré les récents événements. Les commerces, le tourisme et surtout, s'empressa-t-elle d'ajouter, les récoltes des paludiers. Il ne faut en aucun cas que la production de sel soit associée à ces actions criminelles.

Le message de madame Bourgiot n'était pas clair : espérait-elle que la police allait interrompre son enquête pour ne pas gêner le bon déroulement des récoltes ? La directrice du Centre, désert à cette heure, ne les invita pas à s'installer dans la salle de réunion qu'ils avaient occupée l'après-midi.

— D'ailleurs, le lien entre les salines et le meurtre n'a toujours pas été établi, n'est-ce pas ?

— Vous croyez vraiment ?

La riposte de la commissaire avait fusé comme une flèche, précédant une remarque tout aussi acerbe de Dupin.

— A quoi sont-ils donc liés, d'après vous, madame Bourgiot ?

— Il me semble que c'est votre tâche de le découvrir, commissaire. La mienne consiste à promouvoir le Pays blanc, ce qui implique que je veille à son bon fonctionnement.

— Vous avez eu une conversation de plus de trois minutes avec Lilou Breval lundi après-midi. Etes-vous consciente d'avoir entravé une enquête criminelle en omettant de nous en parler, madame ? Voilà qui fait de vous l'un de nos principaux suspects.

Le ton glacial de la commissaire avait de quoi intimider et le visage de son interlocutrice fut parcouru d'une onde d'inquiétude qu'elle camoufla aussitôt.

— Je vous en aurais parlé si cela avait eu une quelconque importance, évidemment, argua-t-elle.

— De quoi avez-vous donc parlé ? Que voulait Lilou Breval ?

— Elle m'a posé quelques questions sur l'utilisation de barils dans la récolte du sel autour de

Guérande. Nous avons suffisamment parlé de ces conteneurs bleus cet après-midi avec madame Laurent, non ? Je lui ai répondu la même chose qu'à vous : je ne sais rien de ces fûts, hormis que la coopérative…

— Quoi d'autre ?

— C'est tout. Nous n'avons parlé que des barils. La conversation n'a pas duré longtemps, comme vous le savez. Je ne pensais pas que son intérêt pour ces récipients méritait d'être mentionné, puisque vous étiez déjà au courant. (Elle reprit après un bref silence :) Elle voulait savoir si on pouvait accélérer la production du sel avec des substances chimiques. Une question étrange, si vous voulez mon avis. Elle ne m'en a pas dit plus, d'ailleurs.

Manifestement, Lilou Breval n'avait pas trouvé ce qu'elle cherchait mardi soir, quand elle avait contacté Dupin. Etait-elle morte sans avoir la réponse à ses questions ?

— Avez-vous parlé à quelqu'un de l'intérêt que Lilou Breval portait à ces fûts ?

Peut-être cette information avait-elle mis le feu aux poudres.

— Non, à personne. Ça m'est sorti de l'esprit dans la foulée. C'était sans intérêt.

— Si vous étiez impliquée dans son assassinat, madame, Lilou Breval aurait signé son arrêt de mort en vous posant cette question.

La commissaire avait parlé calmement, comme

on réfléchit à voix haute, et la directrice du Centre lui répondit sur le même ton.

— Oui, c'est vrai. Mais c'est absurde, vous en êtes conscients.

— Outre ces informations que vous nous avez cachées jusqu'ici, y a-t-il autre chose que vous aimeriez nous faire savoir ?

Le regard de la commissaire balaya la salle.

— Rien, non. Comme je vous l'ai déjà dit, j'ai eu une longue conversation avec Lilou Breval il y a un an, ici, au Centre. Depuis, je l'ai eue au téléphone une ou deux fois pour des détails, des questions précises. Je m'occupe également des relations publiques, il est donc naturel qu'elle s'adresse à moi.

Elle n'avait pas davantage évoqué ces appels pendant la réunion de l'après-midi. Certes, ils s'étaient essentiellement entretenus avec madame Laurent, mais tout de même, de tels « détails » méritaient d'être mentionnés.

— Combien de coups de fil au cours de l'année ? demanda la commissaire.

— Quatre ou cinq, je dirais.

— A quel sujet ?

— Oh, elle dramatisait les choses. C'était son droit le plus strict, bien entendu.

— Que voulez-vous dire ? s'enquit Dupin non sans impatience.

— Elle était convaincue que la concurrence qui

oppose certains acteurs du Pays blanc était beaucoup plus féroce qu'elle ne le paraît.

— Soyez plus précise, s'il vous plaît.

— Ses questions étaient plutôt vagues, elle voulait connaître les projets des différentes parties, savoir qui voulait reprendre qui, ce genre-là. Les soupçons de Lilou Breval étaient infondés.

— Vraiment ?

La commissaire avait lâché sa question d'un ton brutal, qui arracha à la directrice du Centre un soupir à peine audible.

— Elle voulait savoir à qui la société Le Sel avait fait des propositions de rachat, par exemple. Notre Centre n'est pas au courant de ces affaires. Nous ignorons si Le Sel a envisagé de mettre en place un système de pompes ou s'ils ont déposé une requête quelconque. Elle avait également des questions concernant la coopérative, elle voulait en connaître la croissance durant les dernières années, depuis que monsieur Jaffrezic en a repris la direction. Elle cherchait à établir le rôle joué par le Centre du sel. Il me semble qu'elle préparait un dossier plus important qu'elle voulait consacrer au *Gwen Ran*, cette fois centré sur des aspects plus économiques et commerciaux. Toujours est-il qu'elle n'en a pas parlé lundi au téléphone.

— Le Sel a déposé une demande de permis de construction pour des pompes ?

— En effet, oui. Il y a six mois, je crois.

— Qu'est-ce que cela a donné ?

— C'est en cours.

— Quant à l'extension de la zone des marais salants, empiéterait-elle sur les réserves naturelles ? Compte tenu du pouvoir que vous détenez dans la région, votre approbation devrait suffire pour faire passer la demande, non ?

— Sur ce point comme sur le précédent, rien n'est encore décidé. La réponse ne dépend pas de moi mais des politiques. La procédure est parfaitement transparente.

Tout cela ne servait à rien. Dupin s'impatienta. Ils n'avançaient pas.

— Les analyses de la saline ont-elles donné un résultat ? reprit la directrice du Centre. C'est très important pour nous, vous savez. Je vous ai déjà dit que l'institut ne nous laissait aucun répit. Madame Cordier tient absolument à suspendre l'activité des salines, qu'il s'agisse de la production ou de la vente. Elle est intraitable, mais je n'ai pas l'intention de me laisser faire.

Il était amusant de voir une personne inflexible se plaindre de l'intransigeance d'une autre. Le téléphone de la commissaire les interrompit.

— Oui ?

Elle s'écarta d'un pas et se concentra sur ce qu'on lui disait. Un moment passa, qu'elle conclut par un « Très bien » avant de raccrocher et de se tourner vers madame Bourgiot.

— Vous connaîtrez les résultats dès que nous les aurons, madame.

Puis elle leva les yeux vers Dupin et lâcha avec un soulagement évident :

— Jaffrezic est parti pêcher dans la Loire plutôt qu'en mer. Il est avec un ami et se porte très bien.

Madame Bourgiot posa sur la commissaire un regard intrigué, puis elle dit en pesant ses mots :

— Je vais faire mon possible pour minimiser les événements. Cela fait quatre ans désormais que je dirige le Centre. Jusqu'à présent, le succès a toujours été au rendez-vous. Pas question que cela change.

Elle était tout à fait sérieuse et c'était une femme intelligente. Elle n'ignorait pas que de telles affirmations ne faisaient pas bon effet auprès de la police et qu'un tel acharnement ne la montrait pas sous son meilleur jour. Elle semblait s'en soucier comme d'une guigne. Dupin aurait donné cher pour comprendre ce qui l'avait fait paraître si évasive et timide lors de leur précédente rencontre.

— Ce sera tout pour ce soir, madame. Nous vous recontacterons dès que possible.

La commissaire avait chargé ces mots d'une menace sous-jacente. Puis elle tourna les talons, retourna dans l'espace librairie de la boutique et s'empara de l'ouvrage de cuisine qu'elle avait consulté comme pour en mémoriser le titre. Elle s'éloigna ensuite vers la porte, suivie de Dupin.

Arrivée près de son véhicule, elle s'adossa à la portière et enfonça les mains dans ses poches. Sa Renault était presque deux fois plus grande que la petite Peugeot du commissaire. A l'autre bout du parking stationnait une Range Rover vert bouteille dernier cri. Sans doute la voiture de la directrice du Centre.

Pour la première fois depuis qu'ils se connaissaient, et malgré sa tenue encore irréprochable, la commissaire paraissait abattue. Du côté de la mer, le ciel d'un rose tendre se teintait progressivement de tons bleutés qui s'assombrissaient vers la voûte céleste. Les premières étoiles ne tarderaient pas à apparaître.

— Je la sens capable de tout. (Après un silence, elle ajouta :) Les autres aussi, d'ailleurs. Pas un pour dire la vérité. Pas un.

Dupin s'était adossé à sa propre voiture et lui faisait face.

— Bon, il ne nous reste plus qu'à interroger Jaffrezic.

La commissaire esquissa un sourire énigmatique.

— Madame Laurent organise un dîner à Vannes. Elle reçoit des paludiers de Noirmoutier. Je lui ai annoncé notre visite pour demain huit heures.

— Il y a des salines sur l'île de Noirmoutier ?

— Oui, mais elles sont plus petites.

— La société Le Sel tente également de s'implanter là-bas ?

— Pas que je sache, mais j'ai demandé une vérification de nos informations.

— Où retrouvons-nous Jaffrezic ? Combien de temps lui faut-il pour revenir de sa partie de pêche ?

— L'inspectrice Chadron va également lui annoncer notre venue pour demain matin.

— Demain ?

Dupin était parti du principe qu'ils s'en acquitteraient dans la soirée.

— Nous avons réservé des chambres pour vous et vos inspecteurs à l'hôtel le Grand Large. Nous avons tous besoin de repos.

Dupin, qui s'était habitué à l'idée que sa collègue n'avait besoin ni de boire, ni de se nourrir, ni même de dormir, fut presque déçu.

— Je…

— C'est tout pour aujourd'hui. Il n'y a plus personne, de toute manière, et puis un peu de temps de réflexion ne nous fera pas de mal. Je rentre chez moi.

Ce n'était pas du tout du goût de Dupin. Il n'avait pas prévu de prendre du repos avant d'avoir résolu cette affaire. Il caressait depuis le matin l'idée de retourner à la saline en toute tranquillité, sans but précis. Il voulait également jeter un coup d'œil à la maison de Lilou, au cas où quelque chose lui aurait échappé. Peut-être sa collègue avait-elle cependant raison. Il pouvait tout aussi bien s'acquitter de ces tâches le lendemain. La journée avait été interminable. Son épaule se faisait cruellement sentir depuis quelques heures. Il avait besoin de médicaments et de calme, sans parler d'un solide repas.

Il se promit également d'en profiter pour appeler Claire et lui souhaiter paisiblement un bon anniversaire. Il devait lui expliquer pourquoi il avait été retenu ici, lui redire qu'il n'avait pas annulé leur dîner de gaieté de cœur. Cela tombait à un moment important de leur relation. A l'heure qu'il était, ils auraient dû être attablés à la Palette.

Au moins, cela lui permettrait d'échanger tranquillement quelques mots avec Le Ber et Labat au restaurant du Grand Large. Il repensa soudain à la sole qu'il convoitait la veille. Il se rattraperait ce soir. Cette perspective lui redonna du courage.

— Bonne nuit, commissaire. Essayez de dormir un peu.

Dix minutes plus tard, Dupin se tenait devant l'hôtel. Il avait prévenu Le Ber et demandé à ses inspecteurs de leur réserver une table à l'écart, sur quoi Le Ber lui avait demandé à deux reprises s'il ne préférait pas rentrer à Concarneau, où il aurait au moins la possibilité de changer de vêtements. Puis il avait livré un bref compte rendu du parcours-test effectué par Labat, qui venait de l'appeler depuis La Roche-Bernard : le trajet durait deux heures et trente-cinq minutes. La nuit, il n'y avait presque pas de circulation, mais Daeron n'avait pas pu mettre moins de deux heures et quinze minutes. Ce qui signifiait que la manœuvre était à peu près faisable. Labat en avait immédiatement informé la commissaire.

Dupin verrouilla sa voiture. La marée était basse,

comme au matin. Il marcha jusqu'au bout du quai, qui se terminait abruptement, à trois ou quatre mètres du niveau de l'eau. Couchés sur le flanc, les bateaux étaient faiblement éclairés par la clarté jaune des réverbères du port. Un peu plus loin, dans la lagune, deux lumières vacillaient inlassablement, probablement des bouées lumineuses ou des bateaux. Plus loin encore la mer s'obscurcissait et formait comme un grand trou noir sous le ciel tout aussi ténébreux.

Dupin sentait tout le poids de la fatigue et pourtant il était nerveux, agité. L'envie d'une énième réunion de travail avec ses inspecteurs lui était passée, et Concarneau n'était pas si loin que ça.

Il tourna les talons, regagna sa voiture et s'installa au volant. Après tout, Nolwenn lui avait conseillé de rentrer chez lui. Il mit le moteur en marche, un sourire de satisfaction sur les lèvres.

Il était vingt-trois heures quinze quand Dupin gara sa voiture à proximité de l'Amiral. Le grand parking était désert. Il était heureux d'être chez lui, sur son territoire. Le trajet avait été monotone mais il avait roulé sans encombre sur la voie express. France Bleu Breizh Izel n'avait pas signalé d'autres apparitions du kangourou fugueur.

Nolwenn tout comme Le Ber avaient approuvé avec fougue son intention de rentrer passer la nuit chez lui. Les deux inspecteurs avaient déjà entamé leur dîner et semblaient épuisés.

Dupin sortit précautionneusement de sa minuscule auto et fut accueilli par une délicieuse brise d'été qui charriait des parfums du large. Il se sentit revivre.

A sa grande joie, les baies vitrées de l'Amiral, où il commençait et terminait habituellement ses journées, étaient encore éclairées. L'imposante bâtisse du XIXe siècle, avec sa marquise rouge et ses volets de bois, se dressait dans le halo des réverbères comme un décor de cinéma. Devant, le feu était rouge, comme toujours. Il lui semblait ne l'avoir jamais vu vert, non plus qu'il avait remarqué de passant y prêter la moindre attention. Il poussa la lourde porte du restaurant.

Sa place habituelle était occupée. Il faillit lâcher un soupir de frustration avant de reconnaître celle qui occupait sa place favorite. C'était Claire. Devant elle trônaient un imposant paquet emballé dans un papier bariolé, ainsi qu'une bouteille de champagne et un magnifique plateau de langoustines.

Elle l'avait repéré, et ses yeux bruns luisaient d'un éclat tendre et chaleureux. Elle se leva et, embarrassée, presque intimidée, chassa une mèche de cheveux blonds de son visage. Claire était là, belle dans sa simplicité, comme seules les femmes normandes savaient l'être. Un jour que Dupin s'était risqué à exhiber une photo d'elle, Le Ber s'était aussitôt lancé dans un exposé sur les Normandes, à son avis les plus belles femmes de France et souvent lauréates du concours de Miss France. En apparence, Dupin s'était montré gêné mais, intérieurement, il avait ressenti une grande fierté.

— Je… je suis venue te voir.

Incroyable. C'était tout bonnement incroyable.

C'était elle qui avait fait le déplacement alors qu'il lui avait imposé une cruelle déception en annulant leur dîner parisien. Une vague d'émotion le traversa. C'était donc là l'explication de l'étrange insistance de Nolwenn et de Le Ber, qui attachaient tant d'importance à ce qu'il passe la nuit chez lui !

— Bon anniversaire, mon amour.

Il l'enlaça, l'embrassa et la regarda attentivement. Il n'en revenait toujours pas.

Pendant ce temps, Lily Basset, la patronne des lieux, s'avançait pour le saluer.

— J'ai composé un petit menu d'anniversaire, déclara-t-elle avec un clin d'œil, les langoustines du Guilvinec seront suivies d'un bar flambé au pastis marin avec un chenin blanc, et, pour terminer, un gâteau de crêpes.

Le programme était prometteur. Très attaché à son habituelle entrecôte, Dupin mangeait rarement du bar et se délecta de sa chair tendre et parfumée au goût légèrement rehaussé par l'anis. Il savait que Lily Basset ne jurait que par les langoustines du Guilvinec – à raison, car il n'y en avait pas de meilleures. Le clou du repas, cependant, était le gâteau de crêpes, une spécialité de la maison que Lily Basset ne servait qu'à ses « meilleurs amis ».

Claire leva sa coupe de champagne.

— A nous !

— Bon anniversaire.

Ils trinquèrent et burent une première gorgée.

— Alors, ça avance ? Je parle de l'enquête…

— Ce soir, il n'y a pas d'enquête qui vaille.

Dupin avait lâché ces mots sans réfléchir, mais le sourire de Claire lui indiqua qu'il avait visé juste.

— Tu attraperas le criminel dès demain, j'en suis sûre, dit Claire dans un sourire. Merci pour le cadeau. Je l'ouvre tout de suite.

C'était sûrement Nolwenn qui avait apporté le présent, tout comme c'était certainement elle qui avait arrangé le dîner, le voyage de Claire, tout. Cela faisait quelques jours, déjà, que la boîte trônait sur son bureau. Dupin s'était rendu à l'atelier de Valérie Le Roux, au bout du long quai. Une artiste de talent, qui décorait bols, tasses, assiettes et plats de magnifiques motifs marins. C'était Claire qui avait attiré son attention sur Valérie Le Roux en lui montrant un article de *Côté Ouest* qui lui était consacré. Il avait choisi deux grandes assiettes, deux petites et deux bols, l'un garni d'un crabe d'un rouge vif et l'autre d'un poisson bleu lumineux.

— Pour Paris. Pour nous deux, matin et soir.

— Ils sont magnifiques.

Elle semblait vraiment heureuse.

LE TROISIÈME JOUR

Les températures avaient chuté. Rien de véritablement désagréable, mais la brise matinale était fraîche, pour la première fois depuis longtemps. Le froid avait dû s'installer entre une heure du matin, moment auquel ils avaient quitté l'Amiral, et six heures. La veille au soir, ils avaient encore savouré une de ces fameuses nuits « tropicales » bretonnes en cheminant le long du quai pour rejoindre l'appartement de Dupin. Levés peu avant six heures, ils s'étaient séparés à la gare routière, Claire était attendue à la clinique dès onze heures et demie. La nuit avait été courte, pourtant Dupin se sentait reposé comme jamais depuis plusieurs semaines. Il avait oublié sa blessure dès qu'il avait aperçu son amie à l'Amiral, il était même parvenu à chasser complètement l'enquête de son esprit. Claire n'avait pas posé de questions et il lui en était reconnaissant. Les dernières heures étaient passées comme dans un rêve.

Depuis la gare, Dupin s'était rendu à pied au parking, où il avait pu constater que tous les cafés de la place, l'Amiral inclus, étaient encore fermés. Il était donc monté dans sa voiture et avait repris en sens inverse la voie express qu'il avait empruntée la veille. Il s'était ménagé une brève pause stratégique à Névez. Sur la jolie place du marché qu'il aimait tant, le gentil propriétaire de la Maison Le Guern ouvrait justement ses persiennes. Fort de son expérience de la veille, il avait pris soin, après avoir avalé ses deux cafés habituels, de se confectionner quatre tartines (il en avait avalé deux sur la route – brie, noix et moutarde au moût de raisin – et réservait les deux autres, garnies de magret fumé et de roquefort, pour un pique-nique au cours de la journée). La merveilleuse entrecôte et ses pommes sautées maison faisaient partie des meilleures de la région, raison pour laquelle Dupin affectionnait la Maison Le Guern.

Dupin avait de nouveau allumé France Bleu Breizh Izel, où un expert en kangourous du zoo de Vincennes avait transmis aux Bretons quelques informations de base pour la cohabitation pacifique avec leur nouveau voisin. Les questions des auditeurs avaient été nombreuses. Le spécialiste ne semblait pas exclure la possibilité que Skippy trouve son « habitat naturel » dans la région et devienne ainsi un véritable « Breton libre ». La plupart des intervenants, d'ailleurs, avaient remplacé les termes de « fugitif » ou « errant » par un affectueux « notre kangourou ». L'origine du nom du marsupial avait tout particulièrement amusé Dupin. James Cook, le premier Européen à apercevoir un tel spécimen, aurait demandé son nom aux Aborigènes, qui lui auraient répondu « Je ne sais pas » dans leur langue, ce qui donnait : *Gang oo rou.* Et Cook avait présenté sa trouvaille sous cette appellation.

Huit heures et demie avaient sonné. Si l'air était plus frais, la lumière aussi avait perdu ses tons chauds et diffusait une clarté laiteuse et diffuse, comme si des milliers de particules infimes flottaient dans l'air. Nolwenn avait surnommé « matin blanc » ce phénomène annonciateur de l'automne qui se dissipait généralement aux alentours de midi.

Sans réfléchir, Dupin s'était garé au même emplacement que l'avant-veille, quand tout avait commencé. Cette fois, il pensa à se munir d'un chargeur de rechange.

Bien entendu, la zone était encore barrée et deux policiers montaient la garde sur le sentier menant à la saline de Daeron. Quand Dupin les salua d'un bref hochement de tête, l'un le gratifia d'un regard méfiant, l'autre d'un mouvement du menton presque imperceptible.

A mesure qu'il s'était approché des marais salants au volant de sa voiture, l'enquête s'était imposée à lui dans toute sa complexité. La question qui le hantait restait la même depuis le début : qu'avaient-ils de spécial, ces fichus barils ? S'ils avaient contenu une substance illicite, elle aurait forcément été détectable dans les salines, or les analyses n'avaient encore rien prouvé de tel.

Dupin atteignit la remise qui avait été son salut et sa prison à la fois. Pendant un bref instant, il se crut perdu, puis il s'avança sur l'une des étroites bandes de terre menant aux cristallisoirs jusqu'à l'extrémité de la saline avant de s'immobiliser. L'atmosphère était complètement différente dans la clarté laiteuse qui privait la terre et le ciel de leurs couleurs, les mille nuances de tons chauds et froids qui caractérisaient les salines étaient comme figées, glacées, dans un décor presque théâtral. Les odeurs elles-mêmes semblaient avoir été neutralisées, enfermées dans les millions de gouttes qui épaississaient l'air.

Dupin laissa son regard balayer les alentours, jusqu'à perte de vue. Le labyrinthe inextricable des salines se prolongeait jusqu'à l'horizon, il était impossible de distinguer où commençait et où s'arrêtait le terrain de Daeron. Les carrés aux formes strictes et les bassins et canaux sinueux formaient un ensemble des plus chaotiques. Dupin s'enfonça encore un peu plus loin dans la saline. Çà et là, des fissures inquiétantes témoignaient de la sécheresse et de la chaleur des derniers jours. L'eau s'écoulait via des intersections plus ou moins abruptes, aux inclinaisons savamment calculées, et partout on découvrait de petites écluses. Enfant, Dupin adorait construire des barrages et des déviations au bord de n'importe quelle eau – ruisseau, fleuve, lac et mer, tout était bon pour mettre en œuvre ses talents de jeune ingénieur. Il oubliait tout, dans ces moments-là. L'un des souvenirs les plus vivaces qu'il conservait de son père, d'ailleurs, était un souvenir de vacances. Ils séjournaient dans le Jura, dans un petit village au bord du Doubs. Au milieu de leur jardin coulait un ruisseau, dont le courant redoublait de puissance au printemps. Un jour de mai particulièrement chaud, son père et lui avaient construit un barrage assez solide pour former un bassin profond, au moins un mètre. Un véritable petit étang. A partir de cet endroit, ils avaient creusé des canaux formant les méandres les plus compliqués. Sa mère s'était mise dans tous ses états en les voyant rentrer couverts de boue et d'eau alors qu'ils n'en avaient pas pris conscience. Aujourd'hui encore, Dupin ne pouvait s'empêcher de dévier le moindre cours d'eau creusé dans le sable à portée de sa chaussure.

Mû par une inspiration, il retourna vers le cristallisoir où aboutissait l'écoulement. Le parcours de l'eau était clairement visible. Il sourit : il suffisait de le remonter, ce n'était pas plus compliqué que ça. Il pourrait enfin se faire une idée précise de la taille et du fonctionnement de la saline de Daeron. Progressant avec précaution pour ne pas glisser, il étudia attentivement la structure des différents bassins, qu'il comptait au passage. Il y en avait quatre, de taille, de profondeur et de forme variables. Ceux qui étaient placés derrière les cristallisoirs étaient plus grands, puis il y en avait de plus petits, symétriques. Neuf en tout. Parfois, le cours d'eau s'effaçait presque complètement, mais Dupin le retrouvait et poursuivait sa marche avec application.

Cela faisait bien dix minutes qu'il avançait. A sa droite s'étendait à présent un quadrilatère aux contours informes plus long et plus profond que les autres. L'eau était d'un vert profond. Il suffisait de trouver le canal menant à ce bassin, se dit Dupin qui avait compris le fonctionnement des salines. A partir de là, il ne restait plus qu'à se laisser guider jusqu'à la mer. Il le suivit en se protégeant les yeux des reflets puissants du soleil. La rigole courait parallèlement au bassin que Dupin parcourut sur toute sa longueur. Au bout, le canal faisait un angle droit et filait sur le côté. Quarante mètres plus loin, il bifurquait à nouveau – mais pas à droite vers le grand bassin. Il se dirigeait vers la gauche, puis tournait encore à gauche un peu plus loin pour aboutir dans un autre grand bassin en forme de goutte, incongru à cet endroit. Un volatile aux longues pattes et aux plumes argentées se dressait sur le bord et semblait dévisager le commissaire.

Dupin sentit l'excitation monter en lui. Contrairement aux apparences, ce bassin n'était pas celui qui alimentait la saline de Daeron, située à trois cents mètres à peine. Comme c'était étrange.

Dupin s'en approcha. Ici, un large canal menait vers la lagune, mais il était solidement obturé par une écluse en bois. C'était décidément curieux : hormis sa voie d'approvisionnement, ce réservoir était isolé des autres. Il n'appartenait à aucune saline, c'était évident. A quoi servait-il, dans ce cas ? Dupin en arpenta une nouvelle fois les bords en sondant la surface de l'eau. Il s'accroupit pour essayer de distinguer le fond. A première vue, il n'y avait là rien d'anormal. L'eau était peut-être un peu plus trouble que dans les bassins voisins ; jusque-là, les analyses n'avaient rien donné d'intéressant, mais peut-être que celle de ce bassin caché au cœur du labyrinthe donnerait des résultats plus concluants ? Il fallait absolument faire prélever un échantillon de cette eau.

Dupin sortit de sa poche portable et calepin. A sa grande surprise, l'appareil affichait quatre barres de réseau. Deux jours plus tôt, une seule lui aurait largement suffi.

Il devait contacter un expert. Dupin réfléchit un instant, puis il composa le numéro de madame Cordier, la spécialiste en chimie alimentaire. Elle n'avait pas manifesté une grande volonté de coopération, mais cela n'avait aucune importance pour le moment. Après être tombé sur un répondeur, il se décida à appeler la commissaire Rose.

— Où êtes-vous ? Ça fait un moment que j'essaie de vous joindre, s'écria-t-elle avec ce qui lui parut de l'agacement. L'hôtel m'a dit que vous n'étiez pas…

— J'aimerais qu'une équipe de chimistes vienne dans la saline le plus vite possible. J'y suis en ce moment.

— Je vous comprends mal. Où êtes-vous ?

L'indignation de la commissaire semblait céder le pas à la curiosité.

— Je vous entends très bien, moi, répondit Dupin en détachant soigneusement chaque syllabe. Je suis dans la saline de Daeron. Il y a là un grand bassin qui n'est connecté à aucun autre élément des marais. A trois cents mètres environ du cristallisoir de Maxime Daeron.

Un bref silence s'installa, comme si la commissaire hésitait entre plusieurs réponses.

— Vous menez votre enquête de votre côté, dans la saline de Daeron ? Je vous envoie l'équipe et j'arrive.

Elle raccrocha. Dupin feuilleta son calepin, trouva ce qu'il cherchait et se mit à arpenter le bord du bassin. Madame Bourgiot décrocha tout de suite.

— Bonjour. Je me trouve actuellement dans la saline de Maxime Daeron.

— Que puis-je pour vous, commissaire ? répondit l'intéressée sur un ton légèrement sarcastique.

— J'ai sous les yeux un bassin complètement isolé des autres. Il est très grand. A première vue, on pourrait croire qu'il s'agit du cristallisoir de Daeron, mais ce n'est pas le cas. Il n'est relié à aucun autre.

Madame Bourgiot observa un bref silence avant de répondre :

— Vous n'y connaissez rien. C'est tout à fait normal, il y en a plusieurs, d'ailleurs.

— A qui appartient-il ?

— Sans doute à Daeron, peut-être à Jaffrezic. Ou à quelqu'un d'autre. Le Sel, par exemple. Je n'en sais rien. Je...

— Le Sel ? Je croyais que la saline voisine appartenait à monsieur Jaffrezic et à la coopérative ?

— Du côté de la lagune, quelques salines appartiennent à la société Le Sel. Si je me souviens bien, deux de ses grands cristallisoirs jouxtent le terrain de Daeron et ce bassin isolé dont vous parlez. Peut-être n'appartient-il à personne, d'ailleurs. Ce genre de chose se produit. (Elle cachait mal sa mauvaise volonté.) Certains bassins ont jadis eu un propriétaire avant d'être oubliés ou abandonnés.

— Admettons qu'on veuille s'approcher d'ici avec un véhicule, quel serait le trajet le plus direct ?

Un nouveau silence s'installa, puis :

— Je suis incapable de vous le dire.

— Il a quelque chose de particulier, ce bassin ? Vous savez quelque chose à son sujet ?

— Mais non, c'est un bassin ordinaire ! Que voulez-vous qu'il ait ? Vous avez découvert quelque chose de nouveau ?

Dupin raccrocha et appela son inspecteur.

— Bonjour, patron !

— Le Ber, procurez-moi une carte au 1/25 000 des marais. Ou plus précise encore. Et une prise de vue aérienne, aussi. Dites à Labat de s'adresser au bureau des cadastres pour obtenir un plan des salines. Je veux savoir exactement à qui appartient chaque parcelle.

— Vous êtes à la saline de Daeron ? Allô ?

Dupin avait raccroché.

Tout à sa conversation, il avait parcouru un bon bout de chemin. Il se tenait à présent devant une nouvelle série de cristallisoirs, facilement reconnaissables à leur petite plateforme de récolte. La remise de Daeron n'était plus visible depuis cet endroit. Les barrages couverts d'herbes folles qui séparaient les bassins semblaient plus hauts à cet endroit.

Tout à coup, il perdit ses repères. Le paysage tout entier lui sembla étranger, inconnu. A quelques pas de lui, la lagune avec ses larges étendues de sable d'un blanc éclatant et ses langues d'eau turquoise apparaissait entre deux barrages. Il s'en était davantage approché qu'il ne l'aurait cru. On apercevait au loin Le Croisic, une lumineuse bande de terre. S'il avait eu une longue-vue, il aurait presque pu reconnaître Le Ber et Labat à la terrasse du Grand Large. Le soleil s'était levé, l'air sentait le sel, l'iode et les algues.

Soudain, Dupin s'immobilisa. Il avait entendu un bruit derrière lui. Tout proche. Un son lourd, sourd, comme un coup frappé contre une surface en bois. Un haut remblai de terre lui masquait la vue. Par réflexe, il s'était retourné en s'accroupissant légèrement et avait saisi son arme.

Il emprunta l'un des sentiers étroits qui menaient vers l'endroit d'où le bruit semblait provenir et trouva un passage dans le remblai, à une dizaine de mètres de l'endroit où il se trouvait. Il s'approcha d'un pas élastique et silencieux, la main serrant fermement son arme.

L'autre l'avait devancé.

— Tiens, commissaire. Vous croyez que le coupable se cache dans les marais ?

C'était Jaffrezic, un marteau à la main, accroupi devant une charrette retournée.

— Ça fait mille deux cents ans qu'on les construit à l'identique, tout en bois. C'est avec ça que nous transportons le sel. J'ai l'impression que ce spécimen-là a vraiment mille deux cents ans.

Il donna un coup sur une cheville de bois.

— Je vous avais pourtant prévenu qu'il était préférable de ne pas se promener dans les salines tard le soir ou tôt le matin. Vous connaissez le nain, maintenant, mais peut-être pas le renard, la dame blanche et le dragon ! (Il éclata de rire.) Vous n'imaginez pas le nombre de monstres cracheurs de feu qui se cachent par ici et exigent tous les ans le sacrifice d'une âme innocente. C'est à ce prix qu'ils nous laissent travailler en paix.

Il rit de nouveau. Dupin était troublé. Il ne s'attendait pas du tout à tomber sur Jaffrezic, et encore moins à l'entendre raconter des récits fantastiques.

— Qui sait, peut-être êtes-vous l'un de ces chrétiens tueurs de dragons ? On peut s'attendre à tout d'un commissaire parisien exilé en Bretagne.

Rompu aux innombrables légendes bretonnes tissées autour des traqueurs de dragons, Dupin saisit l'insulte dans les propos du paludier. En réalité, ces chevaliers chrétiens étaient des personnages grotesques, risibles. Dans les récits qu'on lui avait rapportés, les pauvres païens bretons – même les plus valeureux – avaient vainement combattu pendant plus de cent ans les monstres les plus redoutables, puis Dieu s'en était mêlé et avait expédié un chevalier qui s'était contenté de demander à l'horrible bête de se jeter du haut de la falaise, ce qu'elle fit docilement. Une démonstration percutante du pouvoir de la parole chrétienne à la morale simpliste.

— Hélas, vous êtes arrivé un peu tard, commissaire. La sirène est déjà morte.

Ses traits montraient une véritable tristesse, un regret sincère.

— Que voulait Lilou Breval quand elle vous a appelé, lundi après-midi ?

Jaffrezic posa sur lui un regard perplexe.

— Votre collègue vient de me poser la question. Vous menez votre enquête chacun de votre côté ? Drôle de méthode.

— La commissaire Rose ?

— Elle vient de partir, elle a reçu un appel important.

C'était un comble. Dire qu'il s'était presque senti coupable de s'être rendu ici en solo !

— Quoi qu'il en soit, la journaliste est venue voici à peu près un an. Elle s'attaquait à un reportage sur le pays.

La voix de Jaffrezic avait quelque chose de pathétique.

— Qu'est-ce qu'elle voulait savoir, ce lundi ?

— La plupart des informations contenues dans son article viennent de moi. Je vais vous l'env…

— Monsieur Jaffrezic, s'il vous plaît.

— Elle voulait savoir si j'avais entendu parler de

barils. De barils bleus ! Elle voulait comprendre à quoi ils servaient, et je lui ai expliqué la fabrication de notre sel pour moulin, exactement comme à vous.

— Avait-elle des soupçons, vous en a-t-elle dit quelque chose ?

— Non.

— Elle les avait vus, ces fûts ?

— Non, elle n'a rien mentionné de tel.

— Et vous, avez-vous rapporté cette conversation à quelqu'un d'autre ?

— Pourquoi le ferais-je ? C'est n'importe quoi, cette histoire. La journaliste était très sympathique, mais…

Le ton avait durci, comme la veille quand ils en étaient venus à parler des barils.

— Nous sommes au courant, pour le bassin isolé au bord de la saline de Maxime Daeron, monsieur Jaffrezic.

Il devait tenter sa chance. D'ici quelques instants, une équipe technique allait débarquer et susciterait la curiosité de tous. Il fallait exploiter les derniers instants de répit.

— Que voulez-vous dire ?

Les pupilles de Jaffrezic s'agitaient à une allure folle.

— Nous avons trouvé le bassin. Celui dans lequel tout a été déversé. Nos chimistes sont en train d'analyser l'eau.

Dupin fixa Jaffrezic droit dans les yeux. Après une fraction de seconde, celui-ci partit dans un grand éclat de rire.

— Eh bien, de mieux en mieux ! Je ne comprends pas un mot de ce que vous me racontez.

— Ce bassin est le vôtre ?

— Je n'en sais rien, vous parlez duquel ?

— A trois cents mètres de la remise de Maxime Daeron, au nord.

— Alors sûrement pas. Depuis mon terrain, je ne vois pas la saline de monsieur Daeron. Comme vous le savez, je suis au sud-ouest de ses terres. C'est assez loin.

Entre-temps, Dupin avait pu se rendre compte par lui-même qu'être « voisin » ne signifiait pas grand-chose sur un territoire aussi étendu et complexe. Jaffrezic pouvait très bien dire la vérité.

— A qui appartient-il ?

— Il faut consulter le cadastre. A personne, très probablement, donc à la commune.

Un appel de la commissaire les interrompit.

— Où êtes-vous ? J'ai trouvé le bassin. Les techniciens arrivent.

— Je suis là où vous étiez il y a un quart d'heure. Je parle avec monsieur Jaffrezic.

— Je vous ai appelé une première fois à six heures trente à votre hôtel. On m'a dit que vous étiez rentré à Concarneau. Je n'ai pas jugé prudent de m'organiser en fonction de votre mystérieux emploi du temps. Enfin, bref, nous avons trouvé quelque chose ici, dans le bassin. Ça semble intéressant.

— J'arrive.

Il raccrocha.

— Je dois vous quitter, dit-il à Jaffrezic.

— Alors, vous avez repéré le dragon ? répliqua celui-ci. Bonne chance ! Les falaises les plus proches sont sur la Côte sauvage, derrière Le Croisic.

Dupin s'engagea dans l'ouverture du remblai de terre pour resurgir aussitôt. Jaffrezic s'y attendait, car il l'accueillit avec un large sourire :

— Le mieux, c'est de prendre tout de suite à gauche, de longer le grand étier jusqu'à un grand hangar, sur votre droite. Là, vous tournez à gauche et vous arrivez à la petite route que vous connaissez déjà.

Dupin le remercia d'un hochement de tête et fila de nouveau.

C'était étrange. Dupin ne s'en était pas rendu compte en passant un peu plus tôt, mais le soleil, désormais plus haut dans le ciel, en dessinait précisément les contours. A quatre environ mètres du bord du bassin apparaissait une structure en bois peu élevée. Il estima sa hauteur à quarante centimètres, c'est-à-dire la moitié de la profondeur de l'eau. A première vue, elle aurait pu passer pour un parc à huîtres ou à coquillages sur lequel était tendu un filet verdâtre. L'ensemble occupait certainement un bon quart du bassin.

La commissaire avait enfin terminé de téléphoner et le chimiste était agenouillé à côté d'une énorme valise en aluminium.

— Le prélèvement est en route vers le labo, mais il réalise quelques premières analyses ici.

Elle était tendue.

— Qu'est-ce que c'est que cette construction ? s'enquit Dupin, quelque peu vexé de ne pas l'avoir repérée lors de son premier passage.

— Nous allons y jeter un coup d'œil dès que nous serons certains que l'eau n'est pas contaminée.

— Ce type d'agencement est courant dans les marais salants ?

— Non, pas du tout.

Dupin se rappela soudain le tableau d'affichage qu'il avait vu au musée.

— Jadis, les bassins avaient aussi d'autres fonctions. Les moines les utilisaient pour élever des coquillages, par exemple. Ou des poissons.

La commissaire le gratifia d'un regard à la fois surpris et intéressé.

— Les bassins avaient un autre usage que le sel, en somme.

C'était là une piste intéressante, même si elle les obligeait à repartir de zéro.

— Cela expliquerait pourquoi nous n'avançons pas avec le sel…

La commissaire ne répondit pas, mais elle semblait d'accord avec lui.

— S'il y a un filet, c'est pour retenir quelque chose. Vous êtes sûr qu'on ne peut pas aller voir ?

Le chimiste lui répondit sur un ton ferme :

— Pas sûr, non. Mais il est préférable d'attendre.

D'impatience, Dupin se passa nerveusement la main dans les cheveux. S'il ne tenait qu'à lui, il sauterait immédiatement à l'eau.

— Vos inspecteurs sont rapides, remarqua la commissaire. Ça y est, nous avons les cartes et les plans. Si on veut s'approcher au plus près de ce bassin, en effet, mieux vaut se garer du côté de la remise de Daeron. Surtout si on transporte des objets lourds.

— Et à qui appartient le bassin ?

Sa collègue semblait vouloir ménager un peu de suspense.

— A un certain Mathieu Pélicard. Le dernier propriétaire connu, en tout cas.

Dupin la regarda d'un air incertain.

— L'enregistrement date de 1889. Il serait mort sans héritier, le bassin n'a jamais changé de main. Aujourd'hui, il appartient certainement à la commune. Autrefois, les salines étaient disposées différemment. Cette parcelle fait partie d'un marais qui n'existe plus. Vos inspecteurs ont déniché de vieux plans.

— Si je comprends bien, ce bassin est donc sous la responsabilité de madame Bourgiot ?

— En effet.

Voilà qui était intéressant.

— Cela ne veut pas dire grand-chose, pour le moment. Il peut aussi être à l'abandon. Pour les paludiers voisins, en tout cas, il est facile d'accès. Surtout pour Daeron.

— Si quelqu'un avait des intentions criminelles, est-ce qu'il…

Ils furent interrompus par la sonnerie du téléphone de la commissaire.

— Oui ?

A mesure qu'elle écoutait, son visage prit une expression inquiète. L'échange parut durer une éternité à Dupin, puis elle lança :

— Très bien, nous arrivons tout de suite… Oui… Dites à tout le monde de débarrasser les lieux. Tout le monde. Personne ne s'approche hormis l'équipe technique.

La commissaire ferma les yeux, puis les rouvrit et fixa intensément Dupin.

— Maxime Daeron. Une employée vient de le trouver dans sa maison de l'Ile-aux-Moines. Deux collègues sont déjà sur place. Il gît dans une sorte d'entrepôt où il construit un bateau. A première vue, c'est un suicide par balle. Dans la tempe droite.

Dupin se sentit comme cloué au sol.

— Bon sang…

La commissaire s'éloignait déjà, téléphone à l'oreille.

Dupin se tourna vers le chimiste qui le regardait d'un air interrogateur.

— Prévenez-nous dès que tout danger de contamination est écarté. Je vous envoie un inspecteur.

Dupin emboîta le pas à sa collègue, le téléphone également à l'oreille.

— Le Ber, où êtes-vous ?

— Nous sommes encore à Guérande, nous...

— Que Labat se rende immédiatement dans les marais et qu'il trouve le grand bassin, au bout de la saline de Daeron. Un membre de l'équipe technique l'attend. Qu'il descende dans le bassin dès que l'expert lui aura confirmé que ça ne présente aucun danger. Il faut qu'il inspecte la construction en bois. Qu'il regarde bien ce qui se cache sous le filet. Il aura peut-être besoin d'aide.

— Très bien.

— Daeron est mort.

— Maxime ?

— Oui. A première vue, c'est un suicide. On va regarder ça de plus près. A plus tard.

La scène était horrible. Une jeune policière les avait accueillis dès leur arrivée pour les escorter dans l'annexe qui servait d'atelier à Maxime Daeron. C'était un bel endroit, spacieux, soigneusement aménagé. On se serait cru dans une menuiserie. Au milieu de la pièce trônait un bateau en bois sombre, un voilier d'environ quatre mètres. Il manquait quelques finitions, mais le gros œuvre semblait terminé. Combien d'années de travail minutieux et pénible cela représentait ! Le sol de la pièce était tapissé de liège, et deux des murs blanchis à la chaux étaient entièrement recouverts d'étagères et de placards. Une seule grande fenêtre ouvrait sur le jardin.

Le sang avait giclé jusqu'au plafond.

Daeron gisait près de la proue. La plaie béante était clairement visible sur la tempe droite. Sa tête avait basculé sur la gauche, si bien qu'on ne pouvait voir où la balle était ressortie. Ses jambes étaient curieusement croisées, son bras gauche replié, le droit tendu, paume ouverte. L'arme se trouvait à cinq centimètres à peine des doigts de sa main droite. Il avait dû perdre énormément de sang car la flaque dans laquelle il baignait, déjà partiellement absorbée par le bois, était impressionnante.

Après une première inspection des lieux, la commissaire Rose était sortie quelques instants, sans doute pour téléphoner. Une fois de retour, elle rejoignit le médecin légiste, un homme mûr au corps maigre et aux traits fins, qui semblait très concentré sur sa tâche.

— Pouvez-vous nous renseigner sur l'heure du décès ?

— Il porte les mêmes vêtements qu'hier, murmura Dupin. Peut-être cela s'est-il passé dans la soirée ou dans la nuit.

Si sa mémoire était globalement exécrable, Dupin avait une capacité étonnante à se souvenir de choses futiles ou parfaitement superflues, comme certaines formules chimiques apprises à l'école, par exemple.

— Je pense qu'il est mort entre vingt-deux heures et deux heures du matin, répondit paisiblement l'interpellé.

Dupin, qui ne connaissait que des médecins légistes bougons et grommeleurs, le considéra avec surprise.

— Vous confirmez la thèse du suicide ?

— Pour l'instant, rien ne permet de la réfuter, déclara le médecin, et dans le cas contraire, nous aurions affaire à un meurtrier très prudent, qui a su éviter toutes les erreurs courantes dans ce cas de figure. En général, les tueurs posent l'arme dans la main de la victime, ce qui est impossible. Et puis la position du corps est tout à fait plausible. Le type de blessure est également caractéristique d'un suicide. On distingue clairement la poudre ainsi que l'empreinte du canon sur sa tempe au-dessus de la plaie. Sans compter qu'il y a des traces de sang et de tissus sur l'arme et sur la main. Tout coïncide.

Il recula d'un pas, le regard toujours rivé sur la victime. Dupin ressentit un élan de tendresse pour ce petit homme à la voix claire et forte qui s'exprimait avec une précision rare chez les représentants de sa profession.

— Je propose que nous l'emmenions le plus rapidement possible pour que je puisse l'autopsier et vous en dire plus. A part la blessure à la tempe, je n'ai pas trouvé d'autre trace de violence.

— Oui, embarquez-le, répondit la commissaire d'une voix absente.

— Evidemment, il peut aussi s'agir d'un meurtre parfaitement mis en scène, reprit le légiste, mais ça, c'est votre métier de le découvrir.

Le chef de l'équipe technique, un grand homme au crâne chauve et à l'air aussi intelligent que sympathique, s'approcha d'eux.

— Jusqu'à présent, nous n'avons trouvé aucune empreinte autre que celles de Maxime Daeron, sauf sur la poignée de la porte. Nous avons pu les identifier tout de suite, ce sont celles de son employée de maison. Celle qui a trouvé le corps.

— Nous l'avons interrogée, intervint la commissaire. Elle a un alibi en béton et ne peut pas nous dire grand-chose sur la victime.

— Et l'arme ? s'enquit Dupin.

— Un P239 Scorpion. C'est un SIG-Sauer 9 mm, huit balles par chargeur. Les cartouches sont de la marque Ruag. Un silencieux court et compact. On verra s'il s'agit de la même arme qu'avant-hier soir. Le calibre et les cartouches, en tout cas, sont très courants et ne donnent aucune indication particulière. C'est un modèle récent, très à la mode.

Le technicien avait ajouté cette dernière remarque sur un ton légèrement moqueur.

Pendant que sa collègue était dehors, Dupin avait lentement fait le tour de la pièce en mémorisant tout ce qu'il voyait, selon son habitude ; il avait acquis, au fil des années, un certain nombre de réflexes professionnels sans lesquels il se sentait perdu. Il ne remarqua rien d'anormal.

Il n'avait plus rien à faire ici ; ne leur restait qu'à attendre les résultats des analyses.

— Je file, lâcha-t-il, mais sa collègue était de nouveau au téléphone.

Son nouveau statut de vice-commissaire offrait

un avantage notable, tout de même : c'était Rose qui se coltinait toutes les formalités.

En traversant le jardin, il aperçut le banc où ils s'étaient installés la veille pour converser et s'arrêta un instant. Quelle tragédie…

L'inspectrice Chadron et la commissaire se matérialisèrent devant lui.

— Il nous faut le relevé de tous les appels qu'il a passés, tous ses e-mails. Je veux tout savoir. Fouillez tout, Chadron. On a besoin d'une équipe de soutien de Vannes et Auray. Il faut perquisitionner sa maison de La Roche-Bernard, son entreprise, son bureau qui se trouve également là-bas, si j'ai bien compris. Vérifiez s'il a laissé une lettre ou un mot. J'aimerais que quelqu'un interroge les voisins. Essayez de savoir si quelqu'un a remarqué quoi que ce soit d'inhabituel pendant la nuit. Trouvez ses amis, parlez-leur. Il faut qu'on reconstitue la journée de Maxime Daeron. (Elle se tourna vers Dupin :) J'ai prévenu sa femme. Nous devons lui parler le plus rapidement possible. La femme de ménage a tout de suite prévenu Paul Daeron, il est en route.

Dupin s'apprêta à répondre, mais elle le devança :

— Quant à votre Le Ber, il va enquêter dans le Pays blanc pour savoir où chacun se trouvait hier soir.

— L'inspecteur Labat m'a passé un message pour vous, intervint Chadron. Vous avez le feu vert pour analyser le contenu du bassin, mais uniquement avec une combinaison de protection, car on ne peut exclure la possibilité d'une contamination, surtout d'origine organique.

— Votre inspecteur va contrôler le contenu du bassin ? demanda la commissaire.

Il avait complètement oublié de lui en parler. Ils avaient bien échangé quelques informations sur le bateau qui les avait amenés ici depuis Port-Blanc, mais leur conversation avait surtout consisté à comparer les réponses de Jaffrezic.

— Je...

— Ce qui se passe ici n'a rien d'un jeu. Il faut tout mettre en œuvre pour trouver le coupable dès que possible. Toute aide est bienvenue.

Pendant un instant, Dupin crut qu'elle se moquait de lui, mais elle poursuivit sur la même lancée :

— Votre inspecteur a raison de vouloir analyser le fond du bassin dès maintenant. Nous avons des combinaisons de protection. Chadron, prévenez l'équipe.

L'inspectrice s'exécuta sans attendre.

— Laissez-moi passer. Je suis son frère. C'est ma maison. Je veux le voir.

Paul Daeron était passé directement par le jardin, où il avait été arrêté par un policier.

— C'est bon, lança Rose avant de se tourner vers le frère de Maxime Daeron. Venez. Les équipes techniques et le médecin légiste sont encore là.

— Merci.

La voix de l'homme était lasse et sans timbre, et

tout son visage exprimait une douleur silencieuse. Il emboîta le pas de la commissaire.

Paul Daeron resta un long moment immobile près du corps de son frère. Lèvres pincées, il se passa à plusieurs reprises la main sur le visage en fermant les yeux. Puis il tourna les talons et quitta la pièce d'un pas mal assuré. Dupin et Rose l'avaient discrètement observé. Il paraissait profondément choqué.

— J'imagine que vous avez des questions à me poser, dit-il quand les deux commissaires le rejoignirent dehors.

Sans attendre leur réponse, il se dirigea vers un fauteuil de la terrasse.

— C'est affreux.

Il avait parlé sans s'adresser à quelqu'un en particulier. Sa voix avait des intonations d'outre-tombe. Il semblait à la fois atterré, furieux et désespéré.

— La mort de Lilou Breval a beaucoup affecté mon frère. Nous nous sommes téléphoné plusieurs fois hier. J'étais au courant de leur histoire. (Il parlait lentement, d'une voix monocorde.) Je ne saurais vous dire quelle était la profondeur de ses sentiments pour elle, mais sa mort – cet assassinat – l'a bouleversé. Il n'était pas très fort pour les relations humaines, mon frère. Il ne l'a jamais été. Son couple en est la preuve.

Dupin fut surpris de l'entendre parler autant. La veille encore, ils lui avaient péniblement arraché un mot. Dans des situations extrêmes, il n'était cependant pas rare que certaines personnes changent radicalement d'attitude. Daeron s'était accoudé à la grande table en bois, les deux policiers face à lui. Ils étaient entourés de mimosas, à leur droite se dressait un grand cactus un peu difforme que Dupin avait déjà remarqué la veille – il détestait les cactus, sans aucune différenciation d'espèce ou de forme.

— Vous pensez donc que la mort de Lilou Breval expliquerait le suicide de votre frère ? demanda doucement Dupin.

La réponse vint sans attendre :

— Je n'en sais rien. Peut-être. J'y ai réfléchi dans la voiture en venant ici. Je n'aurais jamais cru... voilà, je ne l'aurais jamais cru capable de se suicider. Et vous, qu'en pensez-vous ? Est-ce que... mon frère était-il impliqué dans une embrouille quelconque ?

— De quel genre d'embrouille parlez-vous ?

— Je ne sais pas.

— Nous pas davantage, pour le moment. Mais nous allons le savoir, lui assura la commissaire. Peu importe combien de temps et d'énergie cela nous demandera. Nous aurons la réponse.

— Avez-vous connaissance d'autres aventures extraconjugales de votre frère ?

La question pouvait paraître incongrue, mais Dupin avait besoin de savoir.

— Je lui ai promis de garder tous ses secrets, mais... commença Paul Daeron en le regardant tristement. Il a connu une ou deux aventures ces dernières années, oui. Pas avant. Ce n'était pas un tombeur, ni un homme à femmes. Ségolène Laurent. Il y a eu quelque chose entre eux, avant Lilou Breval. Ça n'a pas duré longtemps, je crois. Personne n'est au courant. Et…

Après un bref instant de stupéfaction, les deux commissaires le coupèrent à l'unisson :

— Madame Laurent ?

— Oui. Mais comme je vous le disais, ça n'a pas duré.

— Jusqu'à quand ?

— Je suis incapable de vous le dire. J'imagine que leur histoire s'est arrêtée un peu avant qu'il commence à fréquenter la journaliste. Il y a un peu plus d'un an, sans doute.

— Comment cela s'est-il terminé ?

— Je ne le sais pas davantage, commissaire. Mon frère… Eh bien, il avait tendance à se jeter à corps perdu dans de nouveaux projets, il était passionné, il prenait tout très à cœur. Seulement, les choses se passaient rarement comme il le voulait. En amour comme ailleurs, du reste. Je n'ai jamais compris pourquoi c'était ainsi. (Sa voix n'était plus qu'un filet.) Il n'a jamais cessé de se battre, il a tout tenté pour trouver sa place dans le monde.

— Savez-vous s'il s'est disputé avec madame Laurent ?

— Non, mais ce n'est pas exclu.

— Que connaissez-vous de sa liaison avec Lilou Breval ?

— Son existence, c'est tout.

— Il ne vous a rien raconté ?

— Non.

— De qui d'autre vous a-t-il parlé ?

— D'une artiste de La Roche-Bernard. Ça remonte à trois ans. Une peintre. Voilà toutes les femmes dont il m'a parlé.

Dupin avait sorti son calepin.

— Il était encore en contact avec elle ?

— Je ne crois pas. Je l'ignore.

La nouvelle était importante : ainsi, la puissante dirigeante de la société Le Sel avait eu une relation avec un paludier indépendant.

— Et sa femme ? s'enquit la commissaire Rose. Votre frère a raconté hier à mon collègue qu'elle n'était au courant de rien pour Lilou Breval – qu'en était-il pour ses autres aventures ?

— Je ne sais pas ce qu'elle a découvert. C'est une femme intelligente, mais elle voyage beaucoup depuis qu'elle a décroché ce poste envié. Je sais que Maxime aimait sincèrement Annie, je crois d'ailleurs qu'il n'a jamais cessé de l'aimer. Mais je… je n'en sais pas plus.

— Ma foi, tout cela semble assez compliqué. L'histoire de votre frère, sa vie, son couple…

— Annie est en voyage quinze jours par mois. Ils auraient aimé avoir des enfants, mais ça n'a pas marché. Elle a fait carrière dans le tourisme. C'est une femme formidable.

— Votre frère a-t-il eu des dissensions avec Lilou Breval avant leur rupture ?

— Je ne sais pas.

— Etes-vous au courant de conflits ou divergences d'opinions qu'il aurait pu avoir avec qui que ce soit ?

— Là non plus, je ne peux pas vous aider.

— Quelqu'un pouvait-il vouloir du mal à votre frère ? Avez-vous idée de ce qui s'est passé dans la saline ? Pourrait-il s'agir de sabotage ? De la part de qui ? Je n'ai pas besoin de vous dire que la situation est très sérieuse.

Cette fois, Paul Daeron le regarda d'un air franchement surpris.

— Etes-vous en train d'insinuer que ce pourrait être autre chose qu'un suicide ?

L'inquiétude se lisait sur son visage.

— Nous n'insinuons rien du tout, l'enquête vient de commencer.

— Il était plutôt du genre à éviter les conflits. Je ne crois vraiment pas que mon frère ait été impliqué dans quoi que ce soit de… criminel. (Son ton de voix était difficile à interpréter.) Je ne sais pas grand-chose de ses préoccupations quotidiennes. Il n'en parlait quasiment jamais, il n'aimait pas ça. (Son regard eut soudain un éclat énigmatique.) Et je le comprends. Je voulais qu'il puisse faire tout ce qu'il voulait, je lui ai donné la somme nécessaire pour qu'il se lance, mais pas davantage. Il a commencé tout seul, quasiment sans capital. Il avait bien un crédit, mais ça ne suffisait pas, il a failli couler. Alors je lui ai donné un coup de main. Le métier de paludier est dur, mais il l'aimait. Il avait de grands projets – de bons projets, d'ailleurs, je peux en témoigner. Il avait de très bonnes idées.

Paul Daeron sembla hésiter à ajouter quelque chose et choisit finalement de garder le silence.

— Il se désintéressait du sel, dernièrement ?

La commissaire avait formulé cette question qui semblait découler des propos de Paul Daeron, mais ce dernier la gratifia néanmoins d'un regard étonné.

— Oh non, je ne crois pas. Non.

— Monsieur Daeron, savez-vous qu'il y a un grand bassin désaffecté près de la saline de votre frère ? Vous êtes au courant ? Votre frère vous en a parlé ?

Dupin l'avait regardé droit dans les yeux en posant cette question, et Daeron lui répondit avec une mine ouvertement perplexe.

— Non, je n'en sais rien. Je ne m'occupe pas du tout des salines, vous savez, hormis pour les questions administratives.

— Quand vous êtes-vous entretenu pour la dernière fois avec votre frère ?

— Hier soir, vers dix-neuf heures trente. Je me rendais à Vannes pour rejoindre mon bateau. Il est amarré à l'embouchure de la Vilaine, à un quart d'heure de La Roche-Bernard. C'est un endroit paisible. Je lui ai proposé de venir, mais il a refusé. Il était ici, sur l'île. Il... il voulait... (La voix de

Paul Daeron flancha de nouveau.) Il m'a dit qu'il voulait être seul.

— Il n'a rien ajouté qui vous aurait inquiété ?

— Il était très atteint par la nouvelle de la mort de Lilou, je vous l'ai déjà dit. Mais de là à vouloir…

Il ne termina pas sa phrase.

— Qu'avez-vous fait sur ce bateau ?

— J'avais rendez-vous avec un partenaire commercial. Nous voulions discuter de quelque chose, mais il a eu un empêchement de dernière minute. Il a appelé à vingt heures, j'étais déjà sur le bateau depuis un moment.

— Et ensuite ?

— Ensuite, j'ai tranquillement terminé le verre de vin que j'avais entamé. Je suis resté environ une heure. Puis je suis rentré chez moi.

— Qui était ce partenaire commercial ?

La commissaire s'enfonça dans sa chaise et croisa les jambes.

— Thierry Ledu, un agriculteur. Il nous fournit en herbes aromatiques.

— Quand êtes-vous arrivé chez vous ?

Daeron ne semblait pas agacé par les incessantes questions des deux commissaires. Il semblait trop ému et épuisé pour protester.

— A vingt et une heures trente. J'ai dîné avec ma femme et ma fille.

— Votre famille peut en témoigner ?

— Bien entendu.

— Pardon… (L'inspectrice Chadron venait d'apparaître derrière le cactus.) Annie Daeron, la femme de Maxime Daeron, vient d'arriver. Elle aimerait vous parler, commissaire.

— J'arrive. Merci, monsieur Daeron. Nous savons à quel point tout cela est douloureux pour vous.

La commissaire Rose s'était levée, aussitôt imitée par Dupin.

— Très…

La voix du frère de Maxime Daeron était à peine audible.

Ils entrèrent dans la maison. Le salon était vaste mais sans prétention. La conversation promettait d'être ardue. A plusieurs reprises, Dupin craignit qu'Annie Daeron ne fasse un malaise. Elle était dans tous ses états, tremblait comme une feuille, hoquetait, était secouée par des crises de larmes. C'était à se demander comment elle avait fait pour rouler jusqu'ici depuis La Roche-Bernard.

Annie Daeron était une belle femme aux cheveux aile de corbeau qui lui arrivaient aux épaules. Elle portait un pantalon de toile sombre et un chemisier beige clair. Visiblement désespérée, elle avait bredouillé quelques questions entre deux spasmes, mais les deux commissaires n'avaient pas pu lui être d'une grande aide.

— Nous commençons tout juste à nous faire une première idée de la situation, madame. Nous aimerions que vous nous disiez deux ou trois choses, si vous êtes d'accord. C'est très important pour nous mais ce n'est sans doute pas le bon moment. Nous repasserons plus tard.

La commissaire s'était exprimée avec une compassion sincère mêlée de discipline professionnelle.

— Non, allez-y. Je vais y arriver.

Annie Daeron luttait visiblement pour se ressaisir, mais sa voix tremblait.

— Etait-il donc si malheureux ? lâcha-t-elle avant de fondre en sanglots.

— Madame Daeron. Il ne faut pas raisonner comme cela. S'il s'est effectivement suicidé, ce n'est certainement pas de votre faute. Certainement pas, insista la commissaire avec énergie.

— Il y a un moment que nous nous sommes perdus l'un l'autre. J'en suis consciente.

— Ne vous tyrannisez pas ainsi, madame. Essayons plutôt de comprendre ce qui s'est passé. D'accord ? Quand avez-vous vu votre mari pour la dernière fois ?

— Avant-hier soir.

— Vous ne l'avez pas vu hier ?

— Non. J'ai quitté la maison à six heures du matin, je suppose qu'il dormait encore. Il a sa propre chambre à coucher. Hier soir, je suis rentrée à une heure passée. Je ne savais même pas s'il était là.

Elle avait le visage ravagé par les larmes.

— Nous faisons chambre à part depuis longtemps. Au début, il dormait ailleurs quand il travaillait tard et que je dormais déjà, il ne voulait pas me déranger. Je pensais…

Sa voix se brisa de nouveau.

— Vous saviez qu'il avait une liaison avec Lilou Breval.

Dupin avait prononcé ces mots très doucement, pour la ménager. Annie Daeron n'eut d'abord aucune réaction et se contenta de fixer un point imprécis par la fenêtre.

— Oui, je le savais.

— Il s'était confié à vous ?

— Pas directement, mais il parlait d'elle de temps en temps. Je l'ai deviné, et il savait que j'étais au courant.

— Vous saviez donc qu'il était chez elle mercredi soir ?

— Je m'en suis doutée.

— Quelle impression vous a-t-il faite pendant le dîner, avant de partir ?

Pour la première fois, la femme du défunt le regarda droit dans les yeux.

— Ça n'a jamais été facile de connaître ses sentiments. Il savait… se maîtriser. Je… (Sa voix s'étouffa.) Je n'ai pas dit la vérité à l'inspectrice… Maxime m'a prié de raconter que nous avions dîné ensemble, mais ce n'est pas vrai. Il n'est pas repassé à la maison avant de la rejoindre. Il…

— Pardon ? lâcha la commissaire sur un ton sévère.

— Oui, je suis désolée. Il m'a demandé de le couvrir. Il ne voulait pas…

— Quand vous l'a-t-il demandé ? interrogea Dupin.

— Après l'appel de la police. Il est venu me voir et m'a raconté qu'il y avait eu des échanges de coups de feu dans sa saline. Il m'a assuré qu'il n'avait rien à voir avec cela, mais il n'avait pas d'alibi. Je n'ai pas posé de questions. Il voulait que je fasse ça pour lui et je l'ai fait. (Elle regarda la commissaire, puis Dupin.) Je sais que c'est répréhensible. J'espérais que…

— Où se trouvait-il, d'après vous ?

— Je suis sûre qu'il a passé toute la soirée chez la journaliste.

— Non. Il n'y était pas.

L'inquiétude se peignit sur le visage d'Annie Daeron.

— Combien de temps est-il resté ?

Elle sembla ne pas comprendre la question de Dupin.

— Quand il vous a dit tout ça, combien de temps est-il resté auprès de vous ?

— Très peu. Trois minutes, quatre tout au plus. Il m'a dit qu'il voulait prendre l'air et il est parti.

— Pourquoi lui avez-vous fourni cet alibi ?

La commissaire était furieuse. Annie Daeron, quant à elle, paraissait à peine capable de répondre. Dupin reprit :

— Vous n'avez eu aucune nouvelle de votre mari avant une heure du matin ?

— Non.

La donne avait complètement changé. Il fallait qu'ils repensent toutes leurs théories.

— Votre mari est arrivé chez Lilou Breval peu avant vingt-trois heures. C'est ce qu'il nous a confié et un témoin nous l'a confirmé. Du reste, la journaliste n'était pas chez elle avant cette heure-là.

— Peut-être a-t-il travaillé tard dans les marais ?

— Selon lui, il aurait quitté sa saline vers dix-neuf heures trente.

— Où était-il, alors ?

Madame Daeron était réellement déconcertée.

— Nous sommes en train de vérifier si l'arme que nous avons trouvée près de votre mari est la même que celle avec laquelle on a tiré sur le commissaire mercredi soir. Votre mari nous a dit qu'il ne possédait pas d'arme, est-ce bien vrai ?

— Oui, bien sûr. Nous n'avons pas d'arme, ici. Mon Dieu, c'est épouvantable.

Labat avait vérifié de son côté : en effet, aucune arme n'était enregistrée au nom de Maxime Daeron, mais il aurait très bien pu s'en procurer une par d'autres moyens.

— Si je récapitule, personne ne sait ce que votre mari faisait, ce mercredi soir, entre vingt et vingt-deux heures, heure à laquelle il s'est mis en route pour le Golfe ?

Pour toute réponse, Dupin n'obtint qu'un regard suppliant.

Ainsi, Maxime Daeron avait très bien pu se trouver dans la saline au moment des coups de feu. S'il était l'agresseur, son suicide s'expliquait. Il aurait pu perdre le contrôle de la situation et paniquer. Pourtant, Dupin n'était pas très à l'aise avec cette version des faits. Il valait mieux attendre les résultats des analyses balistiques avant d'échafauder une nouvelle théorie.

— Madame, nous sommes contraints de vous demander une nouvelle fois ce que vous faisiez la nuit du mercredi au jeudi. J'espère que vous comprenez. Nous aimerions également savoir où vous étiez hier soir.

Le ton de la commissaire se voulait rassurant, mais Annie Daeron était bien trop choquée pour comprendre qu'elle faisait désormais partie des suspects.

— Mercredi soir, j'étais à la maison. J'ai passé un long moment au téléphone, avec une amie, Françoise Badouri. Nous avons bavardé pendant près d'une heure, je crois. Entre huit et neuf heures. Ensuite j'ai appelé ma mère, ça n'a pas duré longtemps. Et enfin une collègue. Ah, et j'ai rappelé mon amie juste après, pendant un bon moment.

— Vous avez passé ces coups de fil depuis un poste fixe ?

— Oui, et c'est moi qui les ai appelées. Toutes les trois.

Ce serait facile à vérifier.

— Quand s'est terminée votre dernière conversation téléphonique ?

— Peu avant minuit.

Si elle disait la vérité, elle ne pouvait être coupable.

— Et hier ?

— J'assistais à une soirée à Audierne. Elle s'est terminée aux alentours de vingt-trois heures, ensuite j'ai pris la voiture et je suis arrivée ici vers une heure.

La vengeance d'une épouse déçue et blessée était un cas de figure plutôt courant, pourtant Dupin n'arrivait pas à la considérer comme une suspecte.

— Le soir des coups de feu, votre mari ne vous a pas parlé de ce qui aurait pu se passer ?

— Non. Justement, je l'ai appelé hier matin pour savoir s'il avait du nouveau. Il m'a répondu que non. L'après-midi, je n'ai pas réussi à le joindre et le soir…

Elle ne termina pas sa phrase.

— Avez-vous jamais entendu parler de barils bleus ?

— Non. On m'a posé la même question hier.

— La situation est un peu différente à présent. Votre mari était-il impliqué dans une quelconque affaire en relation avec les salines ?

Dupin essayait de formuler ses questions de la manière la plus inoffensive possible. S'il était convaincu de son innocence, il avait l'impression que madame Daeron ne lui disait pas toute la vérité. Il insista :

— Il ne vous a rien relaté d'étonnant ou d'inhabituel, et vous n'avez rien remarqué non plus par vous-même ? Quoi que ce soit, même un détail insolite ?

— Non.

— Merci, madame. Vous nous avez apporté une aide précieuse. (La commissaire semblait croire qu'il n'y avait plus rien à tirer de l'épouse de Maxime Daeron.) Vous devriez vous reposer un peu. Consultez votre médecin, il vous prescrira sûrement quelques calmants.

— J'aimerais... voir mon mari une dernière fois. Je m'en sens capable maintenant.

— Bien entendu. Je vais vous accompagner, et ensuite l'un de mes collègues vous ramènera chez vous, si vous voulez. Un autre vous suivra avec votre véhicule.

— Je... (Elle s'affaissa littéralement.) Oui, merci.

— Votre mari, reprit la commissaire d'un ton plus personnel, avait mis un terme à sa relation avec Lilou Breval. Depuis deux semaines.

Annie Daeron la gratifia tout d'abord d'un regard incertain, puis reconnaissant tandis que le soulagement se peignait sur son visage. Elle ne répondit pas et se leva lentement avant de la suivre d'un pas mal assuré. Dupin resta quelques instants immobile. Il avait besoin de réfléchir, et puis son téléphone affichait cinq appels en absence : Nolwenn, un numéro inconnu et enfin Le Ber, à trois reprises, qui devait avoir une information importante à lui communiquer.

Dupin se laissa devancer par les deux femmes et s'éloigna dans le jardin. A peine avait-il fait quelques pas que l'inspectrice Chadron apparut devant lui.

— Peut-on savoir où vous allez ?

Son expression était aimable, mais clairement inquisitrice.

— Votre commissaire m'a bien fait comprendre que chacun devait entreprendre tout ce qui était en son pouvoir pour faire avancer cette enquête. C'est ce que je fais.

L'inspectrice le regarda d'un air méfiant, mais il poursuivit son chemin sans rien ajouter.

— Vous pouvez me joindre sur mon téléphone.

Son humeur s'améliora dès qu'il fut sur la route. Il savait où il trouverait suffisamment de quiétude pour réfléchir. De toutes les manières, il fallait qu'il se rende sur le quai.

— Et voilà pour monsieur !

Aussi rapide et aimable que la veille, la jeune femme au chapeau de paille avait déposé devant lui un café fumant. En le voyant arriver, elle l'avait salué comme s'il était un habitué des lieux, Dupin en avait été flatté.

Il choisit la même place que la veille, selon son habitude. Dupin aimait les rituels, et son entourage ne manquait pas de se moquer gentiment de lui à ce sujet. Le San Francisco était décidément un petit coin de terre béni, parfaitement idyllique. Il serait le prochain sur sa liste des « lieux de prédilection » qu'il enrichissait d'année en année depuis bien longtemps. Claire aimerait certainement cet endroit, elle aussi. Malgré l'enchaînement rapide des événements de la matinée, il n'avait cessé de penser à elle. Le jour de son anniversaire, c'était elle qui avait fait tout ce trajet pour venir le voir. Il n'en revenait toujours pas.

Il sortit son téléphone de sa poche et commença à siroter à petites gorgées le breuvage noir et brûlant.

— Qu'y a-t-il, Le Ber ?

— Maxime Daeron envisageait de vendre sa saline à la société Le Sel, répondit l'inspecteur d'une voix empressée. Ça date de neuf mois.

— Ça alors !

— Autre chose, patron. Il a été jusqu'à consulter un notaire et signer un contrat avec madame Laurent. Contrat qu'il a rompu. Quelques jours plus tard à peine. (Le Ber observa une pause pleine de sous-entendus.) Le Sel l'a menacé d'une action en justice, puis, un peu plus tard, a subitement abandonné les poursuites. C'était il y a trois mois.

Les choses n'allaient pas en se simplifiant.

— Bon sang, mais qu'est-ce que ça veut dire ?

— Nous allons bientôt le savoir, patron !

L'optimisme de Le Ber était inébranlable.

— Le Ber, j'aimerais connaître tous les détails de la situation professionnelle de Maxime Daeron. Mettez quelqu'un sur le dossier, et dites à cette personne d'être très précise.

— Ce sera fait. Vous croyez qu'il s'agit d'un suicide ?

— Tout l'indique.

— Je ne sais pas... j'ai un doute.

— Ah ?

— Oui. Nous serions dans un polar, ce serait le moment où…

— Nous ne sommes pas dans un polar, Le Ber.

Il raccrocha. La passion de son inspecteur pour les romans policiers n'était pas récente, mais elle devenait extravagante. Son téléphone sonna. Le numéro de la commissaire s'afficha.

— Où êtes-vous ?

— Je… réfléchis.

Au moment d'arriver au café, Dupin avait jeté un bref coup d'œil à la ronde. Il n'aurait pas été surpris de tomber sur l'inspectrice Chadron qui semblait le traquer.

— Votre inspecteur Labat a vérifié le fond du bassin. Il contient une sorte de cage sous-marine en bois, grande et plate, surmontée d'un filet de pêche. Comme pour l'élevage de poissons, mais il n'a rien trouvé d'autre que des algues vertes.

C'était donc une cage. Dupin avait aperçu des algues vertes dans les autres bassins, elles devaient être charriées par la mer.

— Une chose cependant est intéressante. Le chimiste a découvert une concentration inhabituelle de bactéries. Il ne peut pas encore nous dire de quelles bactéries il s'agit, mais cela ressemble fort à des… décomposeurs, d'après lui. La concentration est significative, elle ne peut pas s'être développée par des processus biologiques naturels. Ce bassin contient une substance anormale.

Sa dernière phrase avait tout d'un script de film

d'horreur, rehaussé par le contraste entre la personnalité de la commissaire et sa façon décontractée de s'exprimer.

— Quelque chose a donc bien été versé dans ces bassins.

Il avait eu raison de persévérer sur la piste de ces fameux barils.

— Nous sommes en train de vérifier si ces bactéries se trouvent aussi dans les bassins où on a retrouvé les quatre fûts. Toutes les salines avoisinantes sont fermées. Je vais prévenir madame Cordier.

Dupin n'aimait pas beaucoup avoir des comptes à rendre, mais sa collègue avait raison : il fallait absolument qu'ils préviennent la chimiste.

— Très bien. Autre chose ?

Sa collègue ne répondit pas. Craignant d'avoir posé cette question de manière un peu péremptoire, Dupin enchaîna aussitôt :

— De mon côté, je viens d'apprendre que Maxime Daeron voulait vendre sa saline à la société Le Sel…

— Je suis au courant. Votre inspecteur a d'abord essayé de vous joindre, mais comme vous ne répondiez pas, il s'est adressé à l'inspectrice Chadron.

— Je…

— J'en ai encore pour un moment ici. J'imagine que vous serez d'accord avec moi, il faut interroger madame Laurent dès que possible. Elle est à Lorient pour son travail ce matin, mais elle sait que nous voulons la voir au plus vite. Nous irons chez elle, c'est plus pratique. Elle vit sur l'île d'Arz, c'est...

— Je sais où c'est.

— Où nous retrouvons-nous ?

— Au ferry.

Elle allait raccrocher quand Dupin se souvint de la question qu'il avait voulu lui poser :

— Au fait, des décomposeurs, qu'est-ce que c'est ?

— Des micro-organismes qui décomposent certaines matières organiques. Parfois totalement, parfois partiellement. Des bactéries spécifiques qui détruisent des tissus spécifiques, en quelque sorte.

— Je vois.

— En tout cas, c'est ce que m'a rapporté le chimiste. A tout de suite.

Dupin s'étira en plongeant son regard dans le bleu du ciel. Enfin ils tenaient une piste sérieuse.

Il fit un signe à la serveuse. Sa collègue avait bien précisé qu'il lui fallait encore « un petit moment » ; il avait le temps pour un second café.

— Un autre, s'il vous plaît. Et une tranche de terrine d'agneau aux figues.

— Ah, vous remettez ça ? s'exclama joyeusement la jeune femme.

Dupin, plongé dans ses réflexions, l'entendit à peine. Trop de questions se bousculaient dans sa tête. Pourquoi Daeron avait-il tu son intention de vendre à la société Le Sel ? Pourquoi avait-il ressenti le besoin de mentir et d'entraîner sa femme dans ses mensonges par-dessus le marché ? Devait-on en déduire qu'il était impliqué dans les coups de feu de la saline ? Que cachait sa liaison secrète avec Ségolène Laurent ? Et surtout : que signifiait son suicide ?

Dupin laissa son regard errer sur la terrasse qui se remplissait rapidement à cette heure de la journée. Il était toujours surpris, pendant ses enquêtes, de s'apercevoir que pour tout autre que lui, la vie suivait tranquillement son cours. Il perdait la notion de temps dès qu'il était sur une piste.

La sonnerie de son téléphone le fit sursauter. Qui était le fâcheux… ? Nolwenn. Il répondit de bonne grâce.

— Je vous dérange en plein travail, patron ?

— Euh… oui, oui.

— Je suis au courant, Le Ber me tient informée et, à mon tour, j'informe le préfet. Mais enfin, cette affaire le regarde aussi, vous devriez l'appeler. Au moins une fois.

Voilà où elle voulait en venir. L'humeur de Dupin s'assombrit aussitôt. Il avait complètement oublié le préfet. Au même moment, la serveuse arriva avec un plateau chargé de victuailles.

— Je m'en occupe, Nolwenn.

— Son collègue, le préfet Edouard Trottet, est régulièrement tenu au courant par ses officiers. La commissaire semble avoir les choses bien en main. Je suppose que Guenneugues n'a pas envie d'être le dernier informé, si vous voyez ce que je veux dire. En tout cas, il me charge de vous dire de ne pas vous laisser intimider par elle. Elle aurait les dents qui rayent le parquet.

Dupin ne se laissa pas intimider par sa collaboratrice.

— C'est une excellente professionnelle. L'affaire est délicate, Nolwenn. Difficile. Elle travaille vraiment très bien.

Il fut le premier surpris de l'élan de solidarité qui l'avait poussé à défendre sa collègue. Il changea de sujet.

— Il faut que je retourne dans la maison de Lilou.

— Vous avez intérêt, patron. Vous allez sûrement bientôt atteindre le point magique.

Dupin ne savait pas vraiment où Nolwenn voulait en venir, mais cela ressemblait fort à des encouragements, c'était l'essentiel.

— Ce week-end, nous sommes allés à Huelgoat, avec mon mari. Vous connaissez ?

Dupin n'y était jamais allé, mais il savait que Huelgoat se situait dans les terres.

— Nous avons rendu visite à ma tante Ewen, une très vieille dame. Quatre-vingt-dix-huit ans, mais elle en fait à peine soixante-dix. Elle cueille et distille encore ses pommes elle-même.

Dupin n'avait encore jamais entendu parler de cette tante Ewen, pourtant Nolwenn lui parlait volontiers des membres de sa nombreuse famille. Sa mère avait huit frères et sœurs, son père trois et Nolwenn cinq. Un véritable clan breton.

— Mon mari avait à faire dans le village d'à côté,

alors nous sommes passés la voir. Elle est un peu… difficile. Il…

— Vous me racontez tout ça à cause de ce point magique ?

— Oui. Dans la forêt magique, ou plutôt le chaos granitique d'Huelgoat, se trouve un monolithe pesant plus de cent trente tonnes. Il est là depuis une éternité, mais la légende dit qu'une simple pression de l'index suffirait à le faire rouler – à condition de trouver le bon endroit.

Dupin comprit ce qu'elle voulait dire. La comparaison était jolie et lui rappela autre chose.

— Merci pour hier soir, Nolwenn. J'ai passé une très belle soirée.

— Bon, tant mieux. (Elle enchaîna sur un ton purement professionnel.) Labat m'a envoyé une photo de la structure du bassin, et j'ai fait quelques recherches. Le bois et le type de construction correspondent à ceux dont on se sert pour élever les huîtres et les coquillages, mais la forme ne colle pas. Je n'ai pas trouvé d'équivalent.

Dupin fut distrait par la vue de la commissaire Rose qui passait en contrebas du San Francisco pour rallier le ferry. L'avait-elle vu ? C'était impossible, à cette distance. Pourtant, il était certain qu'elle lui adressait un petit signe de la main. Sans réfléchir, il se leva, jeta quelques pièces et se mit en route, non sans un dernier regard à la terrine intacte.

Il était seul. Dupin n'avait pas trouvé la commissaire en arrivant sur le quai. En sueur après sa course, il l'avait cherchée partout, mais elle n'était pas là. Il n'y avait, d'ailleurs, que quelques rares touristes écrasés de soleil et de chaleur. S'était-il trompé en croyant reconnaître la commissaire, un peu plus tôt ? Sa ligne était occupée et dirigée sur celle de l'inspectrice Chadron. C'est ainsi qu'il avait appris que madame Laurent leur confirmait le rendez-vous en précisant qu'elle serait chez elle « à quinze heures, mais pas avant ». S'il se dépêchait, il ne lui faudrait pas plus d'une demi-heure pour se rendre chez Lilou.

Après la traversée, Dupin avait regagné sa voiture, s'était une fois de plus cogné la tête en y prenant place et avait démarré en jurant haut et fort. Seuls les derniers comptes rendus consacrés à Skippy avaient pu lui rendre sa bonne humeur. A la déception générale, le kangourou n'avait pas encore été aperçu de la journée. Les auditeurs attentifs avaient bien envoyé d'innombrables clichés de ce qui pouvait, de très loin, ressembler à un marsupial, mais aucun ne correspondait au kangourou en cavale. Les journalistes avaient reçu des photos de chiens, de chevaux et de renards mais surtout de parties d'animaux – ici un museau, là une queue – et toujours très floues. Avec une patience admirable, les présentateurs avaient annoncé à chacun qu'hélas, il ne recevrait pas de caisse de Britt Blonde cette fois, mais qu'il ne fallait pas perdre espoir.

Dupin s'était même surpris à guetter les bas-côtés, au cas où il surprendrait la bête.

Il venait de dépasser Sarzeau, il arriverait à destination d'ici peu. A gauche, la route menait à l'abbaye de Saint-Gildas. Dupin avait déjà repéré le panneau la veille, mais il s'était empressé de l'oublier. Lorsqu'il avait appris sa mutation en Bretagne, sa mère lui avait remis sans mot dire la copie d'une lettre du philosophe du Moyen Age Abélard. Comme Dupin, il avait été banni de Paris et exilé en Bretagne, pour d'autres raisons cependant. L'homme avait en effet séduit et épousé Héloïse, une de ses élèves. Cette histoire déprimait profondément Dupin. « La malveillance des Francs me poussa vers l'Occident ; jamais, en effet (j'en prends Dieu à témoin), jamais je n'aurais acquiescé à une telle offre, s'il ne se fût agi d'échapper, n'importe comment, aux vexations dont j'étais incessamment accablé. C'était une terre barbare, une langue inconnue de moi, une population brutale et sauvage, et, chez les moines, des habitudes de vie d'un emportement notoirement rebelle à tout frein. » Si rebelle, d'ailleurs, que lesdits moines n'avaient pas hésité à tenter d'empoisonner Abélard. Dupin s'était senti proche de ce pauvre homme, qui avait fini par fuir secrètement. Le commissaire avait du mal à comprendre comment les choses avaient dégénéré pour lui. Il s'était en tout cas rapidement « bretonnisé » et Nolwenn comptait scrupuleusement les années qu'il passait ici, convaincue qu'une fête s'imposerait pour célébrer ses cinq années de Bretagne.

Dupin gara sa petite 106 sur un sentier de sable isolé, juste devant la maison de Lilou – la demeure d'une orpheline défunte.

Un peu plus loin se tenaient deux policiers, très absorbés par une conversation animée. Un peu surpris de le découvrir là, ils saluèrent courtoisement le commissaire. Dupin leur demanda de lui prêter des gants de caoutchouc et se réjouit déjà de les imaginer en train de rapporter ses moindres faits et gestes à la commissaire Rose.

Dupin ne savait pas très bien pourquoi il tenait tant à revenir ici. C'était un sentiment, peut-être une intuition, qui ne le lâchait pas depuis le début. Et puis il avait l'habitude de procéder ainsi.

Il passa par le jardin et pénétra dans la maison par la baie vitrée de la terrasse. Ses yeux s'habituèrent lentement à la pénombre. La maison d'un mort avait toujours un caractère fantomatique mais pour lui, c'était celle de Lilou, et son cœur se serra. Les images de la soirée qu'il avait passée ici lui revinrent à l'esprit et il ferma les yeux. Il avait sincèrement apprécié cette femme, son décès l'attristait énormément. Mais justement c'était aussi pour elle qu'il était ici.

Il enfila les gants de caoutchouc et s'approcha de la grande table de bois. La veille, une équipe technique avait soigneusement fouillé la maison. On avait trouvé quelques dossiers dans les tiroirs, parmi les ouvrages éparpillés sur la table, mais rien qui présentât un véritable intérêt, du moins en relation avec le sel ou les salines.

Dupin fit le tour de la pièce et déplaça précautionneusement quelques piles de revues. Il avisa un dossier en grande partie caché par des magazines et le sortit du désordre des paperasses. Il était épais, rempli de coupures de presse. « La consommation nationale de denrées alimentaires », lut-il. C'était un document bourré de statistiques qui comptait cent trois pages, toutes annotées. Une feuille pliée en deux était glissée au milieu : « La crêpe : elle ne connaît pas la crise ! » proclamait l'article de Lilou Breval. Dupin se rappela la publication dans *Ouest-France* de ce grand papier consacré à la spécialité locale, et ne put réprimer un sourire. C'était typique de Lilou. Non seulement la fameuse crêpe ne connaissait pas la crise, mais elle en profitait. A juste titre, selon Dupin. Sa consommation avait augmenté de vingt-sept pour cent en France, de douze en Europe. Grâce à la crêpe, le monde se bretonnisait un peu. Lilou Breval n'avait pas lésiné sur les louanges : « Délicieuse, raffinée, variable à l'infini, produite et consommée localement, écologique, saine et pourtant bon marché, un repas à portée de tous sans différenciation de classe ou de standing : un plaisir gourmand pour toutes les bouches. » Dupin se rappela la satisfaction de Nolwenn qui avait vérifié que l'article parlait bien de « crêpes de blé noir » et non de « galettes », appellation réservée au Finistère Sud. Dupin parcourut les annotations et découvrit que la crêpe provenait effectivement de Guérande – tout au moins d'après la légende. Une jeune princesse perdit un jour le goût de manger et commença à maigrir, jusqu'à ce qu'un cuisinier inventif ne décide de créer un mets que l'on pouvait faire sauter dans une poêle. Enchantée, la petite princesse retrouva le goût des aliments.

Dupin sursauta en entendant la sonnerie de son téléphone. C'était sa collègue.

— Où êtes-vous ?

Dupin était certain qu'elle le savait parfaitement. Sans attendre sa réponse, elle poursuivit :

— L'arme retrouvée près de Maxime Daeron est celle avec laquelle on a tiré sur vous. Evidemment, elle n'est pas enregistrée. C'est le SIG-Sauer P239.

Ainsi, l'homme avec lequel il avait échangé si calmement et froidement au sujet de la fusillade en était sans doute l'auteur ! Tout portait à le croire, à présent.

— Autre chose, reprit la commissaire. Un jeune loueur de bateaux, à Port-Blanc, nous a signalé qu'un « rigolo » lui avait emprunté un canot pendant la nuit.

— Comment ça ?

— Si Maxime Daeron ne s'est pas tué lui-même, quelqu'un a pu venir sur l'île pour s'en charger et repartir par la suite. A moins, bien sûr, qu'il s'agisse d'un résident de l'île. Aucun de nos suspects n'a pris le ferry dans la journée d'hier, j'ai demandé à l'un de mes gars de montrer leurs photos aux deux femmes qui travaillent sur le bateau.

— Et alors ?

— Alors, le jeune homme en question prépare tous les soirs ses bateaux pour la nuit. En gros, cela veut dire qu'il vide les embarcations de l'eau qui s'y est accumulée pendant la journée. Puis il les retourne pour les protéger de la pluie. Ce matin, l'un d'eux était à l'endroit et rangé à un emplacement différent d'hier soir. Sans compter qu'il était plein d'eau. Le garçon exclut la possibilité de l'avoir tout simplement oublié. Les bateaux se trouvent juste en face de la plage qui jouxte la maison de Daeron. A peine deux cents mètres les séparent, à vol d'oiseau.

Dupin était impressionné par le professionnalisme de sa collègue. Il était parti du principe que Daeron s'était suicidé et n'avait pas cherché la preuve du contraire.

— Nous poursuivons les recherches. Qui sait, peut-être trouverons-nous quelque chose. La thèse du « rigolo » est encore valable, on ne peut rien exclure pour le moment.

Dupin resta silencieux.

— Vous aviez de nouveau disparu, commissaire. Vous aimez ça.

C'était un comble. N'était-ce pas elle qui s'était mystérieusement évanouie après l'avoir salué d'un petit signe de la main, à peine une heure plus tôt ? Elle n'avait même pas décroché son téléphone ! Dupin se retint de maugréer.

— Retrouvons-nous tout de suite chez madame Laurent. Chadron vous a tenu au courant. Et puis j'aimerais revoir madame Bourgiot. Elle nous attend un peu plus tard.

— Pourquoi Bourgiot ? protesta faiblement Dupin, mais sa collègue fit la sourde oreille.

— Peut-être devrions-nous convier également la chimiste. Il va bien falloir que nous nous occupions de ces fameuses bactéries. Il faut peut-être mettre en place des mesures de sécurité. Enfin, espérons que nous aurons d'autres résultats d'ici là.

— Bon, très bien, lâcha Dupin sur un ton peu convaincu.

— Ah, et puis sachez que si vous partez à l'heure, vous n'avez aucune raison de dépasser la vitesse autorisée, conclut-elle aimablement. Au cours des dernières quarante-huit heures, vous avez été flashé huit fois par nos radars.

C'était le pompon. Sa collègue était mal placée pour lui faire la leçon, elle qui conduisait comme un pilote de rallye ! Depuis que le nombre de radars ambulants avait été doublé, à la suite d'une décision administrative entrée en vigueur l'année passée, Dupin se faisait régulièrement prendre en flagrant délit d'excès de vitesse.

— Non mais ! Vous pouvez parler…

Dupin se tut. Son interlocutrice avait raccroché.

Le commissaire resta planté là pendant quelques secondes, puis il secoua la tête en grommelant à plusieurs reprises « On se calme, on se calme… », avant de reprendre sa tâche là où il l'avait laissée. L'article suivant concernait l'aménagement de l'aéroport de Notre-Dame-des-Landes, près de Nantes, dont l'appel d'offres avait été emporté par le groupe Vinci, et la vague de protestations qui avait suivi. L'action de résistance s'était baptisée « Opération Astérix » et son cri de ralliement était : « Veni, Vidi et *pas* Vinci. » Lilou s'était ralliée à leur cause avec virulence. La contestation était un véritable mantra breton. Il se rappela avoir aperçu dans la saline un grand nombre d'affichettes représentant l'aéroport barré d'un grand trait noir.

Dans une enveloppe transparente, Dupin découvrit des coupures du *Télégramme* et d'*Ouest-France* consacrées à une manifestation de trente éleveurs de cochons dans un supermarché de Quimper. Les articles n'étaient pas de Lilou, mais elle les avait annotés. Dupin les observa de plus près : Paul Daeron apparaissait sur un cliché, micro en main. Manifestement, l'homme était vice-président de l'ADSEA, l'Association départementale des syndicats d'exploitants agricoles, vice-président de la section porcine du mouvement et président de la FDPP, la Fédération des producteurs porcins. Dupin se prit à sourire : la passion des Bretons pour les comités, les associations et les clubs en tous genres était notoire. Paul Daeron défendait le principe de l'appellation d'origine contrôlée des viandes, à l'instar des vins et du champagne. Dupin chercha un article de Lilou sur le sujet, mais n'en trouva pas.

Il sortit son calepin et entreprit de relever certains

gros titres et quelques détails des articles tout en essayant de trouver un quelconque lien avec leurs découvertes récentes. Il passait chaque élément de l'enquête en revue et le combinait avec ces informations nouvelles. Cette manière de laisser son esprit former librement des associations d'idées avait toujours porté ses fruits, et il défiait quiconque de trouver meilleure méthode pour arriver à un résultat cohérent. Il suffisait de persévérer, de fouiller chaque détail, partout, sans cesse. Pour l'instant, il ne voyait pas grand-chose, mais cela ne voulait rien dire. Lors de son enquête concernant un tableau de Gauguin[1], il avait tâtonné des jours durant avant de comprendre que la clé du mystère se trouvait sous ses yeux.

Dupin replaça le tout dans la pochette qu'il reposa à l'endroit où il l'avait prise, au milieu du désordre de Lilou. Puis il se leva et fit très lentement le tour de la pièce. Selon toute probabilité, et malgré l'absence d'empreintes, le meurtrier était venu ici la nuit du crime. Tout papier remontant à moins de six semaines ayant été emporté ou détruit, il y avait fort à parier que l'assassin ne souhaitait pas qu'on puisse découvrir sur quoi Lilou travaillait.

Dupin était arrivé au pied de l'escalier. Il hésita un instant puis le gravit. Dans la chambre à coucher blanchie à la chaux, il remarqua pour la première fois les nombreux clichés accrochés aux murs.

1. Voir, du même auteur, chez le même éditeur, *Un été à Pont-Aven*, 2014.

D'impressionnants et mystérieux paysages bretons en noir et blanc, comme tirés d'une rêverie dans laquelle on avait envie de se plonger. Ils étaient visiblement l'œuvre d'un seul photographe. Le lit de la journaliste était encadré de deux piles impressionnantes de livres. Dupin passa à la pièce voisine, dans laquelle trônait un bureau solitaire. Il s'en approcha. Un sourire éclaira son visage quand il découvrit un gros titre qu'il connaissait bien : « Trente-six sangliers retrouvés morts ».

Se rappeler ainsi les travaux de Lilou avait quelque chose de beau, d'impressionnant et de triste à la fois. Elle s'était toujours engagée pour quelque chose, c'était une battante, une passionnée, dotée d'une force de conviction irréductible. Elle avait aussi quelques manies, quelques aversions persistantes.

Dupin tourna les talons, traversa la chambre et redescendit lentement les escaliers. Il n'avait rien trouvé, mais il était heureux d'être revenu.

Un instant plus tard, il quittait la maison par le chemin qu'il avait emprunté en arrivant. En passant devant la terrasse, il eut le sentiment de prendre enfin congé de Lilou Breval.

Il s'immobilisa un instant dans le merveilleux jardin et remarqua un minuscule portail qu'il n'avait jamais vu auparavant. Il ouvrit la petite porte de bois pour se retrouver sur une petite avancée de granit qui devait être léchée par l'eau à marée haute. A marée basse, en revanche, on pouvait aisément descendre sur le rivage en sautant de rocher en rocher. L'endroit était enchanteur. Il jeta un dernier coup d'œil sur le somptueux Golfe.

Le portail n'avait opposé aucune résistance, comme si Lilou l'ouvrait régulièrement. Dupin se plut à imaginer que cet endroit était son repaire favori et qu'elle venait souvent sur ce petit bout de falaise.

Il consulta sa montre. Il était temps de se mettre en route.

Quand Dupin s'engagea sur le sol découvert de la Petite Mer, ses pieds s'enfoncèrent profondément. Le sable était lourd, granuleux, collant, imbibé d'eau et parsemé de coquillages brisés. La mer remontait doucement. L'odeur d'iode emplissait l'air. Il parcourut les quelque deux cents mètres qui le séparaient des premières vagues et s'arrêta pour regarder autour de lui. Le soleil tapait fort, il cligna des yeux. Une chose le turlupinait, mais il n'arrivait pas à mettre le doigt dessus. Il sentait confusément qu'un lien existait, mais il n'avait pas encore su l'identifier. C'était plutôt une sorte d'intuition, de pressentiment. Il connaissait bien ce phénomène. En une fraction de seconde décisive, quelque chose s'imprimait inconsciemment dans son esprit. Il avait ressenti ce phénomène à l'étage de la maison, devant le bureau de Lilou Breval, en passant en revue tous les sujets qu'elle avait traités. Il n'avait pas su saisir le bon moment, il était pourtant persuadé que quelque chose d'important lui était passé sous le nez.

Deux hommes qu'il n'avait pas vus auparavant venaient à sa rencontre en longeant le rivage, tous deux en tenue de plein air beige. L'un était grand et élancé, l'autre petit et trapu.

— Vous faites partie du groupe « Chant des oiseaux » ? Vous avez entendu les oies et les aigrettes, là-bas ? Il y en a des centaines. Des centaines, vous vous rendez compte ? Ah, quelle merveille !

Son compère, le plus petit des deux, hochait la tête à chacun de ses mots. Ils portaient des jumelles autour du cou et un sac à dos.

— Et les mouettes argentées ! Quelle est votre spécialité, à vous ?

— Moi ? Non, je ne fais pas partie du groupe.

Dupin avait failli demander de quoi il s'agissait, mais il s'était ravisé au dernier moment.

— Ah, mais oui ! Je vois bien que vous n'avez pas le matériel. Vous êtes sûrement un scientifique ; je me trompe ? Vous êtes là pour le colloque ornithologique de Wetlands International. Eh bien, vous devez être une sacrée pointure, dans ce cas !

— Non, non. Je suis là pour une enquête. (Dupin hésita, puis ajouta :) Sur un meurtre.

Il regretta ces mots dès qu'il les eut prononcés. Les deux hommes le dévisagèrent, perplexes, puis ils décidèrent d'ignorer les propos de l'individu quelque peu dérangé qui errait sur la plage.

— Enfin, en tout cas, deux tiers du Golfe sont

découverts à marée basse, vous imaginez la taille des vasières et des étendues de sable ! C'est une des régions les plus riches en oiseaux de la côte atlantique.

Leur zèle de missionnaire s'était éveillé. Le plus grand des deux hommes était intarissable.

— Le mélange de sable, de boue et de limon favorise le développement d'herbes et d'algues dans lesquelles des milliers d'animaux viennent nicher. Jusqu'à quatre mille par mètre cube, vous imaginez ? Des crabes, des palourdes, des larves, des escargots, d'innombrables vers…

Dupin ne put s'empêcher de jeter un regard méfiant sur le sol à ses pieds.

— … Un garde-manger idéal pour toutes les espèces de la région, mais aussi pour les oiseaux migrateurs ! Les oies sauvages de Sibérie, les eiders, les canards plongeurs, les goélettes, les spatules blanches – tous adorent le microclimat breton.

Dupin n'était vraiment pas calé en ornithologie, et malgré quelques tentatives activement soutenues par Nolwenn, Le Ber et même son ami Henri, il n'avait montré aucune aptitude à s'y intéresser de plus près. Il s'apprêtait à prendre poliment congé des deux énergumènes quand le plus petit, très échauffé, lança :

— Il y a même des petits pingouins !

— Des pingouins ? demanda Dupin, soudain intéressé.

Il nourrissait depuis toujours une affection particulière pour ces animaux auxquels il s'identifiait un peu, sans doute à cause de sa corpulence. Les pingouins donnaient l'impression d'être gauches, empruntés, peu dynamiques. Quand ils étaient dans leur élément, cependant, ils devenaient incroyablement agiles, rapides et réactifs.

— En général, on les trouve surtout en colonies, sur les Sept-Iles, au nord de la Bretagne, mais parfois il y en a un qui s'égare par ici...

Dupin était stupéfait mais, après tout, s'il y avait déjà des kangourous, pourquoi pas des pingouins ? Il s'interdit cependant de demander à en savoir plus.

— Je... Merci, mais il faut que j'y aille. Au revoir.

Dupin s'éloigna en esquissant un geste d'adieu maladroit.

— Au fait ! Vous allez rire, mais il y a vraiment eu un meurtre, ici ! cria l'un des hommes. Vous devriez être prudent quand vous faites des blagues, essayez plutôt l'ornithologie, ça détend !

Dupin fit la sourde oreille. Ainsi, il y avait des pingouins par ici, même si c'était très rare ; une randonnée dans les environs s'imposait.

Un instant plus tard, il se glissait péniblement dans son véhicule, les chaussures encore pleines de sable.

— Pourquoi nous avez-vous caché que Maxime Daeron envisageait de vous vendre sa saline ? Le contrat était signé, il l'a annulé et vous avez menacé de l'attaquer en justice, tout ça juste après la fin de votre petite aventure. C'est une information intéressante, non ? J'imagine que c'est Maxime Daeron qui a mis un terme à votre relation ?

Manifestement, la commissaire n'avait plus envie de plaisanter.

Dupin était presque à l'heure, sa collègue faisait les cent pas devant la maison de madame Laurent quand il l'avait rejointe.

— Les questions contractuelles de ce type sont strictement confidentielles, surtout quand le vendeur exige une discrétion absolue – pourquoi vous en aurais-je parlé ? Sans compter que cela relève de notre service juridique. Je n'ai rien à voir avec tout ça, moi.

Ils retrouvaient la femme de tête qu'ils avaient interrogée la veille. Cependant, la maîtrise dont elle faisait montre après avoir entendu ce que la police savait à son sujet forçait l'admiration. Vêtue d'une tunique de soie multicolore rehaussée d'un collier Hermès plutôt massif, elle était assise dans un profond fauteuil de cuir noir. Dupin et Rose lui faisaient face, installés sur des sièges similaires. Tout, dans ce spacieux bungalow tout en longueur au bon goût bourgeois, visait à créer une atmosphère mondaine sans froideur. Le parquet de chêne, les tapis répartis çà et là, discrets mais visiblement coûteux. Tout était parfait – et pour cette raison précise, Dupin trouvait l'endroit affreux.

— Quant à ma vie privée, elle ne regarde personne, et surtout pas la police.

— Votre ancien amant est mort, madame. Son décès a probablement un rapport avec celui de Lilou Breval et la fusillade dont le commissaire Dupin a été la victime. Détrompez-vous, votre vie privée intéresse la police.

— Seul un juge d'instruction peut me demander de m'exprimer à ce sujet, vous le savez aussi bien que moi. Entendez-moi dans le cadre d'une procédure ou fichez-moi la paix.

— Dans ces conditions, vous recevrez une convocation. (La commissaire afficha son plus beau sourire.) Le reste peut attendre.

— Comment en êtes-vous arrivés à discuter de la vente des salines ? intervint calmement Dupin.

Madame Laurent se tourna vers lui et esquissa à son tour un rictus mielleux.

— A Paris, au moins, on a encore des manières. (Elle réfléchit un instant avant d'opter pour la franchise, ne serait-ce que pour déstabiliser ses interlocuteurs.) Maxime s'est adressé à moi en me demandant la plus grande discrétion. La première fois qu'il en a parlé, c'était au mois d'octobre ou novembre de l'année dernière.

— Que s'est-il passé ?

— Que voulez-vous dire ?

— Pourquoi voulait-il vendre ?

— Cela ne me regarde pas.

— Vous l'ignorez ?

— Oui.

— Quelle est la valeur de sa saline ?

— Je ne vous le dirai pas.

— Pourquoi Maxime Daeron a-t-il soudain changé d'avis ?

— Là non plus, cela ne me regarde pas. Savez-vous combien de transactions n'aboutissent jamais ? Cela n'a rien d'exceptionnel.

— La promesse de vente était signée, pourtant.

— En effet. C'est la raison pour laquelle Le Sel fait valoir ses droits. Là encore, il s'agit d'une procédure classique.

— Pourquoi, dans ce cas, y avez-vous mis fin ?

— Nous avons décidé qu'elle nous apportait plus de désagréments que d'avantages. La couverture médiatique, toute cette agitation. Du pain bénit pour certains.

Malgré le cynisme impressionnant de son interlocutrice, Dupin parvint à garder son calme.

— Son frère était-il au courant de la transaction ?

— Je ne peux pas vous le dire. Sans compter que cela non plus ne me regarde pas.

— Je n'en crois pas un mot, madame.

— Nous trouverons bien quelque chose, croyez-moi, renchérit sa collègue.

— Eh bien alors, bonne chance !

La commissaire fit une nouvelle tentative :

— Où étiez-vous hier soir ?

— Vous voulez dire au moment du suicide tragique de monsieur Daeron ?

— … dont vous semblez vous soucier comme d'une guigne. En effet.

— Je ne crois pas qu'un interrogatoire soit le cadre idéal pour des effusions sentimentales.

— Où étiez-vous ?

— Ici, dans mon paradis personnel. Comme tous les soirs où je suis libre. Seule, comme d'habitude. En fait, je ne supporte aucune présence ici.

Elle se passa une main dans les cheveux d'un air délibérément nonchalant. Dupin n'avait pas écouté. L'association d'idées qui lui échappait chez Lilou venait de lui revenir à l'esprit.

— Nous avons découvert le bassin isolé, juste à côté de l'une de vos salines, reprit la commissaire, encore plus agressive. Nous y avons relevé des microorganismes. Qu'avez-vous à nous dire à ce sujet ?

Pour la première fois depuis le début de leur entretien, madame Laurent sembla perdre de sa superbe, mais cela ne dura pas. Une seconde plus tard, elle était de nouveau pleinement maîtresse de son personnage.

— Nous en sommes revenus aux barils bleus ? Je ne comprends rien à ce que vous dites. Qu'est-ce que c'est que cette histoire de bassin isolé et de microorganismes ? Cette enquête est décidément très mystérieuse.

Dupin était de nouveau absorbé par ses pensées. Son intuition confuse s'était lentement cristallisée pour former une idée. Une idée absurde, certes, mais – son expérience le prouvait – cela n'avait aucune importance.

— Ces barils se trouvent dans votre…

— Je crois que nous en avons terminé, déclara Dupin en se dressant d'un bond.

Il se dirigea vers la porte sans autre forme de procès. Il entendit vaguement sa collègue qui prononçait trois mots avant de le suivre.

Dans le jardin, il remonta le sentier gravillonné bordé à intervalles réguliers d'élégants éclairages au sol ; une Audi anthracite était garée devant le portail. Il ouvrit la petite barrière et se retrouva sur la route insulaire.

D'où il était au quai d'embarquement de la pointe du Béluré, il ne fallait pas compter plus de dix minutes. Les environs du bungalow étaient ravissants, une cinquantaine de mètres de gazon touffu le séparaient d'une de ces longues plages de sable si caractéristiques de l'île. La petite route pittoresque longeait l'océan et il n'y avait pas un endroit, sur cet îlot paisible et boisé couvert d'hortensias et de camélias, d'où l'on n'avait pas vue sur le Golfe. Dupin aimait cette petite sœur de l'Ile-aux-Moines à la population moins snob.

— Qu'est-ce qui vous a pris ? lança la commissaire en le dévisageant.

— Il faut que je parle au chimiste. Tout de suite.

Il n'avait pas le temps de tourner autour du pot. Sa collègue se montra étonnamment coopérative. Elle lâcha d'une traite un numéro de téléphone qu'elle connaissait par cœur.

— Didier Goal, conclut-elle.

— Allô ?

Une voix de femme, aimable.

— Commissaire Dupin. Pourrais-je parler à Didier Goal ?

— J'imagine que vous appelez de la part de la commissaire Rose ?

— Elle est à côté de moi.

— Réessayez dans quelques minutes. Il est sorti. Je suis son assistante.

— Très bien, je rappellerai.

— Venez, nous pouvons attraper le ferry de moins le quart, dit la commissaire avant de se mettre en route, téléphone à l'oreille.

Les quinze minutes de traversée qui séparaient Arz de Port-Blanc suffirent à coller le mal de mer à Dupin. Le ferry passa au large de l'Ile-aux-Moines et d'une série d'autres îlots. De grands pins s'élançaient dans le ciel, on apercevait ici ou là une somptueuse villa. C'était depuis l'eau, avait-on coutume de dire, que la Petite Mer était la plus belle. Dupin jugeait que la vue depuis le San Francisco n'avait rien à envier à celle-ci, mais il fallait convenir que le panorama valait le coup d'œil.

La commissaire avait passé une bonne demi-douzaine de coups de fil sans jamais s'éloigner de lui. La ligne du chimiste était constamment occupée. Dupin s'était placé à la proue de *L'Albatros*, qui venait de se mettre en route dans un grand bourdonnement de moteur Diesel. Il attendit que le vacarme se calme avant de composer une nouvelle fois le numéro. Cette fois, la ligne était libre. Une voix d'homme lui répondit.

— Allô ?

— Monsieur Goal ? Commissaire Dupin à l'appareil.

— Ma collaboratrice m'a dit que vous souhaitiez me parler. Nous sommes encore en plein travail, les analyses se révèlent plus compliquées que nous le pensions. Nous essayons de déterminer à quels microorganismes nous avons affaire.

La commissaire s'était discrètement approchée de Dupin, au point que leurs joues se touchaient presque. Il disposa l'appareil de manière qu'elle puisse entendre sans avoir à se coller contre lui.

— Mais ce sont bien des décomposeurs ?

— Ça, c'est certain, oui. Ce sont des bactéries hétérotrophes.

— Peut-on utiliser ces organismes à des fins spécifiques ?

— Bien sûr, pour plein de choses !

— Il y avait bien des algues vertes dans le bassin, non ?

L'expression du visage de la commissaire changea soudain, et ses yeux se rétrécirent.

— D'après ce que je sais, il y en avait, en effet. Demandez à l'équipe technique, elle a dressé un protocole complet.

— Peut-on se servir de certains microorganismes pour détruire l'algue verte ? Est-ce plausible ?

— Vous parlez de l'*Ulva armoricana* et de l'*Ulva rotundata* ? Celle de la marée verte ?

— Oui.

— Absolument. Je ne connais pas de microorganismes spécifiques concernant ces algues mais, de manière générale, les microorganismes peuvent lutter contre la prolifération de certaines algues. On en trouve dans le commerce pour nettoyer les piscines ou les aquariums, par exemple. On pourrait effectivement faire la même démarche contre des *Ulva*... En plaçant suffisamment de microorganismes dans les criques les plus touchées, peut-être même pourrait-on endiguer leur formation.

Un silence s'installa, pendant lequel deux bateaux à moteur doublèrent bruyamment le ferry.

Dupin réfléchissait fiévreusement. Etait-ce là la clé qu'ils cherchaient depuis le début ? Au cours des derniers jours, certaines informations avaient suscité un enchaînement curieux dans sa tête : d'abord ces barils bleus au mystérieux contenu, puis la découverte du bassin isolé et l'hypothèse que le sel n'était peut-être pas au cœur de l'affaire, enfin la découverte des microorganismes décomposeurs et, comme un coup de projecteur soudain, l'article de Lilou Breval sur les trente-six sangliers retrouvés morts sur une plage.

— Le développement de ce type d'organismes est-il difficile à réaliser ?

— Très. L'*Ulva armoricana* et l'*Ulva rotundata* sont, bien sûr, des organismes beaucoup plus complexes et plus importants que les petites algues qui polluent nos piscines. La difficulté résiderait essentiellement dans les tests en plein air. Expérimenter en laboratoire ne devrait pas présenter d'inconvénient majeur. Cependant, pour s'assurer qu'ils sont parfaitement inoffensifs, il faudrait ensuite les observer plusieurs années et établir un compte rendu très précis de leur évolution.

— Comment une telle procédure se présenterait-elle ?

— Il convient d'abord de sélectionner les microorganismes potentiellement utilisables. Peut-être sont-ils nombreux, ou alors devrait-on en cultiver de nouveaux, procéder à des modifications génétiques. Ce n'est pas forcément nécessaire, d'ailleurs, une simple manipulation peut suffire. Pour cela, il est nécessaire d'avoir une excellente connaissance en biochimie, de disposer d'un laboratoire et, comme je vous le disais, de réaliser un certain nombre de tests in vivo – mais, en théorie, la chose est possible.

— Les salines sont-elles un endroit adapté à ce genre d'essais ?

— Tout à fait. Les conditions seraient même idéales. Une grande quantité d'eau de mer, facile à renouveler au besoin, une isolation complète, du soleil, du vent. L'expérience serait beaucoup plus concluante dans la nature que dans un laboratoire. Si ces bassins n'existent pas encore, il faudrait les inventer… (Goal s'alarma soudain.) Mais jamais au sein d'une production de produits alimentaires, évidemment ! Ce serait extrêmement dangereux.

— Pourquoi ?

— Eh bien, parce que l'utilisation de microorganismes peut entraîner des conséquences imprévues. Dans le pire des cas, ils peuvent avoir des effets toxiques primaires ou secondaires engendrés par des réactions biologiques de l'écosystème. Sans parler des espèces génétiquement modifiées, encore plus dangereuses ! Cela dit, les microorganismes croisés peuvent déjà contaminer tout un bassin. Tout dépend de leur nature. Imaginez un peu ! Au beau milieu d'une saline ! Une telle entreprise serait criminelle. Aucun laboratoire ne recevrait ce type d'autorisation, à moins d'être contrôlé de près par une institution spécialisée et officielle. Une entreprise privée ne se risquerait jamais à de pareilles expériences.

Goal semblait vouloir se convaincre que personne n'oserait faire une chose pareille dans des salines.

— Pouvez-vous analyser les microorganismes dans ce sens, monsieur Goal ?

— Vous pensez vraiment que c'est possible ? Avez-vous idée de ce que cela signifierait ?

— Je ne peux pas l'exclure.

— Très bien. Nous nous remettons à l'ouvrage le plus rapidement possible. Il nous faut encore quelques heures.

— Merci beaucoup. Votre concours nous a été précieux.

Les deux commissaires restèrent un moment silencieux, côte à côte, les bras posés sur le bastingage.

— La structure de bois a très bien pu servir à empêcher les algues de remonter à la surface pour que personne ne les voie, dit Dupin. On a dû en verser une certaine quantité pour que l'expérience donne des résultats concluants. On a pu faire ça le soir, quand le site est désert.

Le silence s'installa de nouveau ; sa collègue le rompit.

— Savez-vous ce que la région dépense chaque année pour lutter contre la prolifération de cette algue verte ? Des sommes astronomiques. On parle d'un milliard et demi d'euros. Une grosse partie va dans l'assainissement des plages, le ramassage et l'élimination de plusieurs milliers de mètres cubes d'algues par an. Sans compter les conséquences qu'elles ont sur le tourisme, plus difficilement quantifiables. Il ne fait aucun doute que l'intérêt de certains acteurs pour une méthode permettant d'éliminer ou d'empêcher la formation de ces algues serait immense. Ce produit vaudrait des millions, d'autant que l'algue verte n'est pas un problème local, d'autres départements y sont confrontés… C'est certainement un motif de meurtre.

Dupin connaissait bien ces chiffres, qui avaient été affichés un peu partout à la fin du mois d'août. Le conseil régional de Bretagne avait annoncé le bilan annuel et communiqué officiellement sur le coût que la marée verte représentait pour la région. On n'imaginait pas les proportions que cela prenait. Dès que les algues s'échouaient, il fallait fermer la plage et la dégager des végétaux avant que le soleil et la chaleur n'agissent et qu'ils ne répandent un gaz potentiellement toxique. On avait même mis en place des zones de crémation pour les éliminer.

— Quoi qu'il en soit, le malfaiteur doit connaître les risques qu'il prend. L'anéantissement de sa carrière, d'une part, mais surtout de longues années de prison. En cas de succès, en revanche, les profits seraient colossaux.

Dupin se passa une main dans les cheveux. C'était sûrement ça. Si la situation n'avait pas été aussi grave, il aurait poussé un ouf de soulagement. Si sa théorie se vérifiait, d'énormes intérêts étaient en jeu.

— Sur un tableau du Centre, j'ai lu que les moines élevaient des monstres dans les bassins – on n'en est pas loin… lâcha la commissaire avec une mine sinistre. Cette hypothèse tient la route, en tout cas. Bonne déduction, cher commissaire. (Il y avait de l'admiration dans sa voix.) Ne nous manque plus que l'assassin.

Ils avaient du pain sur la planche mais, surtout, ils devaient reconsidérer toutes leurs informations sous ce nouvel éclairage. Habitué à réfléchir seul, assis sur un banc ou errant sur la plage, Dupin se demanda comment il allait trouver le calme nécessaire s'il avait sans cesse quelqu'un sur le dos.

Pendant que la commissaire s'éloignait pour passer quelques coups de fil, Dupin commença à réfléchir. Ils venaient de dépasser le port de l'Ile-aux-Moines et amarreraient à Port-Blanc d'ici quelques minutes.

Soudain, l'embarcation fit une embardée et changea de cap. Elle se dirigeait maintenant droit vers l'Ile-aux-Moines. La commissaire s'approcha de Dupin :

— Madame Bourgiot attendra, l'inspectrice Chadron va la prévenir. J'ai obtenu du capitaine qu'il nous dépose au port du Lério. Il faut que je mange un morceau.

Dupin n'en croyait pas ses oreilles.

A peine cinq minutes plus tard, les deux enquêteurs étaient attablés à la table du San Francisco que Dupin avait choisie la veille, sauf que, cette fois, c'était la commissaire Rose qui s'y était installée d'autorité.

— J'ai demandé qu'on fouille encore les affaires de Maxime Daeron, chez lui, dans la saline et dans son bureau. Tout. Il faut également que nous interrogions de nouveau sa femme. S'il était impliqué dans l'élaboration d'un produit anti-algue verte, il y aura forcément des traces. Il faut de l'argent pour ce genre d'entreprise, des matières premières à acheter, stocker, transporter, mettre en place. Toutes ces démarches laissent un indice.

Occupé à mettre de l'ordre dans ses pensées, Dupin n'avait écouté que d'une oreille distraite, mais elle avait raison : ils devaient se concentrer sur Daeron. Tout concordait.

— Peut-être n'a-t-il pas agi seul. C'est un projet titanesque, et qui exige des connaissances en biologie et en biochimie…

— Ah, bonjour, Sylvaine ! lança joyeusement la serveuse.

— Deux cafés, s'il te plaît, Nadine.

Tiens donc, sa collègue était une habituée des lieux.

— Le tartare de lieu jaune, avec des citrons. Deux, ajouta la commissaire sans ciller, puisque vous connaissez déjà la terrine d'agneau.

Comment pouvait-elle savoir ce qu'il avait commandé ? Dupin était trop surpris pour répliquer.

— Et deux verres de chinon blanc.

Elle était décidée à ne pas le consulter. Dupin rongea son frein.

— Pour manipuler ou élever ces microorganismes, il faut un laboratoire… commença-t-il en sortant son calepin.

— Au minimum un laboratoire de fortune, ou temporaire, embraya la commissaire. Un laboratoire secret. Les hangars des salines ou les entrepôts de la coopérative pourraient s'y prêter. Peut-être, aussi, qu'ils ont mélangé les substances directement dans le bassin. Ce serait la solution la plus simple.

Après tout, ils ne savaient pas s'ils avaient affaire à des professionnels ou à des amateurs.

— On a pu travailler en laboratoire. Les enjeux sont suffisamment gros, à tous points de vue.

Dupin posa sur elle un regard interrogateur.

— Une demi-douzaine d'établissements privés, sinon plus, dépendent d'une manière ou d'une autre du Pays blanc. Plusieurs dizaines d'employés.

Dupin l'ignorait.

— Chaque paludier, mais aussi les coopératives et les grosses structures comme Le Sel œuvrent sous la supervision d'institutions en charge de la santé publique. Il y a des règles strictes auxquelles chacun doit se tenir. Ces sociétés privées sont nombreuses et de toutes les tailles. Elles-mêmes rendent compte à des organismes au niveau national. Le contrôle de la chaîne alimentaire est un secteur économique à part entière.

— Je vois... murmura Dupin.

— Maxime Daeron a forcément travaillé en collaboration étroite avec un laboratoire. Pareil pour la coopérative. Les entreprises plus importantes disposent en général d'un service ou d'une filiale dédiés à cette tâche. Si ça se trouve, c'est le cas pour son frère Paul Daeron. En tout cas, il ne fait aucun doute que Maxime est en relation avec un organisme de santé publique et un laboratoire. Tout comme Le Sel.

La serveuse s'approcha avec un grand plateau qu'elle déposa devant eux. Dupin s'empara aussitôt de son café.

— Bon appétit ! lança joyeusement la commissaire. Le lieu jaune a été pêché ce matin dans le Golfe, ces citrons ont été ramassés juste à côté du dolmen de Jules César, précisa-t-elle avec un sourire engageant avant de poursuivre : Maxime Daeron avait plusieurs moyens d'accéder à un laboratoire. Nous avons suffisamment de motifs de suspicion pour perquisitionner le laboratoire avec lequel il travaille habituellement.

— Nous devrions chercher à savoir s'il existe des initiatives mises en place contre l'algue verte, voire des projets pour l'étude et la création d'un antidote.

— Les autorités s'en seraient emparées – c'est une arme biochimique d'envergure, répondit la commissaire en avalant une bouchée de tartare qu'elle accompagna d'une gorgée de vin.

— Lilou Breval a dû découvrir le projet d'une manière ou d'une autre, et moi j'ai débarqué dans les salines au mauvais moment.

— Le scénario le plus plausible serait qu'elle en ait eu vent via Daeron, qu'un tel projet devait occuper à temps quasi complet.

Ils mangèrent un instant en silence. Le poisson était délicieux. Au bout d'un moment, la commissaire leva la tête :

— Il y a nécessairement plus d'une personne impliquée dans l'affaire.

Dupin partageait son avis.

— Le profit qu'ils en tireraient serait phénoménal. Gigantesque. (Elle-même semblait impressionnée.) Bien sûr, seulement si la substance est agréée et respecte l'environnement. La demande serait énorme, mondiale. La légalisation pourrait venir dans un second temps. Nous...

Son téléphone sonna.

— Bonjour, madame Cordier.

La commissaire posa son appareil sur la table et activa le haut-parleur.

— Il faut que nous parlions.

— Très volontiers. A dix-sept heures quinze au Centre du sel. Nous vous attendons.

Céline Cordier ne se laissa pas démonter :

— On vient de m'annoncer qu'une quantité significative de bactéries inhabituelles a été retrouvée dans l'un des grands bassins. J'imagine que ça fait un moment que vous avez des soupçons, j'aurais aimé être prévenue un peu plus tôt.

La commissaire dégusta tranquillement sa dernière bouchée de lieu jaune sans se soucier de répliquer.

— Ecoutez, commissaire. Je vais immédiatement prévenir Paris. Je ne sais pas si vous avez pris conscience des conséquences de cette affaire. Nous allons ordonner la clôture immédiate de toutes les salines jusqu'à ce que nous sachions exactement ce qui se passe.

— Très bien.

Un silence perplexe lui répondit. Céline Cordier s'attendait visiblement à une autre réaction.

— Vous êtes tenue de m'informer de vos soupçons, vous le savez ?

— Eh bien, appelez donc notre chimiste légiste, je vous y autorise.

Dupin l'écoutait, de plus en plus amusé.

— Je l'ai déjà fait. Il n'a pas voulu me donner de précisions et m'a renvoyée vers vous.

— Nous vous contacterons dès que nous le jugerons utile.

— Ne prenez pas cette peine. Nous allons analyser le bassin nous-mêmes.

— Vous le ferez quand nous vous permettrons de vous rendre dans la saline. Pas avant. Nous nous retrouverons à dix-sept heures quinze pour un interrogatoire en bonne et due forme. A tout à l'heure, madame.

La commissaire raccrocha et se tourna vers Dupin, parfaitement détendue :

— Allons-y si nous voulons éviter un nouvel excès de vitesse.

Dupin avala une dernière bouchée de poisson avant de la suivre.

— Nous mettrons nos inspecteurs au courant pendant le trajet, enchaîna la commissaire. Qu'ils vérifient tout sous ce nouveau jour et cherchent quels laboratoires travaillent avec qui dans la région. L'idéal serait que nous fassions une petite réunion à cinq une fois que nous serons rentrés du Centre.

Elle avait raison, même si elle s'exprimait d'une manière pompeuse qui déplut à Dupin.

— Il faut aussi…

Une fois de plus, Rose fut interrompue par la

sonnerie de son téléphone. Dupin reconnut une voix d'homme, mais il ne comprit pas ce qu'il disait. Sa collègue écouta attentivement avant de répondre :

— Sinon, rien d'anormal ? Très bien, docteur. Merci beaucoup pour cette information. A nous de faire le reste, maintenant.

Elle raccrocha pendant qu'ils descendaient les marches menant au port.

— Je voulais savoir s'il y avait du nouveau concernant l'autopsie de Maxime Daeron. On a trouvé un léger résidu de poudre sur son index, ce qui confirmerait qu'il a tiré lui-même, mais un autre emplacement du doigt en est totalement dépourvu... Ce qui pourrait laisser imaginer que quelqu'un a appliqué sa main sur celle de Daeron. Ce genre de phénomène est assez courant, a indiqué le légiste, et ne doit pas nous amener à tirer des conclusions hâtives. Les analyses sanguines sont faites, aucun narcotique n'a été relevé mais il en existe aujourd'hui dont la trace disparaît rapidement. L'autopsie ne nous apportera rien de bien concluant, je le crains.

Ils se tenaient sur le quai. Le bateau n'allait pas tarder à amarrer, les deux hôtesses blondes du ferry étaient déjà sur le pont.

Dupin avait commencé à passer des coups de fil en montant à bord et n'avait cessé de parler pendant la quasi-totalité du trajet. Il avait tenu Le Ber et Labat informés de leurs dernières découvertes, ainsi que Nolwenn, qui avait saisi l'occasion pour lui rappeler de prévenir le préfet. Il avait par ailleurs tenté à plusieurs reprises de joindre le chimiste, mais en vain.

Les deux inspecteurs avaient vérifié les comptes professionnels et personnels de Daeron : ses revenus avaient été faibles pendant toutes ces années. Il ne possédait rien. Les deux maisons et même sa voiture appartenaient à son frère ou à sa femme.

Entre deux coups de fil, il avait eu des nouvelles de Skippy par France Bleu Breizh Izel. Deux caisses de bière avaient déjà été remises à deux heureux photographes amateurs. Cette fois, aucun doute, c'était bien le kangourou qu'on voyait sur les clichés. Le fait qu'il se trouvait au même endroit que l'avant-veille laissait penser qu'il avait installé là son nouvel habitat.

Le véhicule de la commissaire était déjà sur le parking quand Dupin arriva au Centre du sel. Ils étaient partis au même moment, elle n'avait pas pu rouler à la vitesse réglementaire. Dupin aurait aimé savoir si sa collègue avait été flashée.

Elle se tenait près de sa voiture. Dupin gara sa Peugeot de l'autre côté du parking.

— Mon inspectrice me dit que Goal essaie de vous joindre, lança-t-elle en l'apercevant.

— Je suis tombé deux fois sur sa messagerie !

Elle haussa les épaules :

— Ma foi, appelons-le maintenant. Madame Cordier nous attend dans la salle de réunion et madame Bourgiot dans son bureau. Nous les verrons séparément.

Dupin sortit son téléphone et Rose s'approcha de nouveau très près de lui, si bien qu'il s'empressa d'activer le haut-parleur.

— Bonjour, c'est Dupin.

— J'étais au labo quand vous avez appelé. Nous avons mené une série de tests très spécifiques en nous appuyant sur votre théorie. Nous avons vérifié si ces microorganismes avaient la capacité de dissoudre des algues in vivo. On a fait l'expérience avec des particules d'*Ulva armoricana*. Ils sont positifs.

Goal semblait lui-même surpris du résultat.

— Ces microorganismes détruisent les algues vertes ?

— Disons plutôt qu'ils possèdent les propriétés pour le faire. Les tests que nous avons menés sont encore superficiels. Mais oui, tout permet de penser qu'ils ont cette capacité.

Ils avaient raison. C'était ça. Incroyable.

— De tels microorganismes sont à manipuler avec une extrême précaution, j'attire votre attention là-dessus. Aucune toxicité n'a été décelée dans ces spécimens pour le moment et ils ne semblent pas non plus se propager par le vent ou la pluie, mais cela ne veut rien dire. Apparemment, il faut les renouveler sans cesse. Ils ne peuvent se reproduire de manière autonome dans des eaux faiblement salées. On ne connaît absolument pas, en revanche, les autres caractéristiques chimiques ou biologiques qu'ils pourraient posséder. C'est criminel, si vous voulez mon avis, totalement irresponsable. L'Institut national de santé publique va fermer toutes les salines, le préfet Trottet a reçu l'ordre de permettre au Centre d'effectuer ses propres analyses dans les bassins. Des employés viennent de repartir avec des échantillons et moi, je me retrouve avec leur patronne au bout du fil toutes les quinze minutes !

— Nous la voyons dans un instant, nous allons lui en toucher deux mots. Monsieur Goal, ceci est de toute première importance : nous aimerions garder les résultats pour nous dans un premier temps.

— En théorie, je n'ai pas le droit de faire ça, commissaire, gémit le chimiste avec un soupir angoissé. Enfin, si vous en prenez l'entière responsabilité…

— Absolument. Vous ne faites qu'exécuter mes ordres.

Dupin ne voulait pas que la nouvelle se propage. Le coupable ignorait encore qu'ils avaient découvert ce que le bassin cachait, il fallait qu'ils exploitent cet avantage tant qu'ils le pouvaient.

— Pensez-vous qu'il faille fermer toutes les salines, monsieur Goal ?

La commissaire avait élevé la voix pour se faire entendre.

— Je ne connais pas bien les règles en vigueur, répondit Goal en se mettant à son tour à crier. Pour ma part, je me contenterais d'abord de fermer la zone qui jouxte le bassin et je procéderais dans les plus brefs délais à des analyses pour voir si d'autres bassins ont été contaminés. Hélas, les lois de l'Institut sont plus sévères que les miennes.

— Appelez-nous dès qu'il y a du nouveau.

Dupin raccrocha pendant que la commissaire résumait ce qu'ils venaient d'apprendre :

— Bon. Nous n'aurons pas plus de précisions avant un moment. Ça y est, nous la tenons, notre histoire. Il ne nous reste plus qu'à découvrir qui tire les ficelles.

Un instant plus tard, ils pénétraient dans la salle de réunion qu'ils connaissaient bien. Céline Cordier se tenait à l'autre extrémité de la pièce, une liasse de papiers à la main. Elle portait un tee-shirt orné d'un énorme symbole de copyright et un jean semblable à celui de la veille. Elle avait un regard froid et méprisant, lèvres pincées.

— Vous avez l'obligation de me tenir au courant de tout ce qui a trait à la santé publique. De quels microorganismes s'agit-il ? Le ministère attend mon rapport pour prendre les mesures nécessaires.

Elle n'avait aucune intention de s'asseoir, les deux commissaires pas davantage.

— Madame Cordier, avez-vous entendu parler de plaintes ou d'incidents dans le Pays blanc au cours de l'année passée ?

La commissaire était calme, presque guillerette.

— Non, absolument pas.

— Vous supervisez les producteurs, mais aussi les instituts de santé publique, n'est-ce pas ?

— Exact.

— A quelle fréquence effectuez-vous des contrôles ?

— Chaque semaine.

Céline Cordier croisa les bras avec un air de défi.

— Est-ce le cas pour les trois salines autour de ce bassin ?

— Nous prélevons des échantillons dans toutes les salines.

— Vous réalisez les analyses vous-même ?

— Oui, cinq de nos employés s'en chargent, sous ma direction. Maintenant, dites-moi de quels microorganismes il est question ?

— Cette information est confidentielle pour le moment. Notre chimiste vous informera des mesures de sécurité qui lui semblent adaptées.

Céline Cordier laissa retomber ses bras dans un geste d'exaspération.

— J'en déduis que vous ne savez pas à quelles souches nous avons affaire. Vous m'inquiétez de plus en plus !

D'un point de vue purement objectif, Dupin comprenait son entêtement.

— Le savoir nous permettrait pourtant d'évaluer la situation et de réagir de façon adéquate. Il ne me reste plus qu'à fermer toutes les salines, dans ce cas.

— Madame Cordier, où vous trouviez-vous mercredi soir entre vingt heures trente et deux heures du matin ?

— C'est parfaitement ridicule, répondit l'intéressée en secouant la tête. Enfin... Je suis restée à l'institut jusqu'à vingt heures trente, j'ai dû partir plus tôt pour repasser chez moi avant d'aller à une réception. J'y suis restée jusqu'à une heure et demie, environ. Je me suis beaucoup amusée.

— Pouvez-vous me préciser les lieux ? Votre bureau, votre domicile, la réception ?

— L'institut est à Vannes. Je réside à Pen Lan et la fête a eu lieu près de chez moi, au Domaine de Rochevilaine, un excellent restaurant. Le club de sport local fêtait son cinquantième anniversaire.

— J'imagine que quelqu'un pourra nous confirmer votre présence dans chacun de ces endroits ?

— L'institut est grand, cependant la plupart des employés partent bien avant moi. Je ne peux pas vous garantir que quelqu'un m'ait vue avant mon départ. Je vis seule, mais beaucoup de gens m'ont vue à la réception.

— Très bien. Nos inspecteurs vont vérifier. Autre chose ?

Céline Cordier lui répondit avec un sourire glacial :

— Je vais faire un rapport au ministère ainsi qu'à madame Bourgiot.

— Madame Bourgiot attendra, elle a d'abord rendez-vous avec nous.

Céline Cordier se leva et quitta la pièce sans rien ajouter.

— Où se trouve Pen Lan ? demanda Dupin qui n'en avait jamais entendu parler.

— A l'embouchure de la Vilaine, au nord. Entre

le Golfe et Guérande. C'est très joli, là-bas. Bon, madame Bourgiot nous attend.

Malgré tout le bien qu'on lui en avait dit, Dupin n'avait encore jamais approché la Vilaine, l'un des fleuves historiques de Bretagne auquel était relié un vaste réseau de voies navigables. Nolwenn lui en avait souvent parlé. Les douces vallées, les paysages solitaires et féeriques, les éclusiers qui vendaient les légumes de leur jardin potager, un véritable paradis pour les péniches.

Le bureau de Juliette Bourgiot formait une sorte de mezzanine surplombant le Centre. Un escalier transparent et raide y menait. Le verre était omniprésent dans la pièce toute en angles, ce qui la faisait paraître très vaste. La vue, surtout, était époustouflante. Dans le *Gwen Ran*, il suffisait de s'élever de quelques mètres pour jouir d'un panorama impressionnant. La visibilité à cent quatre-vingts degrés offrait au regard une véritable plongée dans les paysages étranges et magnifiques des marais salants, dans les prairies alluviales aux teintes verdâtres et dans le lagon turquoise. Elle montrait également Kervalet, Batz-sur-Mer et Le Croisic, avec son église carrée. Dupin avait du mal à en détacher le regard.

— Madame Cordier va demander au ministère d'ordonner la fermeture de toutes les salines. Elle va vous en parler.

Après de brèves salutations, la commissaire faisait là une entrée en matière plutôt perfide, prononcée avec calme. Dupin ne savait toujours pas où elle voulait en venir et avait hâte de le découvrir.

Juliette Bourgiot portait un tailleur bleu pétrole et semblait agitée, tendue. Comme lors de leur première rencontre. La veille, déjà, ils avaient pu constater à quel point le comportement de cette femme était changeant.

— Ce serait une véritable catastrophe ! J'en ai déjà parlé au ministère de mon côté. Il faut absolument empêcher ça. A moins que vous n'ayez de nouveaux résultats ? Vous jugez cette mesure nécessaire ?

La directrice du Centre était assise dans un fauteuil de Plexiglas blanc, fort élégant mais certainement très inconfortable.

La commissaire marqua une pause dont Dupin profita :

— Nous ne pouvons rien vous dire à ce sujet, madame. J'aimerais savoir quelles études vous avez suivies.

La stupéfaction se lut sur le visage de Juliette Bourgiot.

— Quelles études j'ai suivies ?

— C'est ça, oui.

— Je suis ingénieure en sciences de la Terre, diplômée de l'Ecole normale supérieure de la rue d'Ulm.

— Vous avez donc des notions de biologie et de chimie ?

Son interlocutrice mit un moment à lui répondre.

Dupin croisa le regard de sa collègue, dans lequel dansait une flamme amusée.

— Oui, bien entendu. Je n'étais pas une mauvaise élève, d'ailleurs. Où voulez-vous en venir, commissaire ?

— Je voulais juste me faire une idée d'ensemble, merci.

Dupin ressentit une pointe de découragement. Cette conversation ne menait nulle part s'ils ne pouvaient défier la directrice du Centre, la provoquer et observer sa réaction.

La sonnerie du téléphone de la commissaire les fit sursauter. Après un coup d'œil à l'écran de l'appareil, celle-ci décrocha immédiatement.

— Chadron ?... Très bien, attendez un instant.

Elle s'était levée d'un bond et s'éloignait vers la porte.

— Madame Clotilde ? lâcha-t-elle avant de disparaître.

Elle reparut un instant plus tard pour faire signe à Dupin, qui la suivit dans la salle interactive. Elle s'immobilisa devant le panneau « Le sang du sel ».

— Elle n'a pas pu voir s'il s'agissait d'un homme ou d'une femme ?... Vers minuit moins le quart, c'est noté. Très bien. Merci, Chadron. Dites à l'équipe de poursuivre les interrogatoires. Peut-être quelqu'un d'autre se promenait-il vers la même heure.

Elle raccrocha. Puis elle s'étira lentement, cala les mains sur ses hanches et pencha la tête.

— Une équipe est à l'Ile-aux-Moines pour interroger les résidents. Madame Clotilde est une légende locale. Elle a quatre-vingt-douze ans. Sur l'île, tout le monde la connaît. Elle habite non loin du port. Elle conduit une de ces minuscules voitures électriques. A vrai dire, elle ne devrait plus. Elle ne fait que deux trajets, toujours les mêmes, depuis des années. Le premier la mène chez une amie, à l'autre bout de l'île. Elle finit toujours par y rester plus longtemps que prévu. Elle emmène toujours son chien et son chat, d'ailleurs…

Dupin l'écoutait, perplexe. A quoi rimait cette histoire ?

— … et l'entrée de sa propriété n'offre aucune visibilité sur la route. Quand elle sort au volant de sa voiture, elle a donc pris l'habitude de compter jusqu'à cinq avant de s'engager sur la chaussée…

— Pardon ?

— Oui, elle compte jusqu'à cinq et s'engage sur la route sans regarder. Comme la voiture est toute petite, les vitres s'embuent facilement. Quand ça devient gênant, elle stoppe et ouvre les fenêtres quelques instants.

La commissaire se tut. Elle semblait très sérieuse.

— C'est pendant un de ces arrêts qu'elle a remarqué quelqu'un qui amarrait un canot devant la maison de Maxime Daeron, vers minuit moins le quart.

Dupin écarquilla les yeux : c'était donc ça !

— Elle n'a pas reconnu la personne, elle n'a pas

même pu nous dire s'il s'agissait d'un homme ou d'une femme. En tout cas, on a bien amarré un canot à cet endroit, il n'y a pas de doute à ce sujet.

Dupin se passa une main dans les cheveux. Ce pouvait être un plaisantin qui s'amusait tout simplement à emprunter des canots pour se promener la nuit, bien sûr, mais la coïncidence serait par trop invraisemblable.

— On a retrouvé ce matin au fond de l'eau le canot volé cette nuit-là et il a tout de suite été analysé. Aucune empreinte. Rien.

— La vieille dame a encore toute sa tête, j'imagine ?

— Elle est en pleine forme. Tous les matins, elle lit *Le Télégramme* de A à Z et elle peut vous exposer ensuite chaque article en détail, parfois même avec des citations. A l'heure du déjeuner, on la trouve généralement au San Francisco.

Dupin se gratta la nuque.

— Croyez-moi, ce n'est pas un hasard, poursuivit la commissaire. Maxime Daeron a été assassiné par quelqu'un d'extrêmement doué pour la mise en scène et doté d'un sacré sang-froid…

— Peut-être même s'est-on servi de l'arme pour faire croire que Daeron était responsable de la fusillade dans les marais, voire de la mort de Lilou Breval. L'assassin a tenté de l'accuser, à ce qu'il semble…

— Si ça se trouve, Daeron est vraiment impliqué,

mais pas sans complice. Il est improbable qu'il ait monté tout seul le projet d'éradication des algues.

C'était vertigineux. Depuis le matin, la donne changeait presque à chaque heure. Ils étaient quasiment sûrs désormais d'être confrontés à deux meurtres. Quelqu'un les avait bernés avec un talent et une aisance inquiétants.

— Bon sang !

La commissaire ne l'écoutait plus. Décidée à en finir rapidement avec la directrice, elle était déjà au pied de l'escalier. Elle l'attendit devant la porte et lui lança un regard dans lequel il lut quelque chose comme de la connivence.

Les deux policiers entrèrent ensemble. Madame Bourgiot les attendait placidement.

— Il nous reste quelques questions, madame. Où étiez-vous hier soir ? Merci de nommer toutes les personnes pouvant témoigner.

— J'en déduis que vous remettez en cause le suicide de Maxime Daeron.

— Contentez-vous de répondre, s'il vous plaît.

Juliette Bourgiot s'enfonça dans son siège.

— Quand je n'ai pas d'obligations, je dîne généralement avec mon mari. C'était le cas hier soir. Dans le jardin. Il est arrivé vers vingt heures, moi une demi-heure plus tard. Nous y sommes restés jusqu'à minuit, peut-être un peu plus tard.

— Quelqu'un d'autre que votre mari peut le confirmer ? Avez-vous téléphoné ?

— Non. Seulement mon mari. J'ai passé deux appels.

— Depuis votre poste fixe ?

— Depuis mon portable.

— Réfléchissez une fois de plus à mercredi soir, je vous prie. Existe-t-il quelqu'un, en dehors de votre mari, qui puisse témoigner de votre présence chez vous avant deux heures du matin ?

— Non. Je vous l'ai déjà dit.

— Très bien. Nous allons donc interroger une nouvelle fois votre mari.

Bien sûr, il y avait de fortes chances pour qu'elle dise la vérité, mais ils avaient suivi trop de fausses pistes au cours de cette enquête pour se permettre une nouvelle erreur de jugement.

— Ce serait une catastrophe. Un second meurtre dans les salines, vous vous rendez compte ! Cela signerait leur faillite. C'est la débandade.

Ces paroles sonnaient comme une capitulation, une prise de conscience douloureuse de sa propre impuissance.

— Que voulez-vous dire ?

Madame Bourgiot dévisagea la commissaire avec des yeux vides.

— Rien.

Dupin réfléchissait. Si Daeron avait également été tué, ils étaient confrontés à un meurtrier d'une tout autre trempe. Dans ce cas, les événements de mercredi soir n'étaient pas le résultat d'un dérapage ou d'une perte de contrôle aux conséquences dramatiques. Quelqu'un opérait sciemment, avec tactique. Daeron avait été éliminé – complice ou victime ? Il existait tant de mobiles pour les meurtres : les drames humains dans toute leur variété, les blessures, les passions tragiques, l'envie, la vengeance – toutes ces émotions « à chaud » pas toujours détectables d'emblée. Et puis il y avait les assassins froids, calculateurs, sans scrupules, prêts à piétiner autrui pour parvenir à leurs fins. Ils poursuivaient leurs intérêts rationnellement, les victimes n'étaient pour eux que des dommages collatéraux qu'il fallait accepter si on voulait réussir. Ils existaient, ces individus sans conscience. Dupin en avait croisé quelques-uns.

— Où travaille votre mari ?

Dupin ne savait pas où la commissaire voulait en venir.

— Il est lui aussi employé par la commune.

— Que fait-il ?

— Il dirige l'Office de l'eau.

— L'Office de l'eau ? intervint Dupin, l'intérêt soudain éveillé.

— Oui, il est responsable de l'approvisionnement en eau potable, des usines de traitement, des canalisations, de tout ce qui a trait à l'eau.

— Ici, à Guérande ?

— Pour l'ensemble de la presqu'île, oui.

— Merci, madame Bourgiot.

Ils mirent un terme à l'entretien sans autre forme

de politesse et quittèrent la cage de verre. La directrice était restée assise, perdue dans ses pensées.

Les trois inspecteurs les attendaient devant le Centre du sel, sur le parking poussiéreux éclairé par la lumière dorée du coucher de soleil. Le Ber et Chadron s'entretenaient avec animation tandis que Labat se tenait un peu en retrait, la mine contrariée.

— Par ici.

La commissaire les précéda sans plus d'explications vers l'un des grands entrepôts à sel. Un chemin longeait l'édifice, ils l'empruntèrent et débouchèrent bientôt sur une sorte de sentier pédagogique. Deux panneaux invitaient soit au « petit tour » (vingt minutes), soit au « grand tour » (soixante minutes). La commissaire opta pour le parcours le plus long, qui partait sur la gauche. Ils se trouvaient maintenant en lisière des marais salants. A droite s'échelonnaient les salines, un monde à part. Devant eux s'étendait un paysage tout à fait inattendu : un petit bois qui avait tout d'une jungle, touffu, dense, sauvage. Au pied de saules pleureurs naissait un canal rectiligne, qui se perdait au loin, sans doute dans le fantastique Pays noir. Le parc de Brière était un vaste territoire essentiellement composé de tourbe, de boue et d'eau, et jalonné de canaux et d'étangs. Dupin l'avait parcouru une fois avec Henri, en revenant du Croisic. A l'endroit où commençait le canal s'élevait, comme dans un conte de fées, une ravissante passerelle de bois couverte de mousse claire. Trois barques allongées étaient amarrées.

On apercevait à l'ombre des grands saules une table de pique-nique en bois flanquée de deux bancs. La commissaire, qui semblait bien connaître les lieux, y prit place. Le long du canal, des herbes folles déclinaient toutes les nuances de vert et de jaune. Une vision idyllique baignée d'une lumière douce et dorée.

— L'assassin a dû étourdir Maxime Daeron, qui se trouvait sans doute dans le garage. Il a placé le corps dans une position susceptible de faire croire qu'il était tombé suite au coup de feu. Puis il a appliqué le doigt sur la détente.

La commissaire, parfaitement imperméable à la beauté du paysage, s'était déjà mise au travail, aussitôt imitée par Dupin et les trois inspecteurs. Le sujet de leur conversation contrastait singulièrement avec le cadre dans lequel ils se trouvaient, mais au moins ils ne risquaient pas d'être dérangés.

— Cela explique les traces de poudre, s'empressa de remarquer Labat.

— Tout a été parfaitement mis en scène. Le plan aurait vraiment pu fonctionner.

— Il faut se mettre dans la peau et dans la tête de l'assassin, comme si on écrivait un roman policier !

Tous les regards convergèrent vers Le Ber. La dernière trouvaille de la préfecture avait été de lancer un programme de formation pour les inspecteurs, et Le Ber fréquentait depuis deux mois un cours intitulé : « La psychologie du coupable – un outil de criminologie indispensable ». Labat s'était inscrit à une session qui débutait en octobre et dont le titre n'était pas moins inquiétant : « Déchiffrer les signaux corporels – quand le système limbique trahit le coupable ».

— Tout est possible, reprit la commissaire sans se laisser distraire, tout ce que nous savons, c'est que Daeron n'était pas auprès de sa femme mercredi soir. Il peut avoir été n'importe où ailleurs que dans sa saline.

— Si l'assassin a vraiment anesthésié Maxime Daeron, il a dû se procurer un de ces tout nouveaux narcotiques qui ne laissent aucune trace, intervint Labat avec zèle.

— Eh bien, nous partons de toute façon du principe que le coupable a de bonnes connaissances en chimie et en biologie, n'est-ce pas ? Il peut aussi avoir des connaissances médicales. S'il dispose par ailleurs d'un laboratoire, rien de plus facile.

— Qui s'y connaît en quoi, et qui est en rapport avec quel laboratoire ? lança Dupin. Quels éléments possédons-nous pour répondre à ces deux questions ?

— J'ai mené des recherches assez poussées sur les trois femmes, répondit Labat, je vais commencer par madame Laurent. Formation : biologiste.

— Madame Laurent est biologiste ?

Dupin sortit son calepin et commença à prendre des notes pendant que Labat poursuivait.

— Elle a étudié à Bordeaux mais elle est née à Rennes. Elle n'a jamais exercé le métier de biologiste, pas même dans l'entreprise qui l'emploie, elle a toujours travaillé dans le management. Le Sel possède un certain nombre de laboratoires, dont un à Vannes, mais nous n'avons pu découvrir aucun lien entre madame Laurent et ces labos. A propos, l'un de ses oncles est paludier à Guérande, troisième génération. Madame Cordier possède un doctorat en chimie alimentaire, c'est un cursus proposé par l'université Paris-Sud, et elle s'est spécialisée dans le droit alimentaire, c'est également dans ce domaine qu'elle a fait sa thèse, à l'âge de vingt-trois ans. Elle vient de Guérande et est chef de département à l'institut de Vannes ; la rumeur dit qu'elle va bientôt en prendre la tête. (Labat marqua une pause, comme pour ménager un peu de suspense avant le coup de théâtre.) Madame Bourgiot est ingénieure, elle a également étudié à Paris. Nous n'avons pu découvrir aucun lien particulier entre elle et un quelconque laboratoire, pas même du Centre du sel. Elle est passée quasiment sans transition de ses études au Centre. Elle vient également d'un village des environs, situé entre Le Croisic et Saint-Nazaire.

— De mieux en mieux. Nos suspects sont de plus en plus suspects, sans exception.

Deux grands oiseaux passèrent au-dessus de leurs

têtes dans un grand battement d'ailes et vinrent se poser sur le canal. Dupin fut le seul à les remarquer.

— Quant à Jaffrezic, enchaîna Chadron, il ne semble pas posséder de connaissances particulières en chimie ou en biologie. Il n'a pas fait d'études et n'a aucune formation. Il est arrivé de Paris à la fin des années 1970. (Elle jeta un coup d'œil vers Dupin.) C'était un hippie.

— Un hippie ?

— Au cours des années 1970, un certain nombre de marginaux sont venus s'installer dans le Pays blanc. Ils étaient en quête d'une vie en harmonie avec la nature, de contemplation, de quelque chose de plus primitif, expliqua la commissaire avec un respect non déguisé. Leur idéalisme a largement contribué à la préservation et à la renaissance des marais salants. Au début, bien sûr, ils se sont beaucoup accrochés avec les anciens paludiers.

— Quel âge a Jaffrezic ?

— Soixante-trois ans, répondit Chadron.

La contemplation semblait porter ses fruits, Dupin lui avait donné dix ans de moins.

— La coopérative travaille toujours avec le même laboratoire, reprit Chadron. SécurAlim. Depuis quinze ans. Les contacts entre les deux organismes passent par une employée de la coopérative, mais Jaffrezic et le directeur du laboratoire se connaissent très bien. Ils sont même amis, à ce qu'il paraît. Nous...

— Des amis qui pêchent ensemble ? s'enquit Dupin.

— Nous sommes en train de vérifier s'il s'agit de la même personne, en effet. Nous le saurons sûrement sous peu.

Chadron était décidément compétente. Dupin jeta vers elle un coup d'œil satisfait tandis que celui de Labat était agacé.

— L'entreprise de Paul Daeron a monté son propre laboratoire il y a cinq ans, démarche ordinaire pour une entreprise de cette envergure.

— Où se trouve le laboratoire ?

— Au siège de l'entreprise.

Dupin marmonna indistinctement. Dans un moment d'euphorie, il avait espéré que le nouveau sujet central, les algues, leur permettrait de réduire le cercle des suspects, mais il n'en était rien. Il ressentit une pointe de découragement.

— Il faut absolument que nous…

Le téléphone de la commissaire sonna. Elle répondit et se leva d'un bond.

— J'arrive.

Elle fit quelques pas et s'immobilisa sous les branches tombantes des saules pleureurs, si bien qu'on la voyait à peine. Elle parlait très bas, on n'entendait pas un mot de sa conversation.

A la table de pique-nique, personne ne pipait mot. Le regard de Dupin était irrésistiblement attiré par les deux oiseaux qui s'agitaient dans l'eau. Ils chassaient quelque chose, sans doute une pauvre grenouille. Dupin aimait les grenouilles.

— Il faut que nous avancions. Voyons les alibis, déclara la commissaire, tirant Dupin de sa contemplation.

L'appel avait été court et elle n'en dit rien. Au contraire, elle paraissait presque irritée d'avoir été interrompue.

— Qu'en est-il de madame Cordier ?

— Je me suis entretenue avec trois témoins. Ils étaient plus d'une centaine à la réception, il ne fait aucun doute qu'elle était là entre vingt-deux heures et une heure et quart.

Labat donna l'impression d'hésiter à ajouter quelque chose avant de se raviser.

— Bon. Si l'on considère l'emploi du temps, elle pourrait très bien être impliquée dans la fusillade. (La commissaire haussa les sourcils.) Vous devriez l'interroger sur ses faits et gestes de la nuit dernière.

— Je m'en occupe, dit Labat, que ce genre de mission réjouissait.

— Et les autres ? Allons, dépêchons !

La commissaire s'impatientait et Dupin ne la comprenait que trop bien.

— Madame Laurent n'a d'alibi pour aucun des deux soirs, reprit Labat avec précipitation. Madame Cordier, c'est fait. Madame Bourgiot : mercredi soir, dîner avec son mari…

— Pareil pour hier soir. C'est tout au moins ce qu'elle prétend.

— Nous sommes en train de vérifier, aboya Labat.

— Nous savons que Jaffrezic était à la pêche hier soir, reprit Chadron. (L'entente entre les inspecteurs était bien rodée.) Mercredi soir, il a quitté les salines à vingt heures quinze en compagnie d'un collaborateur. Puis il est allé dîner avec deux amis paludiers au Croisic. A partir de vingt-deux heures trente, il assistait à un fest-noz à Pornichet, deux paludiers avec lesquels il a dîné l'accompagnaient. Il est resté jusqu'à minuit passé. Ses compagnons nous l'ont certifié. Paul Daeron avait un rendez-vous à Vannes en début de soirée, comme avant-hier soir. C'est également vérifié. Ensuite, comme vous le savez déjà, il s'est rendu sur son bateau, mais personne ne peut nous en donner la confirmation. Sa femme et sa fille ont affirmé qu'ils ont dîné ensemble autour de vingt et une heures, et qu'ils se sont couchés vers vingt-deux heures trente.

— Donc, il n'a pas d'alibi pour le laps de temps qui nous intéresse. Il aura très bien pu se relever sans se faire remarquer.

— Exact, admit la commissaire. J'ai reparlé avec le chimiste. On a forcément fait appel à un laboratoire, quel qu'il soit. Il a fallu acheter des préparations pour les bactéries qu'on a dû sélectionner selon un processus assez complexe, réaliser un certain nombre d'essais, acheter des solutions nutritives pour la prolifération ciblée des microorganismes, il en a fallu beaucoup pour une expérience de cette ampleur – en plein air par-dessus le marché –, transporter jusqu'ici de grosses quantités d'algues vertes, puis observer les résultats et les échantillons d'eau en laboratoire. Sans compter que tout cela demande de l'argent. Si c'est l'œuvre d'une équipe, ses membres ont forcément communiqué d'une manière ou d'une autre. On doit pouvoir retrouver des appels, des sms, des e-mails, des traces de rendez-vous.

— Nous ne pouvons exiger de ces personnes de nous livrer des informations sans motif sérieux, s'empressa d'intervenir Labat. Or nous n'avons aucun motif réel de soupçonner Daeron, et sa femme ne nous a rien communiqué de nouveau.

— J'ai demandé à une équipe de contacter les laboratoires commercialisant les microorganismes, reprit la commissaire sans se soucier de son intervention. Sans résultat pour le moment. Je viens de recevoir un premier rapport. Il ne faut pas désespérer, mais si ce sont des microorganismes courants, comme ceux qu'on peut acquérir dans une jardinerie, nous avons peu de chances d'aboutir.

Dupin était de plus en plus agité. Il est vrai qu'il n'était pas habitué au travail en équipe. D'ordinaire, les quelques réunions qu'il organisait avec ses inspecteurs lui coûtaient déjà beaucoup.

— Le Pays blanc compte douze associations et clubs culturels spécialisés dans la promotion de

Guérande et des marais salants. Le plus connu, les Amis de Guérande, se consacre à l'héritage culturel du sel, mais il existe aussi des organismes professionnels. Des groupes d'intérêts, économiques ou autre – il doit y en avoir une bonne dizaine, au bas mot.

Mais où Le Ber voulait-il en venir ? Dupin laissa échapper un soupir pendant que le reste de l'équipe se taisait. N'y tenant plus, il se leva.

— Tous nos suspects font partie d'une ou de plusieurs de ces associations, selon des combinaisons variables. Certains en sont même les fondateurs. Jaffrezic et Bourgiot, par exemple, en ont créé une dédiée à l'écologie des salines et leur protection, et ils en sont tous deux les présidents. Elle compte désormais plus de deux cents membres et est très active. L'année dernière, Maxime Daeron en a été désigné trésorier.

Le Ber avait formulé tout cela sur un ton calme, réfléchi, comme s'il ne poursuivait pas d'intention particulière. A ces derniers mots, cependant, tous les visages s'étaient tournés vers lui. Il s'en aperçut à peine.

— J'ai remarqué ça quand je suis allé à la mairie, mais c'est aussi affiché ici, au Centre, précisa-t-il comme pour s'excuser.

— Maxime Daeron, Bourgiot et Jaffrezic ?

Dupin s'était immobilisé. C'était presque trop beau, mais c'était plausible. Le Ber avait eu une idée de génie en étudiant de plus près les associations et clubs de la région.

— Ce genre d'association serait un camouflage parfait pour le projet d'éradication des algues, remarqua la commissaire. Difficile de trouver meilleure couverture, à vrai dire.

Le Ber feuilleta son calepin couvert d'annotations et reprit d'une voix de plus en plus assurée :

— On trouve différentes combinaisons avec ces six personnes, d'ailleurs toutes adhérentes des deux grands groupements professionnels – sauf Jaffrezic, ce qui est curieux. L'Association pour la promotion et la commercialisation du sel breton compte Ségolène Laurent et Guy Jaffrezic parmi ses membres. C'est sûrement la plus puissante de toutes. La Fédération de saliculture guérandaise possède une section axée sur la faune et la flore, et dans laquelle on retrouve Maxime Daeron, Ségolène Laurent et Céline Cordier.

Les visages convergèrent de nouveau vers l'inspecteur, cette fois avec une expression déçue.

— On en revient donc au stade précédent, remarqua Labat avec délectation. Tout le monde est suspect.

Il avait raison, mais c'était tout de même une piste qu'ils ne pouvaient négliger.

— J'aimerais avoir la liste complète des adhésions de nos suspects à tous les clubs, associations ou groupements possibles et imaginables, lança Dupin en se massant la nuque.

— La voici.

Le Ber avait fourni du bon travail. Il fit glisser la liste sur la table de manière que les deux commissaires puissent l'étudier ensemble.

Le tableau était dense, en pattes de mouche ; à gauche les noms des clubs, à droite ceux des suspects. Chaque combinaison possible y figurait, ou presque. Un véritable casse-tête.

— Connaissons-nous l'objet que poursuit chaque association ?

Quelques-uns étaient aisément identifiables par les seules appellations, les autres étaient plus nébuleux.

— Presque. Je connais…

Le téléphone de la commissaire sonna.

— Bonj…

Coupée dans son élan, elle s'immobilisa et les quatre autres, intrigués, la dévisagèrent. Le téléphone pressé contre l'oreille, elle resta silencieuse pendant un long moment.

— Bien sûr, lâcha-t-elle pour finir.

Elle s'efforçait visiblement de garder son calme, mais sa nervosité était palpable. Son interlocuteur reprit la parole, car elle redoubla d'attention.

— Non. Monsieur Daeron, attendez ! Nous arrivons tout de suite. Où êtes-vous ? Allô ?

Elle attendit un instant, très inquiète, avant d'éloigner le téléphone.

— Paul Daeron. Il veut nous voir tout de suite. Il est prêt à nous raconter toute l'histoire. Il était sur le point de me dire où il était quand... quelque chose est arrivé. J'ai entendu des bruits sourds, comme si on se battait, et il a crié quelques mots que je n'ai pas compris. Ensuite, la conversation a été coupée. Il appelait en numéro masqué.

Chadron, Le Ber et Labat s'étaient levés d'un bond.

— Il faut le retrouver au plus vite.

Dupin se leva à son tour et s'approcha de la passerelle. Il contempla les nuances infinies de vert dans l'eau du canal. Sa surface était parfaitement lisse. Un peu plus loin, un groupe d'oiseaux noirs volait silencieusement au-dessus du canal. Tout était si paisible.

— Bon sang, lâcha le commissaire.

— Monsieur Daeron, oui. C'est très urgent.

Il n'avait pas rappelé. Les deux commissaires et les trois inspecteurs avaient gagné le parking du Centre à la hâte et tentaient frénétiquement de joindre quelqu'un capable de les renseigner sur l'endroit où on pouvait le trouver. Dupin interrogea la secrétaire du chef d'entreprise.

— Il y a environ une heure et demie de cela, il a passé un coup de fil très long, en tout cas par rapport à ses habitudes. Tout de suite après, il m'a dit qu'il devait partir – il voulait prendre un peu l'air. Il m'a semblé très nerveux.

La secrétaire semblait tout aussi alarmée d'avoir la police au bout du fil.

— Je peux faire quelque chose ? Vous ne pensez tout de même pas qu'il s'est passé quelque chose de grave, si ? Depuis la mort de son frère...

Dupin réfléchit.

— A-t-il reçu ce coup de fil ou a-t-il appelé lui-même ?

— Je n'en sais rien.

— Quel appareil a-t-il utilisé ?

— Exceptionnellement, son portable. Je n'ai pas vraiment écouté, vous savez. Les pièces sont très bien isolées. Mais s'il avait appelé depuis la ligne fixe, je l'aurais vu sur l'écran du mien. Vous savez, monsieur Daeron n'aime pas du tout téléphoner, il dit qu'il n'a jamais...

— Donnez-moi le numéro, s'il vous plaît.

Elle s'empressa de le lui fournir.

— C'est sa ligne personnelle ?

— Oui. Il n'a pas d'appareil de fonction. C'est un téléphone prépayé. Je crois qu'il ne s'en sert presque jamais.

— Avez-vous son numéro de carte SIM ou un contrat, peut-être ? Savez-vous quand il l'a acheté ?

— Non, rien de tout cela, répondit-elle, très embarrassée.

Sans carte SIM, il ne pouvait être localisé.

— Vous n'avez pas entendu quelque chose, dans la conversation de monsieur Daeron, qui pourrait nous être utile pour le retrouver, par hasard ?

— Oh non, je n'écoute pas aux portes, commissaire !

— C'est bien dommage, cela nous aurait rendu service…

— Je vous assure, je n'en sais rien, gémit-elle.

— Un collègue va venir jeter un coup d'œil à l'historique de ses conversations depuis sa ligne fixe. Avez-vous idée de l'endroit où il aurait pu se rendre ?

— Malheureusement non. Il est très discret. Vous avez ses coordonnées à La Roche-Bernard et à l'Ile-aux-Moines, n'est-ce pas ?

— Oui. Je suppose qu'il a pris sa voiture ?

— Oui.

— Je vous remercie.

Dupin avait parlé trop vite. Il lui restait une question.

— Et vous ne savez vraiment pas ce qu'il voulait dire en annonçant qu'il allait prendre l'air ?

— Non, je suis désolée. Il dit ça de temps en temps, mais il ne précise jamais ce qu'il fait. Il ne me fait pas de confidences.

— Merci.

Dupin raccrocha.

— Alors ?

La commissaire se tenait près de lui. Il lui résuma sa conversation.

— J'ai comme un mauvais pressentiment, murmura la commissaire du ton calme et maîtrisé qui lui était coutumier.

Rose adressa un signe aux trois inspecteurs, qui se rassemblèrent aussitôt autour d'elle.

— Chadron, essayez par tous les moyens de localiser le téléphone de Paul Daeron. Ensuite, je veux savoir exactement où se trouve chacun de nos suspects en ce moment, et avec qui. Appelez-les, allez les voir les uns après les autres, débrouillez-vous, il faut agir très vite. Laurent, Bourgiot, Cordier, Jaffrezic. Chacun en prend un.

C'était pénible mais efficace. Le fait de se concentrer sur ces seules personnes était un risque à prendre, mais il en valait la chandelle. Il y avait fort à parier que Paul Daeron courait actuellement un réel danger, qu'il fût victime ou complice.

— Un véhicule est déjà en route vers sa résidence de La Roche-Bernard.

— Nous nous occupons de Laurent, lança la commissaire en regardant Dupin, qui acquiesça après une brève hésitation, car il aurait préféré l'interroger seul, mais il n'avait pas le choix.

— Je prends Bourgiot, lança Labat, son téléphone à la main, prêt à se mettre au travail.

— Jaffrezic est pour moi, décida Le Ber. A ce propos, nous venons d'apprendre que son vieil ami n'est pas le directeur du laboratoire. Apparemment, ils ne pêchent pas ensemble.

— Je vais parler à Cordier, conclut Chadron avec un air sinistre.

— J'aimerais que l'un d'entre vous interroge aussi la femme de Maxime Daeron, intervint la commissaire. On n'est jamais trop prudent.

Les regards se tournèrent vers elle avec étonnement.

— Je m'en charge, déclara Chadron.

— Allons-y. Je garde ma ligne libre au cas où Daeron rappellerait, mais je suis joignable sur l'autre. Prenons ma voiture. Je conduis.

Dupin leva les yeux au ciel.

L'assistante de madame Laurent était efficace et aimable.

— Elle était ici jusqu'à seize heures trente, ensuite elle s'est absentée.

Ségolène Laurent n'était joignable ni sur sa ligne fixe, ni sur son portable.

— Vous ne savez pas où elle est ?

Dupin s'exprimait d'une voix oppressée. Après avoir enclenché la fonction haut-parleur afin que sa collègue puisse écouter, il avait calé l'appareil dans sa main gauche et s'agrippait solidement à la portière de la droite. Il n'aurait jamais cru qu'on pouvait foncer sur ces routes étroites et sinueuses comme elle le faisait. Cette fois cependant, elle avait activé la sirène et le gyrophare, ce qui ne facilitait pas la conversation.

— Non. Elle n'a plus de rendez-vous, aujourd'hui. Demain elle part à Avignon. Quand elle n'a pas de rendez-vous, le vendredi, elle s'en va vers cette heure-là.

— Que va-t-elle faire à Avignon ?

— Elle va contrôler les salines du delta du Rhône.

— Ce déplacement est prévu depuis longtemps ?

— Ce matin, seulement. Elle s'organise parfois de manière très spontanée.

— A-t-elle passé un coup de fil avant de partir ?

— Le contraire me surprendrait. Elle passe ses journées au téléphone quand elle est ici.

— Avait-elle l'air agitée ou pressée ? Avez-vous remarqué quelque chose de particulier ?

— Non, elle était égale à elle-même. Elle m'a gentiment souhaité un bon week-end.

Parfaitement détendue, l'assistante n'avait pas été étonnée de voir débarquer deux policiers.

— Qui pourrait nous renseigner ?

— Ça, malheureusement, je ne peux pas vous le dire. Peut-être sa meilleure amie, madame Sinon, qui dirige Le Gall, une entreprise de produits laitiers. Ségolène Laurent voyage beaucoup, mais le reste du temps, elle est généralement chez elle, sur l'île d'Arz. Peut-être est-elle en train de nager, c'est une de ses activités favorites.

— Nous avons besoin des numéros de téléphone que madame Laurent a composés au cours des dernières heures depuis sa ligne fixe. Pouvez-vous les trouver et me rappeler ensuite ?

Cette fois, son interlocutrice mit un moment à réagir.

— C'est dans le cadre d'une enquête policière importante, n'est-ce pas ?

— De toute première importance.

— Rappelez-moi d'ici quelques minutes.

— Attendez... Savez-vous si madame Laurent a été récemment en contact avec un certain Paul Daeron ?

— Paul Daeron ? C'est un client. Le sel de Saucisse Breizh vient de chez nous.

— Pardon ?

— Oui, sa société achète son sel chez nous. Pour la préparation des saucisses. Ils se téléphonent de temps en temps et parfois déjeunent ensemble. Madame Laurent met un point d'honneur à rencontrer régulièrement ses gros clients. En revanche, je ne sais pas si elle lui a parlé récemment. En tout cas, je n'ai noté aucun rendez-vous avec lui. Demandez-lui directement, c'est plus sûr.

— C'est ce que nous allons faire.

— Madame Laurent possède-t-elle un téléphone professionnel ?

— Oh, oui. Elle s'en sert énormément.

— Savez-vous si elle a également une ligne portable personnelle ? Une carte prépayée, peut-être ?

Cette fois, sa collaboratrice fut perplexe :

— C'est peu vraisemblable... non.

— Pouvez-vous vérifier les numéros ?

— Je m'y mets tout de suite.

Dupin raccrocha. Décidément, tout le monde avait affaire à tout le monde, dans cette région. La commissaire prit un virage serré qui faillit déséquilibrer le véhicule. A ce rythme-là, ils seraient arrivés d'ici une demi-heure, sans compter qu'elle avait déjà envoyé deux collègues sur place. Son poste émetteur-récepteur grésilla. Elle décrocha, ne tenant le volant que d'une main.

— J'écoute.

— C'est Le Ber. Apparemment, Jaffrezic serait dans une de ses salines. Seul, d'après ce que me disent ses collaborateurs. Dans celle qui se trouve juste à côté du bassin isolé. J'y serai d'ici quelques minutes. Je n'ai pas réussi à le joindre.

— Très bien.

Auraient-ils mieux fait de rester dans les marais ? Dupin était soudain pris d'un doute. Et si c'était Paul Daeron qui avait voulu rencontrer quelqu'un plutôt que le contraire ? Si l'initiative venait de lui, il avait certainement choisi le lieu de rendez-vous. La commissaire avait déjà lancé un avis de recherche pour son véhicule, une Citroën Crosser bleu marine.

Le portable retentit de nouveau.

— Ici Labat.

— Alors ?

— Juliette Bourgiot se trouve dans une saline, sur un nouveau sentier pédagogique. Non loin du lagon, près du Croisic. Un parcours combiné avec une étude ornithologique. J'ai eu un mal fou à trouver quelqu'un pour me renseigner. Je n'ai pas pu échanger plus de trois mots avec elle, la réception était très mauvaise. Si ça se trouve, elle n'a pas compris ce que je lui disais. J'arrive dans la saline sous peu.

— Ce qui veut dire que vous serez tous les deux dans les salines, conclut Dupin. A quelle distance se trouve-t-elle de celle de Jaffrezic, à votre avis ?

— Je dirais sept cents mètres, à vol d'oiseau.

La commissaire s'en mêla :

— Demandez à Chadron d'envoyer un hélicoptère. Qu'il sillonne les marais salants et qu'il cherche le véhicule de Paul Daeron. Depuis Saint-Nazaire, cela ne devrait pas prendre plus de quelques minutes.

— Compris. Terminé.

Le téléphone de Dupin se manifesta de nouveau.

— Oui ?

— J'ai les appels des dernières heures.

C'était l'assistante de madame Laurent. Elle lui communiqua sept numéros, en précisant à chaque fois s'il s'agissait d'un appel entrant ou sortant.

A peine Dupin avait-il raccroché pour rappeler, l'une après l'autre, toutes les personnes qu'elle lui avait citées, que l'émetteur sonna encore. C'était l'inspectrice Chadron.

— Impossible de localiser le téléphone de Paul Daeron, il doit être éteint ou détruit. Les collègues sont dans sa maison de La Roche-Bernard. Pas de trace de lui, rien n'indique qu'il y soit passé récemment. Nous avons échangé quelques mots avec sa femme. Elle est terriblement inquiète, mais elle ne sait pas davantage où il pourrait être. Cordier n'est pas joignable non plus. Après la conversation que vous avez eue avec elle, elle se serait entretenue avec madame Bourgiot très brièvement, avant de partir. L'institut est fermé le vendredi après-midi, il était désert. Je suis en route pour chez elle, à Pen Lan. Deux collègues y sont déjà. Sa voiture n'est pas garée devant la maison et elle ne semble pas être là.

— Et la femme de Maxime Daeron ?

— Elle avait un rendez-vous à Vannes, jusqu'à seize heures. Elle a expliqué à l'un de ses collègues qu'elle prévoyait de faire quelques courses après son rendez-vous. Nous n'avons pas encore réussi à la joindre.

— Très bien, Chadron.

Une longue portion de route rectiligne s'étendait devant eux. La commissaire appuya sur l'accélérateur.

Il en était arrivé au quatrième appel que Ségolène Laurent avait composé. Les trois premiers n'étaient que des partenaires commerciaux sans intérêt pour l'enquête.

— Meubles et Terrasses, bonjour !

Dupin raccrocha. Le numéro suivant, également composé par madame Laurent, était un restaurant. La Mare aux oiseaux. Elle y avait réservé une table pour trois personnes.

— C'est le meilleur restaurant de la région. Le jeune chef ira loin, croyez-moi. Sa dorade en croûte de sel accompagnée de fenouil est un vrai délice. Il faut vraiment qu'on arrive à en savoir plus sur ce téléphone portable prépayé. C'est certainement pour eux le meilleur moyen de communiquer en conservant l'anonymat.

Dupin ne répondit pas. Le sixième numéro déboucha sur un répondeur sans annonce, le septième était un autre restaurant, cette fois à Marseille, pour le lendemain soir. Pour trois personnes.

La commissaire poursuivait ses réflexions sans se laisser décontenancer.

— Il voulait parler. Il voulait tout nous dire. Peut-être est-il impliqué et voulait-il tout avouer, mais il a eu la mauvaise idée d'en parler à l'un de ses complices.

C'était plausible, à tous points de vue.

— Ou alors il est innocent et a découvert quelque chose.

Là encore, c'était possible.

— On s'approche du point magique, en tout cas, murmura Dupin.

Devant la mine étonnée de la commissaire, il eut conscience de ce qu'il venait de dire et se prit à sourire.

Quinze minutes les séparaient encore du port d'Arradon, plus proche de l'île d'Arz que Port-Blanc. La commissaire avait demandé qu'un bateau de police les attende sur place.

Tous les inspecteurs avaient rappelé, si bien qu'elle avait fait l'intégralité du trajet en conduisant d'une seule main.

Labat n'avait toujours pas réussi à joindre madame Bourgiot. Se repérer dans les marais n'était pas facile et son découragement était palpable. Il avait décidé de fouiller systématiquement les salines du fond, les plus proches de la lagune, où le réseau était encore plus mauvais qu'ailleurs.

Madame Bourgiot n'était pas non plus avec Jaffrezic. Le Ber avait rapidement trouvé le paludier, qui récoltait de la fleur de sel. Il affirma n'avoir rien fait d'autre de l'après-midi et n'avoir rencontré personne. Quant à Paul Daeron, il ne lui avait pas donné de nouvelles depuis plusieurs jours.

Le Ber entreprit également d'inspecter ce coin des marais et particulièrement le hangar. Les deux commissaires avaient entendu dans le haut-parleur le vrombissement de l'hélicoptère qui sillonnait déjà les lieux.

Madame Cordier n'était pas plus joignable que les autres, seul son répondeur réagissait aux appels incessants de Chadron.

— Qu'en pensez-vous ?

Un silence tendu s'installa, puis l'émetteur se manifesta de nouveau.

— Ici l'équipe chargée de retrouver madame Laurent.

Le jeune homme qui parlait semblait tout excité, comme s'il tournait une scène de *S.W.A.T. unité d'élite*.

— J'écoute.

— Nous venons d'arriver. Une Audi anthracite

est garée dans l'allée, c'est son véhicule. Nous avons sonné, personne ne répond.

— Entrez dans la maison. Fouillez les lieux, y compris les alentours. Elle aime aller nager et la plage n'est pas loin. Il y a sûrement un accès direct depuis le jardin.

— Nous n'avons pas de commission rogatoire.

En l'espace d'un instant, le courageux agent de *S.W.A.T.* s'était mué en jeune officier craintif devant la loi.

— Entrez, c'est un ordre. Il y a un danger imminent. Nous sommes là dans un instant.

Ils étaient entrés dans la commune d'Arradon, et la commissaire avait réduit sa vitesse à soixante-dix kilomètres/heure. Jusque-là, Dupin avait compté trois feux rouges devant lesquels elle n'avait pas même ralenti. Pour atteindre le quai, ils devaient traverser la petite ville.

— Selon vous, c'est donc madame Laurent la coupable, dit Dupin, réfléchissant à voix haute. Vous pensez qu'elle n'a pas seulement échafaudé l'affaire des algues mais qu'elle a aussi tué deux personnes.

— Je…

Le téléphone de Dupin les interrompit. Il reconnut le numéro : la secrétaire de Paul Daeron.

— J'ai vérifié les appels qu'il a passés cet après-midi depuis son poste. Il y en a seulement trois. Est-ce que je vous les…

L'émetteur se manifesta de nouveau.

— Vous êtes là ? J'ai quelque chose…

Chadron était très excitée.

— Que se passe-t-il ? fit la voix inquiète de l'assistante de Daeron.

Dupin raccrocha sans plus d'explications.

— J'ai demandé la liste des excès de vitesse des dernières nuits, expliqua Chadron. Deux collègues les ont comparés avec les plaques d'immatriculation de nos suspects. Un radar mobile placé sur la D 28 en direction de Crac'h a flashé une Renault Laguna noire mercredi soir à vingt-trois heures quarante. La photo est de mauvaise qualité, mais les types du labo pensent pouvoir l'améliorer de manière à ce qu'on puisse reconnaître le conducteur. Le véhicule roulait à une vitesse de cent quarante-cinq kilomètres à l'heure. Crac'h est à sept kilomètres de Kerpenhir – c'est-à-dire de la maison de Lilou Breval.

Dupin mit quelques secondes à saisir la portée de cette information.

C'était donc elle.

Il n'eut pas le temps de se protéger du coup de frein brutal de la commissaire. Une douleur intense irradia dans son épaule soudain compressée par la ceinture de sécurité. La voiture s'immobilisa dans un crissement de pneus, juste devant le quai. Le Golfe s'étendait devant eux ; un père accompagné de deux petits enfants jouant dans un bateau gonflable jaune les regardait avec inquiétude.

— Nous avons une chance d'y arriver, s'il n'est pas trop tard. Où va-t-on ?

Ce n'était donc pas madame Laurent – en tout cas, ce n'était pas elle qui avait tué Lilou Breval et, sans doute, Maxime Daeron. Dupin se rappelait très bien la grosse Renault qu'il avait aperçue la veille, dans les salines, tout près de l'endroit où les barils avaient été découverts. La même voiture que celle de la commissaire Rose, mais en noir. Il savait très bien à qui elle appartenait.

Sa collègue ne l'avait pas tenu au courant de ses agissements, mais cela n'avait plus d'importance à présent. Elle l'avait pincée, c'était l'essentiel. L'idée était géniale, il fallait bien l'admettre : faire vérifier les excès de vitesse des derniers jours. La Bretagne était depuis peu truffée de radars, et le coupable avait forcément roulé très vite – comme les enquêteurs.

— Alors, où va-t-on ? Où se trouvent Daeron et Cordier, à votre avis ?

La commissaire avait fait demi-tour et traversait le village en sens inverse, cette fois plus lentement, sans sirène ni gyrophare, en direction de la voie rapide. En y arrivant, il leur faudrait choisir entre la droite et la gauche – la direction du Golfe ou celle des salines.

Personne ne pipait mot. Tous deux étaient concentrés sur le cheminement de leurs réflexions respectives, la tension était palpable. Il leur restait une toute petite chance de réussite.

— Il voulait donc être seul... Son bateau ! dit Dupin, rompant le pesant silence. C'est là qu'il disait trouver le calme et la sérénité. C'est de ce côté qu'il faut chercher.

Ce n'était pas le résultat d'une analyse rationnelle, plutôt d'une impulsion, l'assemblage instinctif et aléatoire de toutes les informations qu'ils avaient rassemblées. Une intuition, en quelque sorte. Sa collègue lui jeta un regard stupéfait.

Dupin sortit de sa poche son calepin, qu'il feuilleta fébrilement. Il était certain d'avoir noté cela quelque part.

— A l'embouchure de la Vilaine.

Il avait déniché cette indication sur une page entièrement couverte de gribouillages.

— Il mouille à l'embouchure de la Vilaine. Il a parlé de Vannes et de La Roche-Bernard, il a même précisé que cela ne prenait pas plus de quinze minutes pour y accéder.

Les yeux de sa collègue se mirent à briller.

— Ce qui nous amène précisément entre Pen Lan et La Roche-Bernard, où résident Paul Daeron et madame Cordier. Entre les marais salants et le Golfe. Tout près d'ici, en somme.

— Il y a un port ?

— Non. (La commissaire parlait doucement.) C'est la partie nord de l'estuaire de la Vilaine, un territoire assez étendu où se succèdent des falaises, des pelouses, de grands champs de blé, des haies, de la bruyère... Il y a même quelques dolmens. Un coin assez calme, peu fréquenté. Il faut connaître pour s'y retrouver. (Son visage s'éclaira.) A la pointe du Moustoir, tout près de l'estuaire, à l'endroit où la côte est plus vallonnée, on trouve quelques bouées auxquelles sont amarrées des embarcations. On en trouve également au large de deux ou trois plages, un peu plus loin.

Dupin ne connaissait pas cette région. Sa collègue se redressa, tourna la tête à gauche, à droite, et appuya sur l'accélérateur. La voiture fit une embardée.

— Nous y serons d'ici un quart d'heure.

Elle attrapa son émetteur-récepteur.

— Chadron, vous m'entendez ? Envoyez tout de suite plusieurs équipes à l'embouchure nord de la Vilaine. A l'endroit où les bateaux mouillent en été. On cherche une Citroën Crosser bleu marine et la Renault Laguna noire. Ah, et le voilier de Paul Daeron. Nous y serons dans un instant. Du côté de la pointe du Moustoir.

— Vous voulez que je vienne ? Avec Le Ber et Labat ?

— Ce n'est pas la peine, mais tenez-les au courant. Poursuivez votre travail. Nous ne savons toujours pas qui d'autre est dans le coup et je ne veux plus de mauvaise surprise. Peut-être ne trouverons-nous personne… Allons-y, nous verrons bien.

C'était un point important : ils ne savaient pas exactement qui était impliqué. Une seule personne avait été identifiée, l'assassin probable de Lilou Breval. C'était le seul scénario possible. Céline Cordier avait affirmé se trouver à une réception le mercredi soir, à Pen Lan. Selon elle, elle y était restée sans interruption de vingt-deux heures à près de deux heures du matin. Des témoins l'avaient effectivement aperçue à son arrivée et vers une heure quinze du matin. Dans l'intervalle, cependant, son véhicule avait été flashé à cinquante-sept kilomètres de la réception, roulant à une allure largement supérieure aux réglementations en vigueur. L'excès de vitesse avait été enregistré à vingt-trois heures quarante – à quatre kilomètres à peine du lieu où Lilou Breval avait été tuée, et à peu près à la même heure. Il n'y avait qu'une interprétation possible de ces faits : ils tenaient la coupable.

Dupin avait posé la carte des environs sur ses genoux. Entre Pen Lan et l'embouchure de la Vilaine, sept petites routes menaient à la mer, et toutes se subdivisaient en une multitude de chemins et sentiers. Ils quittèrent la nationale pour emprunter une voie étroite qui menait directement au fleuve en passant par Billiers. D'ici cinq kilomètres, ils atteindraient la pointe du Moustoir. Là aussi, la route se ramifiait en une multitude de sentiers qui longeaient quelques hameaux isolés.

Les deux commissaires restaient silencieux, concentrés, et même leurs téléphones respectifs étaient étrangement muets. Tout miser sur cette unique option n'était pas sans risque.

La piste qui filait tout droit entre les champs de maïs était à peine plus large que la voiture. Le regard de Dupin tomba sur le compteur et il découvrit qu'ils roulaient à cent cinquante. Ils venaient de dépasser un petit bois très dense. Il posa la carte routière sur la banquette arrière sans prendre la peine de la replier.

Soudain, sa collègue décéléra. D'instinct, Dupin se redressa et posa une main sur son arme. Ils arrivaient à un embranchement. La commissaire tourna à droite et s'engagea sur un chemin encore plus étroit et légèrement en pente. Après un virage, ils aperçurent enfin la Vilaine qui luisait d'un éclat gris-vert. A certains moments de la journée, elle était comparable à un fjord mais à présent, entre deux marées, elle ressemblait davantage à un véritable fleuve, un cours d'eau puissant bordé de larges plages de sable et de boue. Longeant encore des champs de maïs sur la gauche, la route débouchait directement sur la rivière. On apercevait sur la rive opposée quelques embarcations amarrées à des bouées colorées typiques de la région.

— Les bateaux se trouvent sur la rive sud. Nous ne sommes pas au bon endroit.

La commissaire attrapa l'émetteur.

— Chadron, vous m'entendez ?

— Oui.

— Avez-vous découvert des bateaux sur la rive nord, à la pointe du Moustoir ? Nous arrivons par Billiers.

— Un peu plus loin dans l'embouchure, juste en dessous de Kerdavid, on trouve trois autres voies d'accès au fleuve.

La commissaire raccrocha :

— Chadron est navigatrice.

Ils s'éloignaient à présent du fleuve. De petits bois, des broussailles et un relief escarpé leur masquaient la vue. La commissaire ralentit et Dupin ne tarda pas à comprendre pourquoi. Un sentier partait sur la gauche. Ce devait être l'un des accès mentionnés par l'inspectrice. Cette fois encore, ils devaient miser sur la seule chance.

— Prenons celui du milieu.

La commissaire appuya sur l'accélérateur pour freiner brutalement quelques mètres plus loin ; elle vira brusquement dans un autre sentier, un peu plus sur sa droite, qui ressemblait point pour point au précédent. Bordé de chênes pris d'assaut par la végétation rampante et de hauts buissons de genêts, il serpentait jusqu'à la rive. La commissaire leva le pied, au grand soulagement de Dupin.

Enfin, elle stoppa le moteur. La route s'arrêtait là. Devant eux se dressait une épaisse haie d'aubépine à travers laquelle scintillaient les flots. Il n'y avait pas la moindre trace d'un Citroën Crosser ou d'une Renault Laguna.

Sans prononcer un mot, ils sortirent du véhicule. La commissaire se débarrassa rapidement de sa veste qu'elle jeta sur le siège du conducteur. Son SIG-Sauer était à présent dégagé. Dupin s'enfonça dans un petit sentier qui traversait les arbustes et branchages en direction du fleuve. La commissaire lui emboîta le pas.

Au bout de quelques mètres, ils atteignirent la rive. Dupin repéra une quinzaine de bateaux mouillant en amont et en aval du fleuve, assez loin les uns des autres, répartis sur plus d'un kilomètre. Des bateaux à moteur, quelques yachts et des voiliers.

Un peu plus haut, à trente ou quarante mètres d'eux environ, ils aperçurent un ruisseau qui serpentait le long de la pente et s'élargissait sur quelques mètres juste avant l'embouchure. Le troisième accès à la Vilaine devait se nicher quelque part par là.

Devant eux étaient amarrées cinq de ces petites embarcations à coque de plastique dur qui servaient habituellement à gagner les bateaux. Il n'y avait pas âme qui vive, tout était parfaitement calme, même le murmure de l'eau était imperceptible.

— Mieux vaut sans doute se séparer. Je descends, vous remontez le fleuve. Peut-être que le premier chemin était le bon, en fin de compte – ou alors c'est le troisième… à moins qu'ils ne soient vraiment ailleurs, ajouta la commissaire en fronçant les sourcils.

Elle sortit de sa poche un second émetteur-récepteur :

— Tenez.

Dupin saisit l'appareil et tourna les talons. Il avançait d'un pas rapide, la main droite posée sur son arme, le regard balayant sans cesse le périmètre séparant les bateaux et les sous-bois touffus.

Il s'approcha de l'embouchure du ruisseau qui se jetait dans la Vilaine. Tout à coup, il aperçut une forme sombre et métallique qui luisait entre les branchages. Il n'arrivait pas à en définir les contours. Il gagna la rive, d'où la vue était meilleure.

C'était bien ça. Du métal bleu nuit. Le toit d'une voiture. Il y était. Sans réfléchir plus longuement, il dégaina son arme et la cala fermement dans son poing en avançant dans le ruisseau. L'eau était plus profonde qu'il ne pensait, mais il continua de patauger sans se laisser distraire.

— Commissaire, vous m'entendez ? Je crois que j'ai trouvé le Crosser. Le troisième chemin longe le ruisseau jusqu'à la Vilaine. Le véhicule est garé là.

— J'arrive.

Dupin avait atteint l'autre rive du petit cours d'eau. Il veilla à rester au plus près des broussailles, l'arme au poing.

C'était bien la Citroën bleu nuit de Paul Daeron. Accroupi, Dupin continua sa progression. Une piste menait à la rive.

Ici non plus, il n'y avait pas âme qui vive. Tout était calme. Dupin avança sur le chemin. Un second véhicule stationnait derrière le Crosser, si près que les deux pare-chocs se touchaient presque. Une Renault Laguna noire. La plaque d'immatriculation indiquait GH 568 PP.

Ils avaient visé juste.

Paul Daeron et Céline Cordier se trouvaient là.

Dupin s'approcha encore un peu plus. Soudain il perçut un bruit de pas, sourd mais clairement audible, juste derrière lui. D'un bond agile, il s'écarta de la piste pour s'enfoncer dans les branchages et se retourna dans le même mouvement, pistolet brandi.

C'était sa collègue. La commissaire l'avait rejoint plus vite qu'il ne l'aurait cru. A son pantalon trempé, il devina qu'elle avait également opté pour le chemin le plus court. Elle sembla à peine remarquer l'arme que Dupin pointait encore dans sa direction.

— Où sont-ils, à votre avis ?

Ce n'était pas une véritable question. Tout en réfléchissant à voix haute, la commissaire avait remarqué la présence du second véhicule et essayait à présent d'ouvrir les portières l'une après l'autre, en vain.

— J'ai quelque chose.

Le regard de Dupin était tombé sur un objet qui brillait dans l'herbe, quelques mètres plus haut. Il s'approcha.

C'était un téléphone portable. Un petit appareil, le modèle le plus simple. Il était éteint. Dupin l'alluma et pressa aussitôt la touche de rappel. Le numéro qui s'afficha lui était familier : c'était celui de la commissaire. Dix autres conversations avaient été enregistrées, toutes vers le même correspondant. Un seul autre appel figurait sur le petit écran, datant de la veille, à dix-neuf heures vingt-quatre. Tout concordait.

Entre-temps, la commissaire l'avait rejoint.

— C'est le mobile prépayé de Daeron.

Que s'était-il passé ?

— Il se trouvait donc ici quand il m'a appelée tout à l'heure. Cordier a dû le prendre par surprise, peut-être en sont-ils même venus aux mains.

Ils balayèrent le sol de pierre du regard à la recherche de traces éventuelles. Rien. Le terrain était trop dur pour garder la moindre empreinte.

— Jetons un coup d'œil aux bateaux. J'ai demandé qu'une équipe nous rejoigne par la mer. Le port le plus proche est à Pen Lan, ça risque de prendre un moment. D'ici là, il faut que nous ayons trouvé celui de Paul Daeron et pour cela, il faudrait que nous sachions quel type de bateau il possédait. Pour le moment, sa femme est injoignable.

— Le mieux serait qu'on se sépare de nouveau, répondit Dupin. Je vais remonter la rive en amont. Un peu plus haut, en direction de la route, un sentier longe la Vilaine. Depuis cet endroit, vous devriez avoir une vue d'ensemble sur les environs.

Il se mit en marche sans attendre de réponse, veillant plus que jamais à rester tapi dans l'ombre de la végétation de plus en plus touffue à mesure qu'il s'approchait du lit du fleuve. Trois cents mètres le séparaient à présent de la berge. La Vilaine formait un coude à cet endroit.

Soudain, Dupin aperçut un petit canot vert qui

flottait non loin du rivage, quelques mètres plus haut. Une silhouette se détachait mais il ne pouvait deviner s'il s'agissait d'une femme ou d'un homme. Ce qui l'étonnait surtout, c'était de ne pas l'avoir découvert plus tôt.

— Vous m'entendez ? murmura-t-il.

— Je vous écoute.

— Je suis tombé sur un petit canot vert à proximité des premières embarcations. Sur l'autre rive. Il est partiellement caché par les arbres.

— Combien d'occupants ?

— Un seul, d'après ce que je vois.

Le bateau s'approchait du rivage.

— On vous a repéré ?

— Je n'en sais rien.

— Je vais voir si je peux l'observer depuis mon emplacement.

Dupin s'engagea sur le lit vaseux et sablonneux de la rivière sans se soucier d'être vu. Il ne pouvait courir le risque de perdre le bateau des yeux. Il s'approcha encore de la rive. Le canot avait disparu, caché par les branchages et les arbres. Son émetteur se manifesta :

— J'ai une bonne visibilité mais je n'ai pas trouvé votre bateau. En revanche, je sais maintenant que Daeron possède un voilier. Douze mètres quatre-vingts, de marque Bénéteau. D'après ce que j'observe, le second en partant du haut est un voilier de bonne taille – ce doit être le sien.

Dupin s'était immobilisé et scrutait les flots. En

effet, un mât plus haut que les autres se dressait un peu plus loin. Sept autres embarcations le séparaient de lui, parmi lesquelles trois voiliers plus petits. Un autre Bénéteau était amarré juste devant lui, mais d'un gabarit moindre.

Dupin avait prudemment regagné le couvert des broussailles. Soudain, un sifflement métallique se fit entendre. Le même son qu'il avait entendu l'avant-veille dans les salines. Une balle. Un deuxième tir ne se fit pas attendre. Son intuition lui disait qu'il venait de la gauche, devant lui, mais qu'il était parti d'assez loin. L'arme était munie d'un silencieux, comme la dernière fois. Sans hésiter, Dupin fit feu à son tour dans la direction où il estimait que son agresseur se cachait. Il tira trois cartouches avant de se tapir dans les hautes herbes.

— Quelqu'un m'a pris pour cible. Je pense qu'il se tient à cinquante, voire cent mètres de moi, en amont. Il doit se trouver à une certaine distance de la berge.

— D'accord, je continue d'avancer en longeant le fleuve.

Que se passait-il ici ? Cordier et Daeron étaient sans doute à proximité. L'un d'eux était armé. Céline Cordier, selon toute probabilité. Mais où pouvait bien se cacher Daeron ? L'avait-elle neutralisé ?

Dupin reprit prudemment sa progression, se frayant tant bien que mal un chemin au plus près de la berge. D'où il se tenait, il suffisait d'un bond pour rejoindre le lit de la rivière.

Il glissa l'émetteur dans sa poche et ramassa deux grosses pierres qu'il lança le plus loin possible vers la route. Le second essai fut plus fructueux que le premier, et il percuta ce qui devait être un tronc d'arbre. Aucune réaction ne s'ensuivit. Il ressortit l'appareil de sa poche.

— Jetez des cailloux, le plus loin possible du fleuve.

— Entendu.

Dupin reprit sa pénible avancée avant de s'immobiliser. L'émetteur grésilla de nouveau. C'était Le Ber.

— Parlez doucement, Le Ber. On est en train de me tirer dessus.

— Je vois… On a pu identifier formellement la personne qui a été flashée, il s'agit de madame Cordier. Par ailleurs, on a découvert qu'elle avait pris des cours de tir à Paris, pendant ses études. On n'a pas trouvé d'arme enregistrée à son nom, mais soyez prudent : elle sait ce qu'elle fait.

— Eh bien, merci pour cette information, Le Ber !

Dupin avait failli éclater de rire.

Nouveau sifflement métallique, cette fois dirigé vers un autre point. Suivi par un autre, et le silence retomba. Il resta accroupi, parfaitement immobile. Un autre coup de feu retentit, sans silencieux, qui résonna dans toute la vallée. Le SIG-Sauer de la commissaire.

Puis plus rien. Les secondes passèrent, interminables, sans le moindre signe de réaction. Manifestement, personne n'avait été touché.

Si la commissaire avait continué d'avancer en direction du fleuve, elle ne tarderait pas à le rejoindre. Dupin se demanda s'il devait signaler sa présence, au risque d'être repéré par Cordier.

— Il y a quelqu'un ? Je suis là !

L'appel provenait de l'océan, plus précisément d'un des bateaux les plus proches de Dupin. Ce devait être Paul Daeron, même si sa voix n'était pas vraiment reconnaissable.

Dupin essaya de distinguer quelque chose à travers les branchages. Au même moment, son émetteur le fit sursauter.

— Cordier semble se tenir exactement entre nous. Daeron n'a pas l'air blessé.

— Cordier sait sûrement que les renforts vont arriver d'un instant à l'autre. Elle n'a pas d'autre issue que la fuite, à mon avis.

Il la jugeait tout à fait capable d'un nouvel assaut, mais seulement à condition d'y trouver une chance réelle de salut. Il ne fallait pas s'attendre à un affrontement dramatique. Elle n'était pas suffisamment désespérée pour se donner la mort dans un geste théâtral. Son comportement au cours de cette affaire le prouvait, elle était au contraire dotée d'un esprit rationnel affûté et sans scrupules. Elle n'avait certainement pas l'intention de mourir ici. Ce ne serait peut-être pas facile, mais elle pouvait s'en sortir en s'y prenant habilement et en tirant profit de l'obscurité.

— Police ! Rendez-vous, madame Cordier. Jetez votre arme et avancez, les mains levées.

La voix puissante et énergique de la commissaire perçait le silence.

Dupin hésita un instant et décida de rester caché. Sa collègue ne s'était certainement pas découverte, elle non plus.

— Nous n'hésiterons pas à tirer. Vous n'avez aucune chance. Rendez-vous !

Aucune réaction. Des images de la fusillade des salines revinrent à l'esprit de Dupin. Cette sensation détestable d'être acculé, livré à ses adversaires. Il sentit la colère monter. Il ne se laisserait pas faire une seconde fois. A cet instant, l'émetteur se manifesta :

— Je vois un canot vert, à quelques mètres de la berge. Tout près de vous. Il paraît vide maintenant.

— C'est peut-être une tactique de diversion – ou un piège. Elle veut que nous nous montrions, c'est certain.

A peine cinquante centimètres séparaient Dupin du lit de la rivière. Soudain, il aperçut à son tour le petit bateau qui dérivait à quatre ou cinq mètres de lui, emporté plus rapidement par le courant qu'il ne l'aurait cru. Personne ne semblait le diriger.

Si les embarcations de ce type étaient étroites,

elles étaient également profondes, si bien qu'une femme de stature gracile pouvait sans peine s'y cacher en s'allongeant. Un piège facile. Il fallait qu'il tente sa chance. Vif comme l'éclair, Dupin se dressa pour s'accroupir aussitôt. Il avait pu jeter un coup d'œil dans le canot : il était vide, à l'exception d'une demi-bouteille de plastique qui servait sans doute à écoper.

Dupin réfléchit. Si Céline Cordier avait observé la scène, elle savait désormais où il se tenait. Il attrapa l'émetteur.

— Le bateau est vide.

— Elle voulait juste repérer où nous sommes, à mon avis. Elle cherche une issue pour disparaître. En restant cachés, nous n'avons aucune chance de voir par où elle va fuir.

Sa collègue avait raison, mais s'ils se montraient et que leur adversaire était bien placée, ils feraient des cibles faciles.

Dupin eut soudain une illumination. Cordier était une femme intelligente et raffinée, ce genre de manœuvre lui ressemblait. Si sa supposition se vérifiait, il n'avait pas une minute à perdre, peu importait le risque. Cette fois, il était hors de question qu'il la regarde faire sans réagir.

— Couvrez-moi. Je m'approche du rivage. Restez cachée aussi longtemps que vous pouvez. Maintenant !

— Qu'est-ce que…

Dupin avait déjà lâché l'appareil. D'un bond,

il avait surgi des herbes hautes et s'élançait sur le sable lourd du lit de la rivière, l'arme à la main. L'instant d'après, il s'enfonçait dans l'eau.

D'abord à hauteur de genou, la rivière prenait rapidement de la profondeur. Le canot se trouvait maintenant à trois mètres à peine de lui. Il dirigea son SIG-Sauer vers la coque de plastique vert.

— Madame Cordier, lança Dupin d'une voix forte et sans appel. Jetez immédiatement votre arme.

Il ne quittait pas le canot des yeux.

— Je vais tirer. La balle va transpercer le plastique. Trois, deux…

Il n'avait pas terminé sa phrase qu'un objet lourd et noir s'envola depuis l'arrière du bateau et retomba dans le fleuve dans une gerbe d'eau. Un pistolet.

Elle n'avait plus aucune chance et elle le savait. Elle n'avait plus de protection et encore moins de visibilité. Elle savait que Dupin n'hésiterait pas à user de son arme. C'était terminé.

Deux mains apparurent derrière le bateau et agrippèrent la proue.

— Très bien. Approchez-vous de la berge.

Elle avait eu une idée de génie. Elle avait plongé dans l'eau sous leur nez et manœuvré l'embarcation de manière à se cacher dans son sillage. Si son plan avait fonctionné, elle se serait laissé porter par le courant, invisible, et aurait réussi son évasion.

Dupin n'avait pas bougé d'un pouce. Son pistolet était toujours braqué sur l'emplacement où devait se trouver la tête de la jeune femme. Le bateau cependant s'approchait de la berge. Encore quelques secondes et Dupin le saisissait.

— Sortez de là.

Céline Cordier se montra à gauche de sa cachette flottante. Elle se leva lentement, parfaitement maîtresse d'elle-même. L'eau lui arrivait aux hanches. Son tee-shirt et son jean étaient maculés d'une boue verdâtre. Elle s'approcha du rivage en prenant ostensiblement son temps, décidée à garder le silence. Son regard couleur d'ambre était dirigé droit devant elle, clair et imperturbable. Dupin lâcha le bateau mais garda son arme rivée sur la jeune femme.

— C'est fini, madame Cordier. C'est terminé, maintenant.

Elle le dévisagea sans crainte, sans la moindre agitation. Ils se toisèrent froidement pendant quelques instants.

— Comment avez-vous deviné ? Comment êtes-vous venu jusqu'ici ?

Sa voix, limpide et puissante, ne trahissait pas le moindre désarroi. Elle était sincèrement curieuse de savoir comment il s'y était pris.

— Cela n'a aucune importance.

Dupin entendit des pas dans son dos. Il ne se retourna pas. Un instant plus tard, la commissaire surgit dans son champ de vision. Elle avait rangé son arme et brandissait une paire de menottes.

— Je vous arrête pour le meurtre de Lilou Breval – et sans doute aussi pour celui de Maxime

Daeron, et pour une tentative de meurtre sur le commissaire Dupin.

Elle s'était plantée devant la coupable qui tendit les mains sans autre commentaire. Au moment où la commissaire refermait les menottes sur les poignets de la jeune femme, Dupin surprit une étincelle dans le regard de sa collègue, qui se tourna vers la rivière.

— Monsieur Daeron, vous m'entendez ? Commissaire Rose, du commissariat de Guérande. Sortez de votre cachette, s'il vous plaît. Un bateau de la police ne va pas tarder à arriver, il vous mènera jusqu'à nous.

Une tête émergea du bastingage d'un bateau à moteur, une vingtaine de mètres plus haut – beaucoup plus près que ce que Dupin avait estimé. Paul Daeron se dressa ensuite de toute sa hauteur, indiquant d'un bref signe de la main qu'il avait compris.

L'émetteur-récepteur de la commissaire se fit entendre :

— Nous sommes en place, chef. Une équipe sur chaque accès à la rive.

Le timing était parfait.

— C'est fini. La zone est sécurisée.

— Très bien. Nous arrivons.

L'instant d'après, quatre policiers déboulaient au pas de course.

Obstinément silencieuse, Céline Cordier se contentait d'observer les agissements des uns et des autres d'un air détaché, presque hautain.

Dupin avait beaucoup de questions à lui poser, mais quelque chose en lui se refusait à lui accorder ce plaisir, d'autant plus que la jeune femme connaissait certainement ses droits. Rien ne l'obligeait à parler si elle n'en avait pas envie.

L'équipe de policiers les rejoignit en quelques enjambées.

— Emmenez-la au commissariat. Je l'interrogerai sur place. Elle va sûrement vouloir contacter son avocat.

Un vague sourire dansait sur les lèvres de l'accusée, à peine visible, mais qui n'échappa pas à la commissaire, qui planta son regard dans celui de la jeune femme. Au bout d'un moment, le visage de la policière s'éclaira à son tour d'un sourire franc, un sourire de victoire pas forcément destiné à Céline Cordier. Incroyablement brutal.

— Savez-vous pourquoi les assassins se donnent tant de mal ? Parce qu'ils croient passer au travers. En réalité, ils ne s'en sortent quasiment jamais. Pas *eux*.

Elle n'aurait pu s'exprimer plus froidement – sans passion, sans agressivité. Par cette remarque, elle voulait remettre de l'ordre, rabaisser Céline Cordier au rang de simple trublion, de petit malfrat. Dupin comprenait toute la portée de sa phrase.

Entre-temps, la police des mers les avait également rejoints. Le capitaine les avait repérés et se tenait à la proue de son bateau, un mégaphone à la main. Il était sur le point d'aborder l'embarcation sur laquelle se trouvait Paul Daeron.

— On vous le ramène tout de suite.

Dupin fit quelques pas le long de la rive en emplissant ses poumons d'air marin. Il ferma les yeux et retint sa respiration quelques secondes avant de la libérer lentement, en ouvrant les paupières. Il tourna les talons juste à temps pour apercevoir Céline Cordier s'éloigner vers les voitures, encadrée par des policiers.

Un canot avait amené Paul Daeron à terre avant de retourner près du bateau de police. Le capitaine avait demandé s'il pouvait être d'une quelconque utilité, mais c'était terminé ; sa fière embarcation faisait lentement demi-tour dans la lumière du soleil couchant.

Ils se retrouvèrent seuls avec Paul Daeron. Tête baissée, l'homme fixait sur la glaise verte un regard vide tandis que le soleil colorait les flots d'une clarté orangée. Tout était silencieux.

— Tout est ma faute. J'ai fait une affreuse erreur. J'ai fait d'affreuses erreurs.

Il paraissait à bout de forces, battu, plus désespéré encore que dans la matinée. Il ne jouait pas la comédie. Dupin et sa collègue gardèrent le silence. Ils ne connaissaient que trop bien cet instant où leurs interlocuteurs se mettaient à parler parce qu'ils n'avaient plus d'autre choix. Parce qu'ils y étaient enfin contraints.

— C'est Maxime qui a eu cette idée… cette funeste idée. Avec Céline Cordier. Oui, peut-être leur idée commune. Je n'en sais rien. Je n'étais pas encore impliqué à ce moment-là. Un remède contre l'algue verte. Ils devaient le tester dans les zones les plus touchées. Ils ont fait connaissance dans un comité qui se réunit régulièrement pour débattre des dégâts qu'elle cause.

Le Ber avait donc été bien inspiré.

— Au début, mon frère n'y pensait pas sérieusement, à mon avis. L'idée était loufoque, mais Céline Cordier lui a affirmé qu'elle était viable et ils ont commencé à y croire. Maxime a fini par se convaincre que c'était la chance de sa vie. Il allait pouvoir en tirer des millions. Tout allait changer… Mon frère était tellement naïf. Un jour, il est venu me voir. Il voulait de l'argent, comme d'habitude. Il m'a ouvertement expliqué pourquoi il en avait besoin, il m'a tout déballé. J'ai dit non. J'ai… j'ai essayé de l'en dissuader. Je lui ai expliqué que c'était une entreprise criminelle, dangereuse. Mais…

Paul Daeron s'interrompit, il respirait difficilement.

— Je n'ai rien fait pour l'arrêter. Céline Cordier était exaltée. Depuis le début. Elle n'a jamais envisagé de s'adresser à un laboratoire. « On va nous piquer notre idée », répétait-elle tout le temps. Elle était sûre qu'il faudrait des années pour obtenir une autorisation – si tant est qu'ils l'obtiennent. Elle n'y croyait pas. Elle disait qu'elle connaissait les procédures, qu'elle savait comment ça se passait. J'aurais dû remarquer dès ce moment son manque total de scrupules. Quand j'ai compris qu'elle ne reculerait devant rien, c'était déjà trop tard. C'est une femme convaincante, vous savez. Très convaincante. Elle a essayé de me persuader. Elle m'a tout expliqué en détail, analyses scientifiques à l'appui. J'ai quand même refusé. C'est là que mon frère a décidé de vendre ses salines à la société Le Sel. Ils avaient besoin d'argent. De beaucoup d'argent. Céline Cordier n'était pas très fortunée, mais elle a investi tout ce qu'elle possédait dans ce projet.

Daeron parlait si bas et d'une voix si monocorde qu'on le comprenait difficilement.

— J'ai fini par remettre quatre-vingt-dix mille euros à mon frère. Je ne voulais pas qu'il vende les salines. C'était complètement insensé de ma part, d'autant que je n'ai pas cru une seconde au succès de leur entreprise. C'était une énorme erreur. J'aurais dû y mettre un terme dès le début. Céline voulait absolument m'entraîner dans l'aventure. Cela aurait pu avoir des conséquences fatales pour moi. J'aurais pu perdre l'intégralité de mes biens. Tout, absolument tout. J'aurais dû comprendre à ce moment-là qu'elle ne s'arrêterait plus. Que les choses allaient forcément dégénérer. Elle tirait toutes les ficelles. Elle a tout organisé, comme un petit chef d'état-major. Maxime est rapidement passé au second plan. Elle… elle ne pense qu'à son profit personnel. Rien d'autre ne l'intéresse. Elle est convaincue d'être dans son bon droit. Elle croit même que ce droit lui revient naturellement ! Maxime n'était pour elle rien de plus qu'une marionnette. Pourtant, j'ai été le plus naïf des deux, cette fois. Ce que j'ai fait est bien plus grave, je suis impardonnable. J'aurais dû…

Daeron se tut de nouveau. Il se tourna vers la Vilaine et plongea son regard dans le courant vert sombre, à la fois paisible et constant. Dupin remarqua tout à coup l'odeur saumâtre si caractéristique des fleuves.

— Maxime… J'ai cru bien faire mais je m'y suis toujours mal pris. Il n'arrivait à rien dans la vie. Il se donnait pourtant du mal. Il n'arrêtait pas de tenter sa chance. Il y croyait vraiment, mais il ne tenait pas sur la durée.

Paul Daeron avait imperceptiblement haussé la voix.

— Il ratait tout ce qu'il entreprenait. Depuis le début. Il donnait l'apparence d'un homme à forte personnalité, mais c'était un leurre. La moindre tentative échouait à un moment ou à un autre, alors il venait me voir. Invariablement. C'était toujours vers moi qu'il se tournait, et je n'ai jamais rien dit. J'ai toujours agi comme je pouvais pour réparer ses erreurs. Je voulais qu'il ait une vie agréable, rien de plus.

C'était d'une tristesse absolue, presque cruelle.

Maxime Daeron avait semblé si digne, si maître de lui. Quelle histoire épouvantable, songea Dupin. Toute la sincérité du récit du grand frère – celui qui avait réussi, celui qui avait fait carrière – n'enlevait rien à l'injustice profonde du destin. Maxime Daeron avait dû souffrir horriblement tout au long de son existence. C'était tragique, d'autant que rien, à présent, ne pouvait alléger la responsabilité de Paul Daeron. Il en était d'ailleurs conscient. Il n'avait pas réagi quand Céline Cordier et Maxime lui avaient révélé leurs projets. Qui plus est, il s'était même, quoique involontairement, impliqué dans une affaire hautement criminelle. Sans son soutien financier, les deux instigateurs auraient sans doute abandonné. En voulant aider son frère, il avait rendu possible une entreprise qui lui avait coûté la vie.

— L'échec caractérisait sa vie professionnelle comme sa vie privée. Son mariage. Il a tout raté.

— Où en étaient-ils avec leur remède, en fin de compte ? demanda Dupin, qui avait son compte de drames pour le moment.

— Ils en avaient presque terminé. Céline Cordier voulait réaliser encore quelques essais, elle se donnait jusqu'à la fin de l'été pour les clore. Elle affirmait être déjà engagée dans des négociations sérieuses avec plusieurs entreprises étrangères. Elle voulait vendre la formule, qui ne laisserait rien deviner de ses origines criminelles. Les laboratoires en question devaient déposer le brevet et obtenir par leurs propres moyens la licence afin de lancer une production parfaitement légale.

— Comment Lilou Breval s'est-elle mise en travers du chemin ? Que s'est-il passé hier soir ?

Paul Daeron ne quittait pas du regard l'eau, qui prenait une teinte orangée de plus en plus soutenue.

— Elle a surpris une conversation entre mon frère et Céline Cordier. Un détail a éveillé ses soupçons, quelque chose de vague, mais suffisamment clair pour qu'elle comprenne que tout cela n'était pas catholique. Une histoire de barils pour transporter les microorganismes dans les salines. Les algues aussi, bien sûr. Elle a interrogé mon frère, qui a tout nié. Elle ne l'a pas cru. Ils se sont disputés.

Pour la première fois depuis le début de son monologue, il regarda Dupin dans les yeux, avec une expression de profonde résignation.

— Tout ce qu'il vous a raconté à ce sujet est vrai. Comme ce que je vous ai dit ce matin, d'ailleurs.

Il tourna de nouveau la tête vers le fleuve.

— Lilou Breval ne s'est pas démontée. Elle a essayé de comprendre par elle-même ce qui se tramait. Elle n'a rien trouvé, mais elle n'a pas laissé tomber pour autant. Mardi, elle a de nouveau questionné mon frère et l'a menacé d'aller raconter ce qu'elle savait à la police. Je crois qu'elle s'inquiétait pour lui. Elle avait peur qu'il ne se soit embarqué dans quelque chose de dangereux. A ce moment-là, j'ai conseillé à Maxime de tout arrêter. Il était paniqué. Il a appelé

Céline Cordier et lui a parlé des menaces de Lilou Breval.

Paul Daeron se tut. Dupin crut à une nouvelle pause, mais le silence se prolongea.

— Que s'est-il passé ensuite ? Parlez.

Dupin s'était exprimé avec dureté. Il s'aperçut que son agacement avait enflé au fur et à mesure du récit de Paul Daeron. Sa collègue ne détachait pas le regard de l'entrepreneur, son visage était neutre. Elle n'était pas encore intervenue et l'avait laissé mener l'interrogatoire.

— Mon frère n'aurait jamais fait de mal à Lilou Breval, jamais. Céline Cordier était furibonde. Dans un premier temps, ils ont décidé d'interrompre les essais. Maxime et elle se sont rendus mercredi soir dans les marais salants. Ils voulaient effacer toutes leurs traces, reprendre les barils qui gisaient encore dans le bassin. Evacuer l'eau. Tout ça. C'est à ce moment-là…

Il se tourna vers Dupin.

— … que vous êtes intervenu. Maxime ne savait pas que Céline Cordier possédait une arme. Elle n'a pas hésité une seconde avant de tirer. Maxime m'a tout raconté durant cette même nuit.

La commissaire le coupa.

— Un seul bassin était concerné, n'est-ce pas ? Les essais n'ont été réalisés que dans ce seul bassin isolé ?

— Oui, uniquement dans celui-là.

Dupin voulait en revenir au cœur de l'histoire.

— Votre frère savait-il que Céline Cordier allait chez Lilou Breval ?

— Non. Il n'y a pas pensé une seconde. Elle a prétendu se rendre à une réception. Elle voulait un alibi pour la soirée et elle lui a recommandé de s'en fabriquer un. Il a appris la mort de Lilou le lendemain matin, à la radio. Il était effondré. Quand nous vous avons rencontrés, dans la matinée, nous n'étions pas encore au courant. Nous pensions qu'il s'agissait – seulement – d'une fusillade dans les salines.

C'était plausible, mais difficile à prouver. Ils n'avaient plus qu'à attendre la déposition de Cordier, si elle acceptait de se prêter à cet exercice.

— Il m'a appelé au milieu de la nuit, juste après sa visite à Lilou Breval. Il était dans tous ses états. Il lui avait tout raconté, y compris qu'ils avaient terminé leurs expérimentations, qu'il était dorénavant hors du coup. Et qu'ils avaient fait une terrible erreur.

— Cordier n'en savait rien, n'est-ce pas ? Elle n'était pas au courant de sa démarche auprès de Lilou Breval ?

— Elle a dû s'en douter, bien sûr. En tout cas, elle a deviné qu'il lui en parlerait.

— Et vous ? Que lui avez-vous dit, ce soir-là ? Quelle attitude devait-il adopter après cette fusillade ? Après tout, vous étiez impliqué…

Paul Daeron fut à deux doigts de craquer.

— Tout s'est précipité, c'était affreux.

— Racontez-nous ce qui s'est passé. Pourquoi votre frère n'a-t-il pas réagi à la mort de son amie ? Et vous, pourquoi n'avez-vous rien fait ? Vous auriez pu vous rendre ! Vous avez tout de même fini par comprendre, tous les deux, que c'était un coup de Céline Cordier ?

De plus en plus énervé, Dupin se moquait d'être injuste.

— C'était infernal, vous savez, répondit Daeron dont le visage s'était figé. Tout à coup, notre vie entière était en jeu. Tout menaçait de s'écrouler, mon existence, ce que j'avais construit, mon entreprise. L'avenir de ma femme et celui de ma fille. Je me suis dit…

Il hésita puis reprit d'une voix sans timbre :

— J'ai manqué de courage. Ce n'est que cet après-midi que j'ai trouvé la force de faire ce que j'aurais dû faire mercredi, et non après… après la mort de mon frère.

— C'est-à-dire ? Pourquoi vouliez-vous parler à madame Cordier ?

— Je voulais l'affronter, me défendre. Je l'ai appelée après le déjeuner. Elle a menacé de me faire porter l'entière responsabilité de l'affaire parce que je l'avais financée. Elle m'a assuré avoir détruit toutes les preuves, que rien ne pourrait lui être reproché. Elle a ajouté qu'elle avait un plan, qu'il fallait se voir rapidement pour en parler tranquillement avant que je fasse quoi que ce soit. Elle m'a soutenu que nous pouvions encore nous en sortir.

— Cette femme a déjà tué quelqu'un et vous donne rendez-vous dans un endroit isolé. Vous n'avez pas pensé une seconde que cette rencontre pouvait être dangereuse ?

— Ça m'était égal. Il fallait que je lui parle, que je mette un terme à tout ça, que je lui dise en face ce que je pensais d'elle et de cette histoire.

Dupin le comprenait. Par ailleurs, si on regardait les choses objectivement, Céline Cordier n'avait aucun intérêt à commettre un nouveau meurtre, qui n'aurait fait que multiplier les pistes convergeant vers elle.

— Une fois sur place, que s'est-il passé ?

— Elle s'est pointée avec une demi-heure de retard. J'étais sur le point de repartir. Elle a essayé de me calmer, elle s'exprimait comme s'il ne s'agissait que de dommages collatéraux, de problèmes d'ordre technique. Elle répétait sans cesse que si aucun de nous deux ne parlait, personne ne pourrait nous soupçonner. La police verrait en Maxime l'instigateur du projet de remède contre l'algue verte et l'assassin de Lilou Breval. Son suicide ajouterait à l'ensemble une touche de meurtre passionnel, les enquêteurs finiraient par abandonner, l'affaire serait close. Elle était vraiment certaine que nous nous en sortirions en gardant le silence. Elle était déterminée, froide. Elle voulait qu'on reprenne le cours de nos vies comme si de rien n'était.

Ce n'était pas absurde. Les choses auraient pu se dérouler ainsi, son plan aurait pu fonctionner.

— A l'écouter, j'ai su qu'il fallait que je réagisse enfin…

Il s'étrangla de nouveau mais quand il reprit la parole, Daeron avait une voix ferme et déterminée que Dupin ne lui connaissait pas.

— Mais moi, j'ai compris que je n'en serais pas capable – que je ne pourrais plus jamais vivre comme si tout cela n'était pas arrivé. Je lui ai dit que c'était terminé. Que c'était la fin, qu'elle ne pourrait rien y changer, que ça me faisait du bien de le lui dire en face.

Paul Daeron serra les poings.

— Je l'ai plantée là, je suis retourné à ma voiture et je vous ai appelé, mais tout à coup, elle m'a arraché le téléphone des mains. Elle était extrêmement agitée. Nous nous sommes battus, puis j'ai pu me libérer et je me suis caché dans la végétation. Je connais l'endroit comme ma poche. J'ai couru jusqu'au fleuve. Depuis ma cachette, j'ai vu qu'elle était armée. J'ai réussi à me glisser dans l'eau en me cachant derrière les herbes et j'ai nagé jusqu'à mon bateau. Je…

Sa voix s'étouffa. Des larmes commencèrent à couler sur ses joues. La commissaire fit un pas en avant et intervint :

— Votre frère ne s'est pas suicidé.

Paul Daeron ne réagit pas. Il semblait ne pas avoir entendu. C'était une scène irréelle. Il ferma les yeux, immobile comme une statue.

C'était donc ça. Ils connaissaient à présent toute l'histoire, du moins le point de vue de Paul Daeron. Celui de Maxime aurait peut-être été bien différent. Maxime n'aurait certainement pas supporté la version de son aîné. Quant à Céline Cordier, elle offrirait sans aucun doute une tout autre vérité.

Ce n'était qu'un son de cloche auquel bien des détails faisaient défaut, mais les policiers détenaient la clé de l'énigme. C'était toujours comme ça : il n'y avait jamais de version complète et pleinement objective d'une affaire. Dupin en avait l'habitude. Pendant la reconstitution, elle prendrait un jour de plus en plus fantastique, elle s'écarterait de la réalité pour se diviser en plusieurs histoires subjectives qui s'éloigneraient de plus en plus les unes des autres à mesure qu'elles seraient rapportées, expliquées et même démontrées. Cela n'avait pas d'importance. L'espace d'un instant, Dupin avait pu voir le cœur de l'intrigue, et d'ailleurs l'essentiel était ailleurs : ils avaient pincé l'assassin. Le reste ne lui appartenait plus. Tant que l'enquête ne serait pas close, il apporterait sa contribution et veillerait à ce que les coupables soient déférés devant la justice, mais il avait accompli l'essentiel de sa mission.

— Bien. Allons-y, monsieur Daeron. Je vous accuse d'activités illicites, d'infractions multiples à la préservation de l'environnement et de complicité dans l'assassinat de Lilou Breval. Vous aurez la possibilité de faire une déposition précise au commissariat.

La commissaire attendit patiemment que l'interpellé se détourne du fleuve. Le soleil était très bas, une large bande jaune brillait à présent au-dessus de l'orange lumineux du fleuve et les baignait de sa clarté dorée. Autour de l'astre, l'horizon était un immense foyer incandescent qui pâlissait progressivement jusqu'au zénith où le ciel était d'un bleu pâle et tendre que perçaient les premières étoiles.

Ils avaient dépassé Guérande. La commissaire roulait à peine moins vite qu'à l'aller. Paul Daeron était assis à côté d'elle, sans menottes, et Dupin avait pris place à l'arrière. Personne n'avait prononcé un mot depuis qu'ils avaient quitté la Vilaine. La commissaire avait passé quelques coups de fil, distribué quelques instructions sur un ton bref : le bassin où avaient été menées les expériences allait rester fermé et devait être soumis à des analyses poussées pour mesurer les conséquences sur l'écosystème. Le téléphone de Dupin avait sonné sans interruption, mais il ne s'était pas donné la peine de vérifier les numéros qui s'affichaient. Seul sur la banquette arrière, il était perdu dans ses pensées mais aurait été incapable de dire à quoi il songeait réellement.

Ils avaient atteint le rond-point où une route bifurquait vers les salines. La commissaire prit la direction du commissariat, dans lequel Dupin n'avait toujours pas mis les pieds depuis le début de l'enquête. Céline Cordier l'attendait sans doute dans la salle d'interrogatoire et il restait mille détails à régler mais, pour Dupin, l'affaire s'arrêtait là.

— Commissaire, vous pouvez me déposer ici ? Je...

Dupin ne poursuivit pas. Sa collègue avait cherché son regard dans le rétroviseur et lui adressait un bref sourire, comme si elle s'attendait à sa requête. En guise de réponse, elle ralentit et s'approcha du bas-côté.

— Votre voiture est au Centre. Dois-je envoyer quelqu'un pour vous y conduire ?

Dupin avait effectivement oublié où il l'avait laissée.

— Merci, je vais demander à l'un de mes inspecteurs de s'en charger.

Paul Daeron semblait ne pas les entendre. Dupin ouvrit sa portière et sortit.

— A tout à l'heure.

La commissaire affichait un sourire franc et chaleureux.

— A tout à l'heure, répondit Dupin en sortant du véhicule.

Il n'avait pas la moindre idée de ce qu'elle entendait par là.

Il retourna à l'embranchement qui menait à la route des Marais. A quelques minutes près, il était à ce même endroit à la même heure deux jours plus tôt. Dupin sortit son téléphone de sa poche. Son regard tomba sur un panneau : « Grand tour : Centre du sel (20 min) ». Dupin n'hésita qu'une fraction de seconde avant de remettre son téléphone dans sa poche.

Il s'engagea sur le sentier balisé et dépassa d'abord quelques maisons réparties le long d'un champ. Puis, sans transition, il se retrouva dans les marais – dans ce monde étrange et fantastique, cet empire en clair-obscur où régnaient les nains, les fées, les vierges blanches et les dragons. Cet univers si particulier où tout avait commencé. Le soleil venait de disparaître à l'horizon. Pour la première fois depuis plusieurs semaines, des nuages s'étaient formés sur la voûte céleste, comme par magie. D'épais cumulus blancs aux contours précis, alignés dans l'azur comme un bataillon de soldats disciplinés. Les ultimes rayons étaient encore visibles mais le ciel avait pris une teinte bleue plus profonde tandis que la bande de lumière orange s'était réduite à un mince filet, si bien que les nuages étaient ourlés d'une infinité de nuances colorées. Le spectacle était somptueux. Leurs ventres blancs et rebondis étaient teintés de violet, de rose, de fuchsia, de pourpre et d'orange et se reflétaient à leur tour dans le bleu métallique des bassins. L'ensemble avait quelque chose d'effrayant, comme un pendant mystique du ciel. Sur la droite, tout près du chemin, on apercevait une série de pyramides blanches. Il y en avait douze, quinze tout au plus, parfaitement alignées, comme autant de monuments énigmatiques et lumineux. Au même moment, la bouche de Dupin s'emplit de cette saveur typique des salines où se mêlaient la terre lourde, le sel, l'iode et la violette.

Il avançait d'un pas tranquille. Rien ne pressait.

Son téléphone sonna. Par acquit de conscience, il vérifia le numéro. Il ne pouvait pas se permettre de disparaître comme ça à la fin de l'enquête alors qu'il restait tant de choses à faire. Le nom qui s'afficha sur l'écran de l'appareil l'emplit de joie.

— Bravo, commissaire, lança Nolwenn.

C'était un bonheur d'entendre sa voix. Depuis qu'il avait été muté en Bretagne, il n'avait jamais mené à terme une enquête sans son aide constante, et elle lui avait manqué.

— Labat m'a tout raconté.

C'était à prévoir.

— Enfin, dans les grandes lignes. Je compte sur vous pour les détails. En attendant, profitez de la balade et revenez-nous tranquillement quand vous aurez terminé.

Nolwenn s'exprimait avec une émotion rare pour son tempérament posé.

— Vous aviez raison depuis le départ ! Vous n'avez pas lâché cette histoire de barils bleus, et c'était effectivement la clé de l'énigme, le point magique ! Vous vous êtes entêté alors que tout le monde essayait de vous pousser à chercher ailleurs ! Vous êtes un vrai Breton !

Dupin ne savait pas quoi répondre mais il était conscient de vivre là une sorte de consécration.

— Nous étions deux, tout de même. La commissaire Rose était là, elle aussi.

— J'ai bien compris, oui. Qui aurait pu croire une chose pareille ? Le proverbe se vérifie, en tout cas : *A bep liv, marc'h mat ; a bep bro, tud vat !* « De toutes couleurs, il y a bon cheval ; de tous pays, il y a bonnes gens. »

Elle avait ajouté ces mots d'une voix joyeuse. Dupin n'aurait pas associé la commissaire à un cheval, mais il reconnaissait la valeur de ce compliment de la part de Nolwenn. Un étrange silence s'installa, et soudain il comprit où elle voulait en venir.

— Ah, oui. Je l'appelle tout de suite.

— Qui ?

— Le préfet.

— Vous n'arriverez pas à le joindre. Il est au courant du dénouement de l'enquête, ne vous inquiétez pas. Il a négocié avec le préfet Trottet et la conférence de presse n'aura lieu que demain, ils la tiendront ensemble. Vous savez bien : c'est la grande fête des cent cinquante ans des chemins de fer à Quimper, ce soir. N'oubliez pas qu'il est président des Amis du chemin de fer. Il doit prononcer un grand discours. J'irai moi aussi y faire un tour tout à l'heure.

Bien sûr. Ils en parlaient depuis des semaines. Dupin s'était même vu remettre une invitation VIP, comme l'ensemble des commissaires de la région.

Ces jours derniers, ils avaient été l'objet d'une véritable cyberattaque de mails de rappel qui se terminaient invariablement par les mots : « Nous comptons sur votre présence. »

Au mois de septembre, cent cinquante ans plus tôt, la « province » avait enfin été reliée à la « métropole » par une ligne de chemin de fer. L'inauguration avait été fêtée en grande pompe. Le premier train en provenance de Paris était entré en gare à vingt heures vingt précises, après un trajet interminable de dix-sept heures et vingt minutes. Depuis plusieurs semaines déjà, les journaux publiaient à longueur de colonnes des clichés d'époque et autres articles historiques. On y découvrait une petite locomotive à vapeur noire et une gare de style Art nouveau : mariage parfait pour un modèle réduit. Pourtant Dupin avait appris qu'à l'époque, la nouvelle n'avait pas suscité que de l'euphorie, au contraire. On parlait du *karrigel an ankou* – le « chariot de la mort » – mais aussi de « monstre noir, stupide et fumant », d'« intrus déguisé en ami ». Dupin avait compris la raison de ces réactions en découvrant ce que le secrétaire d'Etat d'alors avait noté dans un dossier secret du ministère de la Défense, que la presse relayait largement : « Un chemin de fer reliant la France et la Bretagne sera plus efficace pour l'enseignement de notre langue aux Bretons qu'une armada de professeurs chevronnés. Ce seul argument justifie un investissement de plusieurs millions ! » C'était donc là l'objectif principal de cette décision : faire disparaître non seulement la langue bretonne, mais aussi l'identité de la région. Le chemin de fer était censé transmettre « une certaine idée de la civilisation » – en d'autres termes, éduquer ces contrées barbares. Si cette intention pouvait prêter à sourire aujourd'hui, elle était des plus sérieuses à l'époque, et comprise au pied de la lettre. Celui qui connaissait ces anecdotes historiques avait une chance de saisir l'âme de la Bretagne, ses interminables querelles avec le gouvernement centralisé, sa posture profondément ambiguë vis-à-vis de Paris et de ce que la capitale représentait. Bien entendu, la prophétie du secrétaire d'Etat s'était fracassée contre la réalité. Les Bretons s'étaient approprié le monstre fumant et avaient rapidement inversé les rôles. Dupin voyait d'ailleurs dans ce dernier phénomène la véritable raison des abondantes festivités prévues pour cet anniversaire. Une fois de plus, les Bretons avaient fait un pied de nez au reste du monde.

— Je suis vraiment contente que vous ayez pu conclure cette enquête à temps. Vous serez plus tranquille ce soir. Pour les festivités.

Le ton de Nolwenn était des plus sérieux. Dupin éclata de rire.

— Allez-y, Nolwenn. Nous parlerons plus tard.

— Très bien. Le préfet attend votre appel demain matin à sept heures. En attendant, il me charge de vous féliciter.

C'était rassérénant de retrouver les rituels du

quotidien – même si les déclarations du préfet avaient généralement le don de l'agacer. Il remercia une dernière fois Nolwenn, raccrocha et composa ensuite le numéro de Le Ber.

— Où êtes-vous ?

— A l'hôtel, avec Labat. La commissaire Rose nous a dit que…

— Rentrez chez vous, tous les deux. A lundi.

— Vous êtes sûr ?

— Demain c'est samedi. Vous avez envie d'aller pêcher avec votre femme aux Glénan, ou pas ? C'est la saison des dorades, si je me souviens bien…

L'année passée, les parents et beaux-parents de Le Ber s'étaient cotisés pour offrir aux jeunes mariés un Bénéteau d'occasion auquel l'inspecteur vouait une sorte d'adoration. En début de semaine, déjà, il avait annoncé que le week-end serait le dernier de la saison, comme s'il n'y avait pas de doute possible sur la météo à venir.

— Très bien, patron… C'était une enquête difficile, en tout cas, ajouta-t-il sur ce ton chargé de sous-entendus qu'il affectionnait.

Grâce aux panneaux qui jalonnaient le parcours didactique et l'empêchaient de se perdre dans les méandres des marais, Dupin mit dix minutes à atteindre le Centre du sel. Il arriva à l'emplacement où le « petit tour » et le « grand tour » se croisaient, non loin de l'aire de pique-nique où ils s'étaient réunis l'après-midi même. Dupin avait l'impression que plusieurs jours s'étaient écoulés depuis.

La minuscule Peugeot était garée sur le parking, près de l'entrée. Ce serait leur dernière sortie – lundi, enfin, il récupérerait sa bonne vieille Citroën XM.

En s'approchant de sa voiture, il avisa une silhouette appuyée contre la portière. Il reconnut la posture décontractée, les mains dans les poches de sa veste avec le pouce visible, la mine sérieuse malgré le sourire que la commissaire Rose lui adressait.

— Rien de tel qu'une promenade dans la brise du soir, mais faites bien attention aux effluves qui peuvent donner le tournis pendant la récolte. Certains ont été victimes d'hallucinations les plus incroyables.

— Je n'en doute pas.

— J'ai essayé de parler à Cordier, mais c'est une dure à cuire. Son avocat est en route. Une équipe est en train de fouiller son laboratoire, son appartement, son ordinateur et son téléphone portable. Nous finirons bien par trouver quelque chose.

Dupin en était convaincu. Une question, cependant, le taraudait encore.

— Pourquoi m'a-t-elle appelé avec le portable de Lilou Breval ? Le lendemain matin de son assassinat ?

— Elle voulait sans doute savoir qui la journaliste avait contacté au cours des derniers jours, s'assurer qu'elle n'avait pas encore prévenu la police.

— Oui, vous avez raison.

C'était plausible. Il avait déjà pensé à cette possibilité, mais elle ne le satisfaisait pas entièrement. Cet appel post mortem avait quelque chose de cruel, de morbide.

— Je vous ai apporté quelque chose. Je suis repassée chez Lilou – la maison de mes parents, où j'ai dormi la nuit dernière, est dans le voisinage.

Il avait vu juste : elle était originaire du Golfe, elle aussi. Voilà pourquoi elle connaissait tout le monde.

— Je crois que ça vous revient.

Elle sortit de sa poche un petit carnet de notes et le lui tendit sans mot dire. Dupin l'ouvrit. C'était un agenda de l'année précédente, recouvert d'indications de rendez-vous, d'annotations et autres pense-bête. Une page était cornée.

— C'est moi qui ai marqué l'endroit. Jetez-y un coup d'œil.

C'était la page du 12 mai : *20 h 00 – Georges Dupin à la maison.* Suivaient des commentaires griffonnés : *Très belle soirée. Un énergumène : à revoir absolument.*

Dupin en eut la chair de poule. Sans lui laisser le temps de réagir, la commissaire avait tourné les talons et se dirigeait vers sa voiture. Elle se retourna au moment d'y prendre place :

— Il faut que j'y aille, ils m'attendent.

— Merci.

Dupin avait parlé d'une voix claire et posée. Il

était reconnaissant pour le calepin – et pour bien plus.

— Merci à vous aussi, répondit la commissaire sur le même ton. Nous nous recroiserons sûrement, si les vents sont favorables.

L'instant d'après, son véhicule disparaissait au bout de la route.

Dupin mit le moteur en marche et manœuvra pour sortir. Ce faisant, il aperçut la jeune employée qui lui avait servi un café la veille au comptoir. Elle était seule. L'heure de fermeture était largement dépassée. Elle semblait très absorbée par le réaménagement de la vitrine de la boutique de souvenirs.

Il freina. Il y avait pensé la veille, déjà, mais le moment était mal choisi. A présent, en revanche… Il s'immobilisa devant la porte d'entrée, sortit de sa voiture et frappa quelques coups à la porte vitrée.

La jeune femme le découvrit sans manifester la moindre surprise et lui ouvrit.

— Oui ?

Elle n'était décidément pas plus diserte que la veille.

— J'aimerais vous acheter quelque chose, bredouilla-t-il.

— D'accord.

Elle tourna les talons et retourna à sa vitrine pendant que Dupin furetait dans la boutique. Il y avait là toutes sortes de produits. Le sel tenait évidemment une place de choix dans l'étalage, en particulier le produit qui lui avait tapé dans l'œil : un assortiment de trois espèces de fleur de sel : une fleur de sel à l'aneth et au citron (pour les fruits de mer et les poissons), une autre au piment d'Espelette (pour les viandes et les volailles) et une autre nature (pour le foie gras, les grillades, les salades et les légumes). C'était parfait. S'il y ajoutait trois petites coupelles de céramique colorées, il aurait un cadeau idéal pour Claire. Il rallia la caisse, les bras chargés de ses emplettes, paya et sortit.

Quelques secondes plus tard, sa vieille Peugeot quittait le Centre du sel puis le magique Pays blanc, traversait une dernière fois la petite ville de Guérande, passait la Vilaine près de La Roche-Bernard et rejoignait le Golfe. A gauche de la voie rapide, il aperçut un morceau de Petite Mer qui luisait mystérieusement dans la pénombre. La patrie de Lilou. Son refuge.

Dupin jeta un coup d'œil au calepin qui gisait sur le siège du passager. Un jour, il retournerait voir la maison de la journaliste et s'assiérait sur une grosse pierre de son merveilleux jardin, en bordure de l'eau. Il prendrait le temps de se souvenir d'elle en cherchant distraitement des yeux la présence d'un pingouin.

Il avait allumé France Bleu Breizh Izel et ne tarda pas à apprendre que Skippy avait été nommé citoyen d'honneur d'Arradon par le maire de la commune. Plus encore : le bout de forêt où il avait élu domicile allait être rebaptisé, sa nouvelle appellation était « l'Australie ». Les habitants du coin ne voyaient aucun inconvénient à sacrifier une ou deux salades de leur potager pour satisfaire la gourmandise de leur nouveau voisin, et l'un d'eux s'était même renseigné pour ajouter à son jardin les variétés favorites du marsupial.

Dupin se passa une main dans les cheveux. La fatigue commençait à se faire sentir.

A Concarneau, il avait garé la petite Peugeot au port, devant la Ville close et l'Amiral. A son emplacement habituel. Il n'entra pas tout de suite dans le restaurant. La faim le tenaillait, mais il avait d'abord besoin de se dégourdir les jambes.

Il longea lentement le quai de pierre. A sa gauche se déployaient la mer, la baie et son port de plaisance et, un peu plus loin, une rangée de maisons de pêcheurs. Le tout était baigné de la clarté chaude des réverbères qui, chaque soir, semblait transformer la ville en décor de cinéma. Le ciel avait pris une teinte violette, presque noire, qui se reflétait sur la mer. Çà et là brillait une bouée jaune vif. La brise était plus fraîche, c'en était terminé des douces nuits d'été.

Dupin appréciait cette promenade qui faisait partie de ses rituels, de préférence tôt le matin ou la nuit, par tous les temps et en toute saison. En foulant les lattes de bois et les passerelles, on se dirigeait vers la vieille ville nichée derrière ses épaisses murailles fortifiées, l'indomptable Ville close devant laquelle le ponton s'arrêtait brusquement.

Les mâchicoulis cachés sous les créneaux avaient été aménagés de projecteurs qui répandaient sur l'ensemble un éclairage solennel, comme dans un immense et majestueux théâtre en plein air. La forteresse bâtie par le maître d'œuvre favori du Roi-Soleil, Sébastien Le Prestre de Vauban, était imposante. La lumière dégoulinait de ses meurtrières comme autrefois la poix. Une série de lampes en hauteur formaient un trait lumineux visible de loin dans la mer, comme pour signaler hardiment sa présence.

Dupin descendit vers le port. De part et d'autre du ponton, des bateaux de toutes formes et de toutes tailles se balançaient doucement dans l'obscurité, les clochettes de leurs mâts s'accordaient comme pour un concert que l'on percevait pendant les nuits d'été dans le port et jusque dans l'appartement du commissaire quand les portes-fenêtres du balcon étaient ouvertes. Quand il était petit, pendant les grandes vacances, son père et lui avaient pris l'habitude de choisir le plus beau parmi les bateaux qu'ils contemplaient, et ils se racontaient les voyages et les aventures qu'ils imaginaient vivre à son bord.

Dupin resta un moment immobile au bout du quai, la tête levée vers le ciel. Il se réjouissait d'aller dîner. Ensuite, il passerait un coup de fil à Claire. Peut-être aussi appellerait-il la commissaire. Il était curieux de savoir si Céline Cordier était passée aux aveux. Il se retourna et contempla les lumières de la ville. Soudain, un sourire éclaira son visage. Il sortit son téléphone de sa poche.

— Claire ?

— Georges ? dit celle-ci d'une voix pâteuse, comme s'il la réveillait. Je m'étais allongée, j'ai eu une journée terrible à la clinique. J'avais tellement envie que tu appelles. Comment se passe ton enquête ?

— Je voulais juste te dire que j'apporte les brioches et les croissants pour le petit déjeuner.

— Vraiment ?

— Vraiment. Rendors-toi.

— Bien. (Elle était trop épuisée pour ajouter quelque chose.) A tout à l'heure, Georges.

— A tout à l'heure.

L'idée était fameuse. Et lundi, il ne se pointerait pas au bureau avant onze heures, cela suffirait amplement. Il allait réserver une table à la Palette pour le lendemain soir. Il demanderait celle prévue pour l'anniversaire de Claire. Ils iraient se promener au Luxembourg, ce serait la première journée de l'automne. Mais avant toute chose, il allait s'installer à l'Amiral et déguster une sole au beurre salé – le sel du Pays blanc, le plus fin du monde.

Tout allait bien.

Remerciements

Cher Don Rinaldo « Che », cher Reinhold Joppich, je te remercie. Du fond du cœur, et pour tout.

Vous souhaitez en savoir plus sur les livres et les auteurs
de la collection Terres de France ?

Retrouvez toutes les informations sur le site
www.collection-terresdefrance.fr
et abonnez-vous à notre lettre d'information.

Suivez-nous également sur notre page Facebook
et sur notre fil Twitter.

Club des Amis de Terres de France
12, avenue d'Italie
75627 Paris cedex 13

FSC
www.fsc.org
MIXTE
Papier issu de sources responsables
FSC™ C003309

Composition et mise en pages
Nord Compo à Villeneuve-d'Ascq

Imprimé en Espagne par Cayfosa
Dépôt légal : avril 2016